Brook unter Räubern

Cornelius Hartz, 1973 in Lübeck geboren, lebt seit der Schulzeit in Hamburg. Der promovierte Philologe arbeitet als freier Autor, Übersetzer und Lektor und ist Betreuer des Literaturlabors Wolfenbüttel. Er hat mehrere Romane und diverse Sachbücher veröffentlicht, die sich zumeist mit den Themen Tod und Verbrechen beschäftigen.

Dieses Buch ist ein Roman. Handlungen und Personen sind frei erfunden. Ähnlichkeiten mit lebenden oder toten Personen sind nicht gewollt und rein zufällig.

CORNELIUS HARTZ

Brook unter Räubern

KRIMINALROMAN

emons:

Bibliografische Information der Deutschen Nationalbibliothek
Die Deutsche Nationalbibliothek verzeichnet diese Publikation
in der Deutschen Nationalbibliografie; detaillierte bibliografische
Daten sind im Internet über http://dnb.d-nb.de abrufbar.

© Emons Verlag GmbH
Alle Rechte vorbehalten
Umschlagmotiv: photocase.com/c-topf
Umschlaggestaltung: Tobias Doetsch
Gestaltung Innenteil: César Satz & Grafik GmbH, Köln
Lektorat: Dr. Marion Heister
Druck und Bindung: CPI – Clausen & Bosse, Leck
Printed in Germany 2014
ISBN 978-3-95451-358-1
Originalausgabe

Unser Newsletter informiert Sie
regelmäßig über Neues von emons:
Kostenlos bestellen unter
www.emons-verlag.de

Dieser Roman wurde vermittelt durch die Agentur EDITIO DIALOG,
Dr. Michael Wenzel, Lille, Frankreich (www.editio-dialog.com).

Für Catrin

*Von allen Berufen haben es die Ärzte am besten:
Ihre Erfolge laufen herum, und ihre Misserfolge werden begraben.*
Jacques Tati

Prolog

September 2011

»Harkort? Hallo? ... Hallo! ... Komisch, da ist niemand dran.«
Angelika Harkort legte den Hörer auf die Gabel. Einen Moment lang hatte sie befürchtet, dass man sie anrufen würde, um ihr für den nächsten Tag abzusagen. Dabei hatte sie sich so gut vorbereitet.
Ihr Mann sah kurz auf. »Wahrscheinlich verwählt.« Dann widmete er sich wieder seiner Zeitung.
»Tja. Wahrscheinlich. Entschuldigt sich auch keiner mehr für, heutzutage.« Natürlich waren sie es nicht gewesen, warum sollten sie auch absagen? Trotzdem, der Zweifel blieb.
Seit fast zwei Jahren war Angelika Harkort jetzt arbeitslos, allmählich hatte sie sich daran gewöhnt, dass sie keiner wollte. Aber das würde sich am nächsten Tag bestimmt ändern, immerhin kannte sie die Arbeitsumgebung, sie war schon ein paarmal aus anderen Gründen da gewesen; und es war genau so ein Job, wie sie ihn zehn Jahre lang ausgeübt hatte. Das musste doch etwas zählen!
Dennoch, dieser Anruf ...
Zerstreut suchte sie Hausschlüssel, Geldbörse und Einkaufstasche zusammen. Sie musste noch einkaufen, auch wenn es schon dunkel wurde. REWE hatte bis zehn auf, kein Problem.
Von ihrem Haus aus würde sie den Weg durch das kurze Waldstück nehmen, bis vorn an die Straße, wo der Bus fuhr. Wie immer.
Sie dachte an das morgige Gespräch. Wie lange hatte sie kein Vorstellungsgespräch mehr gehabt? Monate war das letzte schon her. Aber das war auch nur so eine Verlegenheitslösung gewesen, die das Arbeitsamt gut gefunden hatte, Angelika nicht.
Sie war so in Gedanken versunken, dass sie auf die Gestalt in dem dunklen Mantel gar nicht achtete. Sie merkte erst auf, als sie eine Stimme hörte, die sie ansprach.
»Frau Harkort?«
Angelika Harkort blieb stehen und drehte sich um.

»Ja, bitte?« Komisch, wieso hatte der denn den Hut so tief ins Gesicht gezogen? »Entschuldigung, ich war in Gedanken, ich –«

Weiter kam sie nicht. Ein heißer Schmerz in ihrem Bauch, ihre Hand fuhr hinunter, unter ihren Mantel. Sie hatte ihn gar nicht zugeknöpft. Als sie sie wieder hob, war Blut an ihren Fingern.

Erst jetzt nahm sie die Hand mit dem Messer wahr. Ihr wurde schwindlig, sie sackte auf die Knie.

Ein Arm, der ihr half, der sie sanft auf den Boden legte.

Eine Stimme an ihrem Ohr, ein Flüstern: »Entschuldigen Sie, es ist nicht persönlich gemeint. Es ist nur … Bleiben Sie ruhig liegen, ich hole sofort Hilfe. Und pressen Sie, so doll Sie können, mit Ihrer Hand auf die Wunde.«

Über sich sah sie ein paar Zweige, die Blätter waren schon gelb. Das Gelb leuchtete in der Abendsonne. Eigentlich wirklich schön. Man hielt so selten inne und schaute es sich an.

Dann wurde ihr schwarz vor Augen.

1

Mai 2013

Als er zu sich kommt, ist da nur ein dumpfer, pochender Schmerz. Er fühlt sich benommen. So als hätte jemand seinen Kopf genommen und durchgeschüttelt, dass alle Gedanken hin und her gehen, ohne Ziel.
 Er kann nichts sehen. Da ist nur tiefste Schwärze. Und das Gefühl. Dieses dumpfe Pochen in seinem Kopf.
 Was ist geschehen? Was ist hier bloß los? Wo ist er?
 Er fährt mit den Händen zu seinem Kopf und ertastet einen dicken Verband, der seine Augen, seine Ohren bedeckt. Irgendwo darunter ist der Ursprung des Schmerzes.
 Als er sich aufrichtet, wird ihm schwindlig. Er sinkt wieder zurück. Er tastet nach dem Untergrund, auf dem er liegt. Offenbar eine lange, schmale Holzfläche. Ein Tisch? In seinem Kopf dreht sich alles. Es ist fast, als wäre er betrunken. Hat ihm jemand etwas eingeflößt? In seinem Mund schmeckt es jedoch nicht nach Alkohol. Eher metallisch.
 Etwas später ein zweiter Versuch. Seine nackten Beine gleiten über die Seite, seine Füße berühren kalten Beton. Er bemüht sich, kontrolliert und langsam zu atmen. Nun spürt er, dass auch seine Beine schmerzen und sein Rücken.
 Wie lange hat er hier schon gelegen?
 Er fährt behutsam mit den Händen zum Verband und sucht ein loses Ende. Da, eine Metallklammer. Das Geräusch, als die Klammer zu Boden fällt, hört er nicht. In seinen Ohren ist nur ein dumpfes Rauschen.
 Vorsichtig wickelt er den Verband ab. Der Schmerz pocht, sein Ursprung ist nun deutlicher. Hinter der Nasenwurzel, ein wenig weiter rechts. Als er das letzte Stück des Verbands entfernt hat, ist es um ihn herum immer noch stockfinster. Er zwingt sich wieder, kontrolliert zu atmen. Ein und aus.
 Ein und aus.
 Langsam gewöhnt er sich an die Dunkelheit. Er hält sich am Tisch fest und richtet sich auf, schemenhaft nimmt er den Raum um sich herum wahr. Doch ihm scheint, als sähe er nur mit dem linken Auge. Was ist mit dem rechten? Er wagt nicht, es zu befühlen.

Er lässt den Tisch los und geht zwei Schritte in Richtung Wand. Der Schwindel wird stärker, aber das hat er erwartet.

Durch einen Spalt scheint fahles Licht in den Raum. Das muss eine Tür sein. Drei, vier vorsichtige Schritte reichen, dann hat er mit der Hand die Klinke erreicht. Er drückt sie herunter. Abgeschlossen.

Neben der Tür muss doch ein Lichtschalter sein. Ein Lichtschalter ist immer neben einer Tür.

Das Licht blendet ihn, und er will die Augen zusammenkneifen. Nur das linke gehorcht, im rechten scheint er kein Gefühl zu haben.

Nach einiger Zeit öffnet er das Auge wieder. Ein paar Details kann er erkennen. Wenn er nur nicht so kurzsichtig wäre! Er blickt an sich hinunter. Nichts als seine Unterwäsche trägt er. Trägerunterhemd, Boxershorts. Keine Socken, keine Schuhe. Der Fußboden ist kalt.

Dort, an der Wand, hängt ein Spiegel. Das merkt er auch ohne Brille. Als er näher kommt, sieht er immer deutlicher sein Abbild, aber erst, als er direkt davorsteht, erkennt er Einzelheiten. Seine Haare sind zerzaust. Auf dem rechten Auge klebt eine Baumwollauflage, die kennt er aus dem Krankenhaus. Sie ist an einer Stelle dunkelrot verfärbt.

Vorsichtig entfernt er das Wattepad, und jedes Ziehen der Watte an den Rändern seiner Augenhöhle, wo Schweiß und verkrustetes Blut sie festkleben, verstärkt den seltsam dumpfen Schmerz in seinem Kopf.

Da, endlich.

Er lässt das Wattepad fallen. Seine Knie geben nach, und er sackt zu Boden.

2

Brook stand der Schweiß auf der Stirn. Angstschweiß. Er spürte von irgendwoher einen leichten Luftzug, der die Feuchtigkeit auf seinem Gesicht unangenehm kalt werden ließ. Wie eine Totenmaske, dachte er. Das passte auch, denn gleich würde er sterben.

Vielleicht wäre das gar nicht so schlimm. Wenn er tot wäre, müsste er nicht mehr zur Arbeit. Dann müsste er keine Verantwortung mehr übernehmen. Dann würde ihn niemand mehr mit dummen Fragen belästigen und ihm seine Zeit stehlen. Dann müsste er sich nicht mehr mit Polizeihauptkommissar Pöhlmann herumärgern. Und dann käme er vor allem nicht mehr in solche Situationen wie diese hier.

Der Mann mit der Pistole zielte noch immer auf ihn.

Brook blickte direkt in die Mündung, sah im Inneren des Pistolenlaufs die geschwungenen Linien auf dem schwarz glänzenden Metall.

Er wandte den Kopf, um dem Mann ins Gesicht zu sehen, und musste zu seinem Entsetzen feststellen, dass der Mann keine Augen hatte, keine Nase und keine Ohren. Das ganze Gesicht war ein großer, ein riesiger Mund, der sich nun öffnete, dessen Lippen sich bewegten. Doch es kamen keine Worte. Stattdessen vernahm Brook einen Ton, der gar nicht passen wollte. Er klang – Brook musste überlegen –, er klang mechanisch, genau. Mechanisch klang er. Ein Piepton, ein automatisches Piepen, das immer stärker anschwoll, bis es seinen ganzen Kopf ausfüllte.

Die Welt um ihn herum verschwand.

Kriminalhauptkommissar Gunwald Brook vom Polizeikommissariat 37, Hamburg-Wandsbek, knurrte, drehte sich im Bett herum und fuhr dann, ohne hinzusehen, mit der Hand über den Nachttisch. Der Wecker fiel zu Boden, und das Piepen hörte auf.

Was hatte er da eben geträumt? Er schloss noch einmal die Augen und versuchte, sich zu erinnern, konnte sich aber nicht auf das Bild konzentrieren. Es war verloren.

Dennoch war auf einmal eine halbe Stunde vergangen, als er die Augen wieder aufschlug. Er war noch einmal eingeschlafen.

Brook fluchte, sprang aus dem Bett und rutschte auf dem

Läufer aus, der auf dem Laminat lag. Unsanft landete er auf dem Steißbein. Ein stechender Schmerz durchzuckte ihn. Er stöhnte auf.

Als er sich endlich aufgerichtet hatte, hatte sich das Stechen im Steiß in ein dumpfes, aber nicht minder schmerzhaftes Pochen verwandelt. Brook bewegte sich mühsam in Richtung Badezimmer.

Das warme Wasser der Dusche tat gut, und der Schmerz ließ nach. Er stellte das Wasser noch ein wenig wärmer und betastete seinen Bauch. Er war immer noch zu dick. Immerhin konnte er sein Genital sehen, wenn er sich etwas vorbeugte. Trotzdem war ihm klar, dass er seine Anstrengungen, Diät zu halten und Sport zu machen, zumindest fortsetzen, wenn nicht noch ausbauen musste. Vielleicht schaffte er noch ein, zwei Kilo, bis Thea zurückkam.

Insgesamt drei Wochen dauerte die Fortbildung für Polizisten des mittleren Dienstes aus allen Bundesländern zum Thema »Teambuilding«, die in Villingen-Schwenningen stattfand, und eineinhalb Wochen waren erst um. Ausgewählt worden zu sein war ein Privileg; natürlich hatte Brook dabei seine Hand im Spiel gehabt. Obendrein würde Thea Matthiesen, wenn sie zurückkam, turnusgemäß von der Kriminalmeisterin zur Kriminalobermeisterin befördert werden, verbunden mit einem Aufstieg von der Besoldungsgruppe A7 nach A8. Natürlich gönnte Brook ihr das alles, keine Frage, aber er konnte den Gedanken nicht abschütteln, dass sie auf dem Lehrgang jemanden kennenlernen würde, der besser zu ihr passte als er selbst. Wenn man so lange so eng mit anderen zusammensaß, konnte doch alles Mögliche passieren.

Ihre Beziehung war noch jung, erst wenige Monate alt. Und vor allem war er ein grantiger sechsundfünfzigjähriger Witwer mit Übergewicht, bei dem nun langsam das Haar dünn wurde, und sie eine lebhafte, attraktive, siebenunddreißigjährige Frau. Auch wenn sie schon einmal verheiratet gewesen war: Sie war sozusagen in den besten Jahren, und die hatte Brook hinter sich. Lange hinter sich.

Wie oft hatte Brook sich dazu ermahnt, die ganze Geschichte nicht so sehr mit Bedeutung aufzuladen. Es ging gut, solange es gut ging. Punkt. Aber er konnte nicht leugnen, wie viel sie ihm bedeutete.

Seit Anna Brook vier Jahre zuvor an Krebs gestorben war, hatte er sich oft die Frage gestellt, wofür er überhaupt lebte. Meistens morgens nach dem Aufwachen. Er hatte sich nicht vorstellen können, jemals wieder einen Menschen zu finden, der ihren Platz einnehmen würde.

Es war Bauchspeicheldrüsenkrebs gewesen. Sie hatte sehr gelitten, aber alles tapfer über sich ergehen lassen – die Chemotherapie, die langen Wochen in der Klinik. Ihn hatte diese Zeit viel Kraft gekostet. Ein halbes Jahr dauerte es von der Diagnose bis zu ihrem Tod. Zwar war das viel weniger als bei anderen Krebsarten, aber für Brook war es die längste und schlimmste Zeit seines Lebens, zumal die Ärzte von Anfang an keinen Zweifel daran ließen, dass sie wenig Hoffnung hatten. Woher sollte sie, woher sollte er dann Hoffnung nehmen?

Als hätte sich alles gegen ihn verschworen, hatte er damals mehrere komplizierte Fälle fast gleichzeitig lösen müssen. Viele Überstunden waren angefallen, und nach Feierabend war er meist noch in die Klinik gefahren. Oft hatte seine Frau dann schon geschlafen, und er hatte an ihrem Bett gesessen und ihre Hand gehalten, die immer knochiger wurde, als würde man das Leben aus ihr heraussaugen.

Damals hatte er sich manchmal sehnlich gewünscht, gläubig zu sein. Die Gewissheit zu haben, dass der Tod, der bald unabwendbar schien, nicht das Ende sei. Und jemanden bitten zu können, dafür zu sorgen, dass alles gut würde.

Anfangs hatte Brook noch mehrere Fotos von Anna in der Wohnung gehabt, nach dem Umzug in die neue, kleinere Wohnung in Rahlstedt, auf dem Nachttisch, im Wohnzimmer, im Flur. Aber nach ein paar Tagen hatte er die Bilder fortgenommen und in einer Kommode verstaut. Schon beim Aufstellen hatte er sich geärgert, dass er kein Foto fand, auf dem sie wirklich *wie sie selbst* aussah. Immer verzog sie irgendwie das Gesicht oder lächelte in einer Art und Weise, die ihm völlig fremd war.

Sie war fort, und erst dann wurde ihm klar, wie sehr er für sie gelebt hatte, wie er seine Arbeit und seine Karriere definiert hatte: als materielle Grundlage des Lebens mit ihr. Die Arbeit selbst hatte ihn immer befriedigt, das war ihm klar, sonst hätte er diesen Beruf nicht dreißig Jahre durchgehalten. In sieben Jahren würde er in Pension gehen. Und was dann?

Fast alle seine Freunde waren eigentlich Annas Freunde gewesen. Nur einer, den kannte er schon seit der Schulzeit. Aber sie sahen sich viel zu selten. Er wohnte in Hessen. Kurz: Er hatte gelernt, sich damit abzufinden, für den Rest seines Lebens allein zu sein. Bis er Thea Matthiesen kennengelernt hatte.

Sie hatte schon mehrere Jahre auf seinem Stockwerk gearbeitet, aber erst als Pöhlmann, sein Chef, sie im vergangenen Herbst seiner Sonderkommission zugeteilt hatte, waren sie sich nähergekommen. Und niemand war überraschter als er selbst, dass sie seine Zuneigung erwiderte.

Am Anfang hatte er gegen das Gefühl ankämpfen müssen, seine verstorbene Frau zu betrügen. Dann die schulterklopfenden Kollegen ertragen, als Thea ihre Beziehung öffentlich machte. Und schließlich seinen Alltag komplett umstellen müssen, den er seit Jahren auf sein einsames Witwerdasein eingerichtet hatte. Allmählich war er ruhiger geworden und hatte die neuen Momente des Glücks genießen können. Doch tief in seinem Inneren lauerte immer noch die Angst, dass sie ihn irgendwann wieder verlassen würde. Dass sie einfach fort wäre. Genau wie Anna.

Brook stieg aus der Dusche und trocknete sich ab. Als er sich hinunterbeugte, um mit dem Handtuch seine Beine und Füße zu erreichen, spürte er wieder den dumpfen Schmerz am Ende seiner Wirbelsäule. Auch das Anziehen bereitete ihm Schwierigkeiten. Er sah auf die Uhr. Seit zehn Minuten hatte er im Büro sein wollen. Bei sich selbst verabscheute er Unpünktlichkeit beinahe noch mehr als bei anderen. Das Frühstück musste jetzt ohnehin ausfallen.

Als Brook unter Schmerzen ins Auto stieg, klingelte sein Handy.

»Jaja, ich komme ja schon«, murmelte er zu sich selbst.

Er ärgerte sich. Konnten die nicht abwarten, bis er im Büro eintraf? Er wusste selbst, dass er spät dran war.

Das Display zeigte an, dass sein engster Mitarbeiter, Kriminalkommissar Gerrit Hellkamp, am Apparat war. Seltsamerweise rief er von seinem Handy aus an.

»Brook«, bellte er unwirsch in den Apparat.

»Hellkamp hier.«

»Das sehe ich. Was ist denn? Ich bin gleich im Büro.«

»Das können Sie sich sparen. Fahren Sie zum Krankenhaus Dulsberg, ich bin schon da.«

»Wie, Krankenhaus? Ist was passiert? Hatte jemand einen Unfall?«

»Na ja, wie man's nimmt. Es ist eher ein ... äh, ein Päckchen. Ich erzähle Ihnen alles, wenn Sie hier sind.«

Hellkamp legte auf.

Genau da gehöre ich hin, ins Krankenhaus. Scheiß Steißbein. Brook drehte den Zündschlüssel um.

3

Die Maisonne strahlte. Brook musste die Sonnenblende herunterklappen, als er zwanzig Minuten später auf den Parkplatz des Krankenhauses einbog. Ein Streifenwagen stand dort, und rechts daneben erkannte er Hellkamps Wagen, einen laubfroschgrünen Ford Granada von 1975 mit Stufenheck und schwarzem Vinyldach. Brook parkte neben dem Ford ein und stieg aus. Sofort spürte er wieder den Schmerz in seinem Steiß. Brook stöhnte. Dann atmete er tief ein und betrat die Klinik.

Am Informationstresen wurde er von einer freundlichen jungen Dame begrüßt.

»Guten Morgen. Wie kann ich helfen?«

»Mein Name ist Kriminalhauptkommissar Brook, ich soll –«

Er fühlte plötzlich einen Kloß im Hals und sprach nicht weiter.

Doch das machte nichts, die Dame wusste offensichtlich Bescheid. »Ah ja. Wenn Sie sich bitte im Büro des Chefarztes Professor Radeberger melden würden? Dritter Stock, Zimmer 304.«

Brook murmelte ein Dankeschön und ging zum Fahrstuhl. Er musste nicht lange warten, bis ein heller Ton anzeigte, dass der Fahrstuhl das Erdgeschoss erreicht hatte. Die Kabine war leer, und Brook atmete unwillkürlich auf. So lange er zurückdenken konnte, hatte er etwas gegen Krankenhäuser gehabt. Es herrschte dort eine ganz besondere Atmosphäre, die es nirgendwo anders gab, auch nicht in Arztpraxen oder im Labor des Gerichtsmedizinischen Instituts. Eine gedrückte Stille und ein Hauch von Verzweiflung im Inneren, Menschen, die den Bau mit bedrücktem Gesichtsausdruck betraten, und Menschen, die ihn mit einer Mischung aus Angst um einen geliebten Menschen und Erleichterung, nicht dort bleiben zu müssen, wieder verließen – eine Mischung, die vor allem für ein Gefühl der Schuld und des Versagens sorgte. So nahm Brook Krankenhäuser wahr, und zwar alle; er wusste selbst nur allzu gut, dass vieles davon lediglich seine eigenen Erfahrungen widerspiegelte, in erster Linie die, die mit dem Tod seiner Frau zu tun hatten. Zwar war sie nicht in diesem Krankenhaus gestorben, doch was machte das schon? Auch hinter den Türen des Krankenhauses Dulsberg wurde in erster Linie gelitten und erst in zweiter geheilt.

Brook fand schnell das Zimmer 304. »Prof. Dr. med. Dr. rer. nat. Jürgen Radeberger« stand auf einem kleinen Metallschild. Er klopfte und trat ein, ohne eine Antwort abzuwarten. Der Raum war offenbar das Vorzimmer des Büros des Chefarztes. Aktenschränke, Regale, ein Schreibtisch, eine gepolsterte Tür, die sicherlich zum Allerheiligsten führte.

Zuerst registrierte er zwei uniformierte Beamte, die Brook nicht bekannt vorkamen, und seinen engsten Mitarbeiter, Kriminalkommissar Gerrit Hellkamp. Alle drei grüßten in seine Richtung. Daneben befand sich noch eine Person im Zimmer, und diese schien zum Krankenhaus zu gehören, was Brook daraus schloss, dass die Frau ihn nicht grüßte, sondern nur irritiert anblickte. Sie war relativ füllig, sah aus wie Anfang oder Mitte fünfzig, trug ein Kostüm in Grau und Blau und um den Hals an einer Kette eine Lesebrille mit goldenem Rand.

»Da sind Sie ja«, sagte Hellkamp und zwinkerte Brook zu. »Denn man ran ans Werk!«

Brook kannte seinen dynamischen Kollegen gut genug, um sich von dessen munterem Tonfall nicht zur Annahme verleiten zu lassen, dass hier nichts Schlimmes passiert sei. Selbst im Angesicht der übelsten Gewaltverbrechen hatte Hellkamp manchmal noch so flotte Sprüche auf Lager, dass Brook ihn immer wieder zurechtweisen musste. Immerhin ärgerte er sich nicht mehr so darüber wie vor zehn, fünfzehn Jahren, sondern musste sich mitunter eingestehen, dass er ein wenig neidisch auf Hellkamp war. Selbst als er vor über zehn Jahren so alt gewesen war wie Hellkamp jetzt, hatte er weder dessen sportliche Figur gehabt noch dessen unbekümmerte Herangehensweise an die Übel dieser Welt, mit denen sie ständig zu tun hatten. Von Hellkamps Schlag bei den Frauen ganz zu schweigen.

»Was ist denn los?« Brook blickte von einem der Anwesenden zum nächsten. Sein Blick blieb an der Dame hängen, die er nicht kannte.

»Ach ja. Das ist Frau Nikolai, die Sekretärin von Professor Radeberger.«

Die Frau erhob sich und streckte Brook die Hand entgegen. »Jutta Nikolai«, stellte sie sich vor.

Brook schüttelte ihre Hand. Sie war eiskalt. Erst jetzt registrierte er, dass Frau Nikolais bleiches Gesicht vor kaltem Schweiß glänzte. Ihre Augen zuckten nervös hin und her. Sie hatte Angst. Er nannte seinen Dienstgrad und seinen Namen und wandte sich dann wieder an Hellkamp. »So, jetzt mal raus mit der Sprache.«

»Der Chefarzt ist verschwunden. Professor Radeberger.«

»Aha.« Brook blickte ihn irritiert an. »Das ist alles? Machen wir jetzt Vermisstenanzeigen?«

»Nein, natürlich nicht. Es ist … na ja, äh, es ist Post gekommen.«

»Post?«

»Ja, am besten, wir gehen mal nach nebenan, da sind die Kollegen.«

Brook hasste es, wenn ihn jemand auf die Folter spannte. Genauso wie er Überraschungen jeglicher Art verabscheute. Aber er bohrte nicht weiter nach und ließ Hellkamp sein Spielchen spielen. Seine Gedanken wanderten wieder zu seinem Steißbein, das schmerzhaft vor sich hin pochte.

Sie ließen die beiden Kollegen bei Frau Nikolai im Sekretariat. Als sie den Raum verließen, bemerkte Brook noch, wie die Sekretärin sich wieder setzte, die Ellenbogen aufstützte und den Kopf in den Händen vergrub. Außerdem fiel ihm erst jetzt ein eigentümlicher Geruch auf. Säuerlich und stechend. Er machte sich eine Notiz im Geiste, um später darauf zurückzukommen.

Sie gingen ein paar Räume weiter, über einen leeren Flur. Nach Krankenhaus sah es hier eigentlich nicht aus, eher nach Behörde. Vielleicht war in diesem Stockwerk die Klinikverwaltung untergebracht.

Hellkamp hielt vor einer Tür an und klopfte. Eine Frau im weißen Schutzanzug und mit Mundschutz öffnete. Sie grüßte, und Brook murmelte eine Erwiderung. Sie war eine der Kriminaltechnikerinnen vom Erkennungsdienst, und Brook erkannte sie trotz Maske – sie trug eine Brille mit rotem Rand, ziemlich unverwechselbar. Dennoch fiel Brook ihr Name nicht ein.

»Dürfen wir rein?«, wollte Hellkamp wissen.

Die Frau nickte, schloss die Tür jedoch wieder. Als sie sie

erneut öffnete, hielt sie zwei Papiermasken und zwei Paar Latexhandschuhe in der Hand.

»Das reicht, wenn Sie nur kurz gucken wollen. Hier gibt es eh nicht viel zu untersuchen. Das geht gleich in die Rechtsmedizin, würde ich sagen.«

In Brooks Kopf jagten die Gedanken einander. War das hier ein Tatort? Gab es eine Leiche? Den Chefarzt? Aber wieso hatte Hellkamp dann gesagt, der Chefarzt sei verschwunden?

Sie legten die Masken an und zogen die Handschuhe über. Dann betraten sie den Raum. Er war taghell erleuchtet, obwohl er keine Fenster hatte. Alles in allem sah er aus wie ein kleiner Operationssaal. In der Mitte des Raumes stand ein Metalltisch, und zwei weitere Gestalten im Schutzanzug standen davor, offenbar weitere Mitarbeiter des Erkennungsdienstes.

Als Brook und Hellkamp näher kamen, traten sie zur Seite und gaben den Blick frei auf das, was auf dem Tisch lag. Zuerst sah Brook einen unscheinbaren braunen Pappkarton, eine Faltschachtel, etwa halb so groß wie ein Schuhkarton. Sie war geöffnet. Daneben lag ein leerer Plastikbeutel. Ganz leer war er allerdings nicht, sondern im Inneren mit Blut beschmiert.

Und rechts daneben, in einer silbern glänzenden Schale, lag ein Auge.

Er beugte sich über die silberne Schale. Das Auge hatte eine graublaue Iris, und am weißen Augapfel schien getrocknetes Blut zu kleben. Zuerst hatte Brook gehofft, es wäre ein Glasauge oder so etwas, ein Scherzartikel vielleicht. Aber er hatte natürlich gewusst, dass das nicht der Fall war, noch bevor er es sich genauer angesehen hatte.

Immerhin gab es noch eine andere Möglichkeit.

»Ist das denn ein menschliches Auge, oder könnte es auch von einem Tier sein?«, fragte Brook die Frau vom Erkennungsdienst, deren Name ihm immer noch nicht einfiel. Woran er sich sehr wohl erinnerte, war, dass er sie in der Vergangenheit schon mindestens zweimal nach ihrem Namen gefragt hatte und ihn sich einfach nicht hatte merken können. Peinlich, peinlich. Noch einmal konnte er das unmöglich tun.

»Ein menschliches Auge.« Die Frau im weißen Schutzanzug

nickte. »Ich bin mir ziemlich sicher. Der Sehnerv ist nahe dem Augapfel abgetrennt worden, mit einem scharfen Gegenstand. Wenn ich raten müsste, würde ich sagen, einem Lebenden entnommen, keinem Toten. Wir schicken das Objekt sofort in die Rechtsmedizin, da erfahren Sie sicher mehr.«

»Gut, bitte gleich an Dr. Mann.«

»Sie können das ja wieder in den Karton da tun«, sagte Hellkamp und lachte. »Die Plastiktüte ist doch auch noch voll gut.«

»Sehr witzig.« Brook schüttelte den Kopf und widmete sich dem braunen Pappkarton. »Da war das Auge drin? Haben Sie die Schachtel schon untersucht?« Brook sah die Frau mit der roten Brille an, deren Name ihm nicht einfiel.

Sie nickte.

»Fingerabdrücke?«

»Ja, ein paar. Wir werden sehen, was sich damit anfangen lässt. Meine Kollegin wird die Sekretärin gleich noch erkennungsdienstlich erfassen, Daktylogramm et cetera. Denn die hat das Päckchen ja mindestens angefasst.«

»Also hat sie das Päckchen geöffnet?«

»Ja, und sich gleich übergeben, in ihren Mülleimer.« Sie grinste.

Das war der Geruch im Büro gewesen. Brook ärgerte sich. Darauf hätte er auch selbst kommen können.

»Und sie hat das Päckchen auch angenommen?«

»Ja«, schaltete sich Hellkamp ein. »Beziehungsweise nein. Es lag vor der Tür des Sekretariats, als sie zur Arbeit kam.«

»Einfach so?«

»Ja, ganz recht.«

»War es denn an jemanden adressiert?«

»Ja, auf dem Deckel steht der Name des Professors.«

»Hm.« Brook nahm die Schachtel in die Hand und faltete sie zusammen. Auf einer der Laschen war »Radeberger« zu lesen, in Druckbuchstaben und augenscheinlich mit Kugelschreiber geschrieben. Er legte die Schachtel wieder hin.

»Gut, dann gehen wir mal wieder rüber.«

4

Wie lange er ohnmächtig gewesen ist, weiß er nicht. Als er zu sich kommt, ist es wieder dunkel im Raum. Jemand muss da gewesen sein, das Licht gelöscht haben. Er liegt immer noch vor der Wand, dort, wo der Spiegel hängt und wo er das Bewusstsein verloren hat.

Jemand hält ihn hier gefangen. Und dieser Jemand hat ihm sein Auge geraubt!

Er versucht, ruhig zu bleiben. Aber er spürt, wie die Angst in ihm stärker wird. Angst um sein Leben.

Er steht langsam und behutsam auf. Seine Knie zittern, als er zur Tür geht und den Lichtschalter sucht. Jetzt ist es wieder hell.

Ihm ist noch immer übel, und das Gefühl der Benommenheit ist jetzt noch ausgeprägter als zuvor.

Natürlich – um ihm das Auge herauszuoperieren, musste sein Peiniger ihm ja ein Narkosemittel spritzen.

Und jetzt?

Er setzt sich unterhalb des Lichtschalters hin, den Rücken an der kalten Wand. Sein Kopf dröhnt, ihm ist schwindlig, aber wenigstens hat der Schmerz etwas nachgelassen. Ein Betäubungsmittel? Ja, das muss es sein. Fentanyl vielleicht. Oder Morphin. Er betastet seine Arme. Eine kleine Schwellung am Oberarm, sicherlich der Einstich einer Spritze. Und eine rote Stelle in der Armbeuge.

Zum ersten Mal schaut er sich bewusst um. Wo ist er hier bloß?

Weiß getünchte Wände, rohe Backsteine unter weißer Farbe. Es sieht aus wie in einem Keller. An der Decke hängt eine nackte Glühbirne.

Kein Fenster?

Doch, dort vielleicht. Nein, ganz sicher. An der Wand gegenüber ist unterhalb der Decke ein großes Stück brauner Karton ans Mauerwerk geklebt, mit breitem Paketklebeband. Ist dahinter ein Kellerfenster?

Er merkt kaum, dass seine Unterlippe vor Kälte zittert. Vielleicht kann er das Stück Karton entfernen, das Fenster öffnen und um Hilfe rufen? Ein kleines bisschen Hoffnung.

Er beginnt, das Klebeband zu lösen, und kurz darauf kann er die Pappe entfernen. Da ist eine Glasscheibe in einem verrosteten Metallrahmen vor einem engmaschigen Gitter. Dahinter ist es schwarz.

Das Fenster ist an der linken Seite durch einen Hebelverschluss gesichert. Er versucht, den Hebel herunterzudrücken, um den Riegel zu lösen. Vergebens. Er nimmt alle Kraft zusammen, aber der Verschluss bewegt sich nicht. Festgerostet, wie es scheint.

Je mehr er sich anstrengt, desto schwindliger wird ihm, desto stärker spürt er die Schmerzen dort, wo sein rechtes Auge gewesen ist.

Er bräuchte ein Werkzeug. Aber im Raum ist nichts als der Holztisch, auf dem er gelegen hat, und der Spiegel an der Wand. Und die Deckenlampe an einem Kabel.

Das Kabel? Vielleicht gelingt es ihm, das Kabel von der Decke zu ziehen. Ganz bestimmt sogar. Dann könnte er es um den Hebel legen und sich mit seinem ganzen Gewicht dranhängen. Vielleicht würde das klappen? Aber dann wäre es wieder stockdunkel. Das Risiko will er nicht eingehen. Er geht zurück zum Tisch und kniet sich hin. Die Beine scheinen fest verschraubt, ohne Hilfsmittel bekommt er sie nicht los.

Er hat seine Angst verdrängt, aber jetzt kehrt sie zurück, mit einem wachsenden Gefühl der Hilflosigkeit. Wieder am Fenster, versucht er, jetzt verzweifelter, den Hebel am Fensterrahmen zu bewegen. Er ignoriert den pochenden Schmerz. Seine Knöchel werden weiß. Er zieht und zieht, und auf einmal gibt der Hebel ein Stück nach. Er muss absetzen und Luft holen. Dann noch einmal.

Erst sind es nur wenige Millimeter, aber auf einmal ist der Hebel gelöst, und er kann das Fenster öffnen.

Vorher hat er es durch die dreckige Fensterscheibe nicht gesehen, aber offenbar hat jemand die Fensteröffnung mit Erde zugeschüttet. Ein Schwall dunkelbrauner Erde ergießt sich in den Raum, über sein Gesicht und seine Brust, er stolpert rückwärts und schlägt mit dem Hinterkopf an der Tischkante an.

Der plötzliche Schmerz taucht alles wieder in tiefe Dunkelheit. Er liegt auf dem Boden und wimmert. Er hat Erde ins Auge bekommen und in den Mund, in die Nase. Er hat nicht einmal die Kraft, auszuspucken, es knirscht zwischen seinen Zähnen.

Als Letztes hört er noch, wie der Schlüssel in der Tür herumgedreht wird und jemand den Raum betritt. Er versucht, den Kopf zu drehen, doch es gelingt ihm nicht.

Dann verliert er das Bewusstsein.

5

Brook, Hellkamp und Frau Nikolai saßen in einem Büro, das ein Oberarzt mit Namen Mladenow ihnen zur Verfügung gestellt hatte. Im Vorzimmer des Professors hatte Brook nicht bleiben wollen, nicht nur wegen des Geruchs nach Erbrochenem, der immer noch in der Luft lag, sondern vor allem weil er das Gefühl hatte, dass sich die Sekretärin dort, wo sie das Päckchen mit dem Auge darin ausgepackt hatte, nicht würde konzentrieren können.

Dr. Mladenow hatte fortgemusst zu einem Patienten. Man hatte ihm mitgeteilt, dass die Polizei lediglich wegen des vermissten Chefarztes im Hause war, die Sache mit dem Auge sollte vorerst unter Verschluss bleiben. Das Büro war ähnlich eingerichtet wie das Vorzimmer des Chefarztes, die gleichen Möbel, zudem ein großes Regal mit Fachbüchern. Nur hinter dem Schreibtisch stand ein Sessel mit schwarzem Lederbezug, der sicherlich um einiges teurer war als Frau Nikolais Schreibtischstuhl. An den Wänden hingen gerahmte großformatige Fotos von Hamburg. Michel, Hafen, Rathaus. Sie saßen an einem runden Tisch, der ebenfalls aussah wie der bei Radeberger.

Frau Nikolai saß Brook und Hellkamp gegenüber. Sie machte einen unsicheren, geradezu erschütterten Eindruck. Hellkamp zog ein Päckchen Papiertaschentücher aus der Tasche und hielt es ihr hin. Sie sah ihn dankbar an, nahm eines heraus und schnäuzte sich. Dann drückte sie das Taschentuch in der Faust zu einem Knäuel zusammen und blickte an Brook vorbei zur Wand.

»Ihr Chef, Professor Radeberger, wird also vermisst«, fuhr Brook fort. »Seit wann?«

Frau Nikolai atmete tief durch, bevor sie antwortete. Dann sah sie Brook in die Augen. »Seit Montag, also, ich meine, seit vorgestern. Da ist er auch schon nicht zur Arbeit gekommen.«

»Also seit Montag. Dann haben Sie ihn Freitag das letzte Mal gesehen?«

»Ja, genau. Da habe ich ihn nach Hause gebracht, weil er … na ja, ihm war schlecht geworden.«

»Wann genau war das?«

»Na, kurz vor Feierabend, so gegen vier.«

»Und da ist ihm schlecht geworden? Wie äußerte sich das?«
»Er kam zu mir und meinte, ihm wäre so schwindlig, und er würde lieber nach Hause gehen. Er hatte auch nichts mehr im Terminkalender. Na ja, und dann bat er mich, ihn nach Hause zu begleiten. Er sah aber auch wirklich nicht gut aus.«
»Was hatten Sie für einen Eindruck«, fragte Hellkamp dazwischen, »was fehlte ihm?«
»Grippe, würde ich sagen. Er war etwas blass, schwitzte. Und er klagte über Kopfschmerzen, ja.«
»Und dann haben Sie ihn nach Hause gefahren?«, fragte Brook. »Mit Ihrem Auto?«
»Ja, na klar.«
»Das heißt, sein Auto steht immer noch auf dem Parkplatz?«
»Nein, das ist weg. Ich denke mal, dass er es am Wochenende geholt hat.«
»Wie kommen Sie darauf?«
»Na, es steht bei ihm vor der Tür. Ich bin Montag nach der Arbeit doch gleich dort vorbeigegangen, um nachzusehen, was mit ihm los ist. Er ist wirklich noch nie, ohne Bescheid zu sagen, nicht zur Arbeit erschienen.«
»Aber er hat nicht aufgemacht.«
»Nein. Obwohl Licht an war im Haus.«
»Was haben Sie denn da gedacht?«
»Na ja, ich habe geklingelt und noch mal geklingelt, aber es hat keiner aufgemacht. Ich war ja schon in Sorge, dass es ihm noch schlechter gehen könnte, wegen Freitag. Aber dann sah ich, dass sein Auto vor der Tür stand, und ich dachte, dann hat er das ja noch geholt, dann ist es sicher nicht … Ich meine, dann ist er nicht nach Freitag so krank geworden, dass er nicht mehr die Tür aufmachen kann. Aber komisch war das schon.«
»Aber am Dienstag ist er auch nicht zur Arbeit erschienen.«
»Nein, und auch nicht ans Telefon gegangen. Weder zu Hause noch an sein Handy, genau wie Montag. Ich bin fast durchgedreht. Ich dachte schon, er wäre auf einer Tagung oder so, und ich hätte es vergessen. Aber ich habe alles durchgesehen, und da war nichts – auch kein Urlaub.«
»Aber Vermisstenanzeige haben Sie nicht erstattet?«

»Nein.« Die Sekretärin sah Brook verzweifelt an. »Das wollte ich heute machen, in der Mittagspause, ganz bestimmt.« Sie holte ein Taschentuch aus der Hosentasche und schnäuzte sich.

»Das klingt alles so, als lebe der Professor allein«, meldete sich Hellkamp. »Hat er keine Familie? Soweit ich informiert bin, gibt es *überhaupt* keine Vermisstenanzeige.«

»Nein, da haben Sie recht, der Professor ist nicht verheiratet. Er lebt allein. Er hat eine Tochter, aber die wohnt in San Francisco, soweit ich weiß, und ich glaube, die hat er auch lange nicht mehr gesehen.«

»Und die dazugehörige Mutter?«

»Die ist schon vor Jahren gestorben. Aber mit der war der Herr Professor nicht verheiratet.«

Für eine Angestellte wusste sie ganz gut über ihren Chef Bescheid. Brook sah die Frau aufmerksam an. Vielleicht war da mehr im Spiel? Eine Liaison zwischen Chef und Sekretärin? Andererseits sah sie nicht gerade aus wie eine Frau, die man körperlich begehrte. Eher der Typ »graue Maus«.

»Wie sieht es mit Freunden aus und Bekannten?«, hakte Brook nach.

»Tut mir leid. Da kann ich Ihnen nicht weiterhelfen.«

»Dann erzählen Sie bitte noch einmal, wie das war, als Sie heute Morgen die Schachtel gefunden haben.«

Frau Nikolai holte erneut tief Luft. »Also, ich will die Tür vom Büro aufschließen, und da liegt dieses Päckchen.«

»Wann war das?«, unterbrach Hellkamp sie.

»Kurz vor acht. Ich nehme es mit ins Büro und lege es auf meinen Schreibtisch. Ja, und dann hänge ich meinen Mantel auf, und dann habe ich es aufgemacht.«

Brook betrachtete die Sekretärin, während sie sprach. Sie wirkte jetzt weniger aufgewühlt, und auch ihre Stimme war fester. »Frau Nikolai, das Päckchen war an Professor Radeberger adressiert, aber Sie haben es geöffnet?«

Sie nickte. »Natürlich, das mache ich immer so, ich sortiere seine Post vor, damit er nur das bekommt, was wichtig für ihn ist. Außer, es steht ›persönlich‹ oder so darauf. Das ist Teil meiner Arbeitsplatzbeschreibung.«

»Da lag also die Schachtel. Und dann?«

»Dann habe ich sie aufgemacht.«

»Etwas genauer bitte. Was, wann, wie, wo, womit?«

»Natürlich, das sage ich Ihnen schon. Sie müssen mich eben nicht immer unterbrechen.« Sie sah Brook streng an, und der war so überrascht, dass er ganz vergaß, ihr die Bemerkung übel zu nehmen.

»Ich hole eine Schere aus der Schublade, denn das Päckchen ist mit Paketklebeband zugeklebt. Ich durchtrenne das Klebeband mit der Schere und öffne die Schachtel, und da liegt dann der Plastikbeutel unter dem Zettel.«

»Moment mal. Zettel? Was für ein Zettel?«

»Oh mein Gott.« Frau Nikolai sah bestürzt aus. »Den habe ich ja ganz vergessen!« Sie sah aus, als wollte sie aufspringen, konnte sich aber bremsen. »Es war ein Zettel dabei, ein Stück Papier mit Schrift drauf. Lag oben auf dem Beutel, und den habe ich rausgenommen, bevor ich gemerkt habe, was da eigentlich drin war.«

»Nur die Ruhe, Frau Nikolai«, sagte Brook. »Was haben Sie mit dem Zettel gemacht? Ihn weggeworfen?«

»Wo denken Sie hin?« Sie sah ihn entrüstet an. »In die Schreibtischschublade habe ich ihn gelegt.«

»Na, dann läuft uns der Zettel ja nicht weg. Was stand denn drauf?«

»Was draufstand? Keine Ahnung.«

»Aber Sie haben es doch sicher gelesen oder zumindest überflogen.«

»Ja, äh, nein. Der Zettel war auf Russisch geschrieben.«

Brook sah die Sekretärin verwundert an. »Hatte Professor Radeberger irgendwelche Beziehungen zu Russland?«

Frau Nikolai überlegte kurz. Dann verneinte sie zögerlich die Frage.

»Gut, das wird sich klären«, sagte Brook. »Können Sie sich denn das Verschwinden des Professors irgendwie erklären?«

Die Frau schüttelte den Kopf.

»Sie können sich gar keinen Reim darauf machen?«

Es kam keine Antwort.

»Ist das denn schon mal vorgekommen, dass er tagelang fort war?«

»Nein«, sagte Frau Nikolai nun voller Nachdruck. »Nicht, solange ich mit ihm zusammenarbeite.«

Zusammenarbeiten – seltsame Formulierung für eine Sekretärin. Brook blickte Hellkamp an, der ihm einen vielsagenden Blick zuwarf und sich eine Notiz machte.

»Wie lange ist denn das?«

»Vier Jahre. Und der Herr Professor ist wirklich der zuverlässigste Mensch, den man sich vorstellen kann.«

»Wollen wir hoffen, dass er es auch noch ist«, sagte Hellkamp.

Brook ärgerte sich über diese Bemerkung. Andererseits hatte Hellkamp vielleicht ganz recht. Wozu sollten sie die Dame mit Samthandschuhen anfassen? Wenn hier ein Verbrechen vorlag, ein Gewaltverbrechen zudem, mussten sie vor allem erst einmal Fakten sammeln. Und die bekamen sie oft gerade nicht, indem sie behutsam vorgingen.

Frau Nikolais Reaktion war entsprechend. »Sie glauben doch nicht etwa, dass das im Päckchen ... Professor Radebergers Auge ist?« Die Sekretärin machte ein Gesicht, dass Brook fürchtete, sie würde sich gleich wieder in den Mülleimer übergeben.

»Ich glaube gar nichts«, sagte Brook langsam. »Der Verdacht ist sicherlich nicht von der Hand zu weisen. Aber das wird sich feststellen lassen. Erst mal über die Blutgruppe und dann über DNA.«

»Haben Sie drüben im Büro etwas, das wir mitnehmen können und das nur Professor Radeberger angefasst hat?«, fragte Hellkamp. »Möglichst vor Kurzem?«

Frau Nikolai sah ihn irritiert an. »Was er angefasst hat? Ja, natürlich ... wobei ...« Irgendetwas schien ihr unangenehm zu sein. »Das zeige ich Ihnen gleich.«

»Gut.« Hellkamp machte sich eine Notiz. »Außerdem bräuchten wir seine Blutgruppe.«

»AB positiv. Ausgerechnet als Arzt die seltenste.«

Brook merkte auf. Erneut staunte er, wie gut die Sekretärin ihren Vorgesetzten kannte. Natürlich konnte es ebenso gut sein, dass Frau Nikolai einfach nur aufmerksam war und ein gutes

Gedächtnis hatte. Aber dass sie Radebergers Blutgruppe kannte, erstaunte Brook dann doch.

»Der Erkennungsdienst wird sicher noch eine Weile brauchen«, sagte Hellkamp. »Was finden wir denn im Büro von Professor Radeberger, an dem seine DNA haftet?«

»Ja, äh, ich weiß nicht ... am ehesten –« Frau Nikolai wollte nicht so recht mit der Sprache heraus. Da war sie allerdings bei Brook an der falschen Adresse.

»Nun sagen Sie schon«, schnauzte Brook sie an.

»Also gut, in der Schublade von seinem Schreibtisch, da ist ein Metallfläschchen ... Na, Sie wissen schon.«

»Ein Flachmann?«

Frau Nikolai nickte.

Diese Frau wusste wirklich *sehr* gut über ihren Chef Bescheid.

»Gut, das sollte reichen. Noch einmal zurück zum Professor persönlich: Wie gut sind Sie denn mit ihm bekannt?«

»Er ist mein Chef.«

»Das weiß ich. Und weiter?«

»Nichts weiter.«

Er beobachtete die Frau genau, aber nichts an ihr verriet, dass sie etwas verheimlichte. Eine falsche Fährte, ganz klar.

»Herr Radeberger ist der Chef der gesamten Klinik, oder?«

Frau Nikolai nickte.

»Was für eine Art Arzt ist er eigentlich? Ich meine, welche Fachrichtung?«

»Chirurg.«

»Waren Sie mal privat bei ihm zu Hause? Zu Besuch?«

»Nein.« Sie sah ihn erstaunt an. »Wie kommen Sie darauf?«

Brook schüttelte kurz den Kopf. Das sollte so viel heißen wie: Ich stelle hier die Fragen. »Aber am Freitag haben Sie ihn doch nach Hause gebracht.«

»Ja sicher, aber das war ja ... dienstlich, sozusagen. Es ist auch schon mal vorgekommen, dass ich ihm am Wochenende Akten aus dem Krankenhaus geholt habe.«

»Wo wohnt er denn?«, fragte Hellkamp dazwischen.

»In Bramfeld. Otto-Burrmeister-Ring 46, direkt am Bramfelder See. Schön gelegen.«

»Da werden wir mal gleich ein paar Kollegen vorbeischicken«, sagte Hellkamp.

»Was wissen Sie denn noch so über sein Privatleben?«, fragte Brook.

Frau Nikolai sah ihn fragend an.

»Immerhin wussten Sie das mit der Tochter und der Freundin. Da liegt es doch nahe, dass Sie noch mehr wissen.«

»Was meinen Sie?«

»Hatte er zum Beispiel eine Freundin?«, fragte Hellkamp. »Vielleicht ist er mal von der Arbeit abgeholt worden oder so. Das hätten Sie doch mitbekommen.«

»Na ja … hin und wieder. Aber im Moment, glaube ich, nicht. Also im Moment keine Freundin, meine ich.«

Brook sah Frau Nikolai an, während sie Hellkamp antwortete. Er revidierte langsam seinen ersten Eindruck, dass die Frau eine engere Vertraute des verschwundenen Professors war, als sie zugeben wollte. Wahrscheinlich war sie wirklich bloß eine gute Zuhörerin und eine aufmerksame Beobachterin. Und jemand mit einer schnellen Auffassungsgabe und einem guten Gedächtnis.

Das Gespräch brach ab, und Brook tauschte mit Hellkamp einen Blick aus, der signalisierte, dass keiner von beiden momentan noch eine Frage hatte.

»Das sollte fürs Erste reichen, Frau Nikolai«, sagte Brook und erhob sich.

»Wie lange … ich meine, wann kann ich denn wieder in mein Büro?«

»Ach so. Tja, das kann noch eine Weile dauern, bis die Spurensicherung abgeschlossen ist. Übrigens müssen Sie noch erkennungsdienstlich erfasst werden. Warten Sie kurz hier, dann schicke ich jemanden rüber.«

Sie verließen das Zimmer und gingen zurück zum Büro der Sekretärin. Hellkamp bat den Erkennungsdienst, den Zettel aus der Schachtel, von der Frau Nikolai gesprochen hatte, sicherzustellen und mit in die Technik zu schicken.

Zurück auf dem Flur, kam ihnen der Oberarzt entgegen, der ihnen das Büro für das Gespräch mit der Sekretärin überlassen hatte.

»Das trifft sich gut«, begrüßte Brook ihn. »Können wir auch kurz miteinander sprechen?«

Der Arzt, der fast zwei Meter groß war und dessen Gesicht ein markanter schwarzer Vollbart zierte, nickte. »Gerne, hier entlang.« Er wies in die Richtung, aus der sie gerade gekommen waren.

Brook hob entschuldigend die Hände. »Tut mir leid, da sitzt noch Frau Nikolai und wartet darauf, dass man sie erkennungsdienstlich behandelt.«

»Was bedeutet das?« Der Oberarzt hatte einen deutlichen slawischen Akzent.

»Wir müssen ihre Fingerabdrücke nehmen, um zu sehen, ob fremde Personen im Büro des Professors waren. Und ich weiß nicht so recht, wohin mit ihr.«

»Ich dachte, Professor Radeberger wäre nur vermisst?«

»Ja, der Professor wird vermisst. Es sind lediglich Vorsichtsmaßnahmen.« In dem Moment, wo Brook es sagte, klang es auch für ihn selbst reichlich seltsam.

Sein Gegenüber indes schien das nicht zu stören. »Gut, kommen Sie. Wir gehen zu Dr. Klußmann. Das ist der andere Oberarzt.«

Brook und Hellkamp folgten dem Mann im weißen Kittel den Flur hinunter. Als sie am Vorzimmer des Chefarztes vorbeikamen, instruierte Brook die mit der Spurensicherung Beschäftigten kurz, dass Frau Nikolai ein paar Türen weiter darauf wartete, dass man ihre Fingerabdrücke nahm. Sie mussten eine Treppe hinabsteigen, bis sie das Büro von Dr. Klußmann erreichten. Es stand offen, war aber leer. Brook ärgerte sich; er hatte gehofft, dass sie gleich zwei Fliegen mit einer Klappe schlagen könnten.

»Kommen Sie herein, setzen Sie sich. Mein Kollege hat sicher nichts dagegen.«

»Gibt es noch mehr Oberärzte?«

»Als uns zwei? Nein, nein. Ist keine große Klinik.«

Sie nahmen Platz. Brook hatte beinahe das Gefühl eines Déjà-vus, denn dieses Büro glich dem anderen, in dem nun Frau Nikolai saß, beinahe komplett. Es hingen sogar dieselben Bilder an der Wand. Offenbar gehörten auch sie zur Standardeinrichtung. Weniger zur Standardeinrichtung gehörte der halb volle gläserne Aschenbecher auf dem runden Tisch in der Mitte. Daneben war das einzig Persönliche, das Brook erblickte, ein Ziegelstein auf dem Schreibtisch, an dem eine Plakette angebracht war. Auf der stand: »Förderer der Elbphilharmonie«. Brook verzog das Gesicht. *So* einer war Dr. Klußmann also. Förderer eines Gebäudes, in das die Stadt an die achthundert Millionen Euro pumpte. Geld, das sonst überall zu fehlen schien. Wie wäre es mal mit *Förderer der Hamburger Polizei*? Na ja.

»Also, Doktor« – Brook beugte sich etwas vor und sah auf das Namensschild, das der Mann an seinen Kittel geheftet hatte – »Dr. Mladenow, was können Sie uns über Professor Radeberger erzählen?«

Der Mann im weißen Kittel schüttelte den Kopf. »Mein Name ist Voinow Mladenow«, sagte er, »Dr. Voinow Mladenow.«

»Ja, das sagte ich doch.« Brook war irritiert. »Dr. Mladenow.«

»Nein, nein. Voinow Mladenow! Wissen Sie, wir Bulgaren haben alle zwei Nachnamen. Der erste Nachname ist eine Form des Vornamens unseres Vaters, der zweite des Vornamens des Vaters unseres Vaters.«

Dr. Voinow Mladenow grinste. Sicherlich musste er diese Erklärung öfter liefern, aber es schien ihm nichts auszumachen.

»Ich heiße Kostadin Voinow Mladenow«, fuhr er fort. »Mein Vater hieß Voin Mladenow Lazarow. Und mein Großvater Mladen Lazarow Lakow. Und dessen … na ja, Sie verstehen das Prinzip sicherlich.«

»Ja, ich denke schon.« Brook spürte, wie seine Ungeduld wuchs. »Ich habe eigentlich nur eine Frage: Wie ist Ihr Verhältnis zu Professor Radeberger?«

»Ich weiß nicht, was Sie meinen.« Der Arzt sah ihn mit großen Augen an.

Brook fragte sich, ob ein sprachliches Problem vorlag. Wie konnte man das, was er gesagt hatte, sonst missverstehen? Er versuchte es noch einmal. »Wie kommen Sie miteinander aus, als Kollegen?«

»Ach so.« Voinow Mladenow strahlte. »Sehr gut, danke! Professor Radeberger ist ein wunderbarer Mann. Eine echte Kapazität! Und ein sehr netter Mensch. Ich habe großen Respekt vor ihm.«

Brook warf Hellkamp einen fragenden Blick zu. Der Arzt

demonstrierte eine wahrlich überschwängliche Begeisterung für den Kollegen. Hellkamp hob leicht die Schultern, als wolle er sagen: Vielleicht ist das einfach die bulgarische Mentalität?

Der Arzt holte ein Päckchen Zigaretten aus der Kitteltasche und zündete sich eine an. Er nahm einen tiefen Zug und blies den Rauch in seinen dichten schwarzen Vollbart.

Offenbar traf das alte Stereotyp, dass ausgerechnet Ärzte rauchen, immer noch zu. Brook selbst hatte noch nie geraucht. Seine neue Freundin, Thea Matthiesen, hatte im vergangenen Herbst, beim Fall mit dem Mörder, der sich für den biblischen Abraham hielt, nach langer Zeit wieder mit dem Rauchen angefangen und, zu Brooks Leidwesen, nicht wieder aufgehört. Immerhin ging sie dazu auf den Balkon, wenn sie bei ihm war.

Dennoch wunderte Brook sich. In Mladenows Büro hatte es weder nach Rauch gerochen, noch hatte dort ein Aschenbecher gestanden. Vielleicht kam der Doktor immer hierher zu seinem Kollegen zum Rauchen.

Hellkamp hatte offenbar denselben Gedanken, denn er fragte den Arzt unverblümt: »Sagen Sie, dürfen Sie hier rauchen?«

»Wie? Ach so.« Er blickte auf die brennende Zigarette und lächelte entschuldigend. »Natürlich nicht. Aber wir, die Ärzte, die Raucher sind, gehen hin und wieder in Dr. Klußmanns Büro und zünden uns eine an. Nur eine Vorsichtsmaßnahme haben wir getroffen.«

»Und zwar?«

»Der Rauchmelder da oben, der funktioniert nicht. Also, nicht mehr.« Er kicherte.

»Hat denn der Chefarzt nichts dagegen?«

»Nein, nein. Der weiß das sogar, aber er sagt, es ist ihm lieber so, als wenn wir zum Rauchen das Klinikgelände verlassen, falls wir schnell gebraucht werden.«

»Kennen Sie sich eigentlich auch privat?«, fragte Brook.

»Privat?«

»Ich meine, waren Sie mal bei Professor Radeberger zu Hause, zum Geburtstag eingeladen, so was in der Art.«

»Nicht dass ich wüsste. Nein, sicher nicht. Also … eingeladen hat er mich nie.«

»Und andere Kollegen?«

»Auch nicht. Ich glaube, er war, wie sagt man? Ein einzelner –«

»Einzelgänger?«

»Ja, genau.«

»Sie sind ebenfalls Chirurg?«

»Ja, ich bin Chirurg. Ein sehr schöner Beruf!« Der Arzt grinste breit. »Man kann so viel Gutes tun.«

Dr. Voinow Mladenow erzählte, er sei seit fünf Jahren an der Klinik. Davor habe er in Sofia gearbeitet, am Krankenhaus Königin Johanna.

»Warum sind Sie nach Deutschland gekommen?«, fragte Hellkamp und sah von seinem Notizblock auf.

Der Arzt sah ihn überrascht an. »Wieso?«

»Es muss doch einen Grund gegeben haben.«

»Ach wissen Sie ...« Er zog an der Zigarette, nahm den Kopf in den Nacken und blies den Rauch gegen die Decke. »Mir gefällt es hier einfach. Die Bedingungen sind gut, die Geräte sehr modern. Irgendwann muss man sich weiterentwickeln, und das konnte ich in Bulgarien nicht so recht. Außerdem ist meine Mutter Deutsche.«

»Tatsächlich?«

»Ja, sie ist in der DDR aufgewachsen, und in den sechziger Jahren hat sie meinen Vater kennengelernt.«

»Im Urlaub?«

»Nein, auf der Leipziger Messe. Er hat da gearbeitet, für eine bulgarische Firma. Sie war Messe... Wie sagt man?«

»Hostess?«, riet Brook.

Der Arzt nickte. »Genau.«

»Und dann sind sie zusammen nach Bulgarien gezogen?«

»Ja, ja. Sie war auf einmal schwanger, und ... wie das eben so läuft.«

»Sie sind also zweisprachig aufgewachsen?«

»Na ja, zweisprachig ... teils, teils. Einen Akzent habe ich leider trotzdem abbekommen.« Dr. Voinow Mladenow grinste breit.

Brook schmunzelte. Er merkte, dass er den Arzt sympathisch fand – auf jeden Fall sympathischer als Frau Nikolai. Zwanzig Jahre zuvor hätte er noch versucht, diese menschliche Reaktion zu verdrängen. Inzwischen hatte er gelernt, dass er in Fällen wie diesem, wo er vielen verschiedenen Leuten begegnete, unweigerlich zwischenmenschliche Gefühle entwickelte. Es war eine vollkommen normale Reaktion. Aber er hatte auch gelernt, sich von diesen Gefühlen in keine Richtung leiten zu lassen. Oft genug hatte sich ein besonders sympathisch wirkender Zeitgenosse später als Dieb oder Betrüger entpuppt. Spätestens dann konnte Brook seine Sympathien und Antipathien neu ordnen, was ihn dann auch jedes Mal wieder auf eine gewisse Weise beruhigte.

»Kann man denn einfach so aus Bulgarien nach Deutschland kommen, als Arzt?«, wollte Hellkamp wissen. »Oder ist das ein sehr aufwendiges Verfahren?«

Der Arzt lachte laut. »Wenn Sie wüssten! Soll ich Ihnen mal aufzählen, was man dazu braucht, um hier als Mediziner eine langfristige Arbeits- und Aufenthaltserlaubnis zu bekommen?« Hellkamp kam nicht mehr dazu, die Frage zu verneinen, da legte Voinow Mladenow auch schon los. »Medizindiplom. Praktikumsbescheinigung. Lebenslauf in deutscher Sprache. Geburtsurkunde. Heiratsurkunde. Bulgarisches Führungszeugnis. Deutsches Führungszeugnis. Zertifikat über Deutschkenntnisse. Attest über die Arbeitsfähigkeit. Und natürlich den Arbeitsvertrag von der deutschen Klinik.«

»Puh!« Hellkamp sah den Arzt mitleidig an. »Und das, obwohl Bulgarien in der EU ist?«

»Das ist es ja!« Der Arzt sah empört aus. »Seit sechs Jahren sind wir in der EU! Aber für die Bürokraten gibt es immer noch zweierlei Maß, was unser Land angeht. Als wären die Bulgaren fauler als andere Menschen.«

»Sie erwähnten eine Heiratsurkunde«, sagte Brook. »Sie sind verheiratet?«

»Nein, ich meine, ja. Meine Frau ist gestorben, an Krebs. Vor drei Jahren.«

Beinahe hätte Brook »meine auch« gesagt, aber so vertraulich wollte er dann doch nicht werden. Er wechselte das Thema und griff noch einen anderen Punkt auf: »Praktikumsbescheinigung, sagten Sie. Also mussten Sie vorher schon ein Praktikum machen? In einem deutschen Krankenhaus?«

»Ja, aber das hatte ich sowieso schon gemacht, schon in den Neunzigern. Nach dem Studium.«
»Und wo?«
»Hier im Haus.«
»Tatsache? War Professor Radeberger da auch schon hier?«
Dr. Voinow Mladenow überlegte. »Nein«, sagte er schließlich, »nein, daran würde ich mich erinnern. So ein netter Mann!«

Bevor sie zurück in die Dienststelle fuhren, versuchten Brook und Hellkamp zu rekonstruieren, wann die Pappschachtel vor der Tür von Radebergers Vorzimmer gelandet war. Sie hatten wenig Glück. Niemand konnte sich an irgendetwas erinnern. Da es keine festen Besuchszeiten gab, schienen sich auch ständig überall im Haus betriebsfremde Personen aufzuhalten. Die Reinigungskräfte, die für die dritte Etage zuständig waren, hatten bereits Feierabend, sie arbeiteten im Schichtdienst; immerhin hatten sie nun ein paar Namen.

Als Letztes unterhielten sie sich mit der Frau, die an der Rezeption saß, einer rundheraus unsympathischen, verkniffenen Person, wie Brook fand, die obendrein fürchterlich geschminkt war. Doch auch sie hatte kaum etwas beizutragen.

»Sehen Sie, ich kann wirklich nicht jeden im Auge behalten, der hier rein- und rausgeht. Was ist denn eigentlich passiert?«

»Tut mir leid«, brummte Brook. »Ab wann sind Sie denn immer hier?«

»Ab acht. Davor ist ein Kollege da. Der hat jetzt aber natürlich schon Feierabend.«

»Natürlich«, schaltete Hellkamp sich ein. »Müssen Sie auch manchmal die Nachtschicht arbeiten?«

»Ja, manchmal.«

»Ihren Job möchte ich aber auch nicht haben.« Hellkamp grinste die Frau an, und sie lächelte zurück.

Brook sah sich das Schauspiel skeptisch an. Fehlte nur noch, dass er ihr zuzwinkerte.

Die Frau hinter dem offenen Tresen beugte sich zu Hellkamp vor, als hätte sie ihm etwas Vertrauliches mitzuteilen. Hellkamp lehnte sich ebenfalls nach vorn und stützte einen Ellenbogen auf dem Tresen ab. »Wenn es so wichtig ist, wer hier rein- und rausgegangen ist«, sagte sie in verschwörerischem Tonfall, »dann sehen Sie sich doch die Bänder der Videoüberwachung an.«

Hellkamp und Brook tauschten einen Blick aus, der so viel bedeutete wie: Darauf hätten wir auch gleich kommen können.

»Wo wird denn hier so mitgefilmt?«, fragte Hellkamp und sah sich um, als sei er ein Prominenter, der irgendwo Paparazzi wittert.

»Da zum Beispiel.« Die Frau zeigte über sich an die Decke. Und richtig, dort war eine Kamera angebracht, die aussah wie ein umgekehrtes altmodisches Blaulicht, nur natürlich nicht mit blauem Glas, sondern einer dunklen Kunststoffglocke.

»Und sonst?«

»Tja, auf der Intensivstation natürlich ... Und in den Stationen auf dem Flur.«

»Auch im dritten Stock?«

»Bei den Oberärzten und beim Chef? Nein, da nicht.«

Natürlich nicht. Brook verzog das Gesicht. Das wäre auch wieder zu einfach gewesen. Schon klar.

»Können wir uns denn die Bilder, ich meine die Filme, mal angucken? Die von gestern bis heute?«

Die Frau hinterm Tresen hob die Augenbrauen und sah Hellkamp scharf an. Der setzte sein breitestes Grinsen auf, und sie musste wieder lächeln. »Sicher, wenn Sie so viel Zeit haben? Aber brauchen Sie dafür nicht irgendeine richterliche Verfügung oder so was?«

»Nur, wenn das Krankenhaus sich weigert, zu kooperieren«, meldete sich Brook. »Leider haben wir dafür jetzt wirklich keine Zeit, aber wir werden jemanden rumschicken.«

Sie verabschiedeten sich, Hellkamp ein wenig zu herzlich, wie Brook fand, und verließen die Klinik.

6

Zurück in der Dienststelle, dem Polizeikommissariat 37 am Wandsbeker Markt, brachte Brook geschlagene zwei Stunden damit zu, E-Mails zu sichten, zu beantworten, Telefonate entgegenzunehmen, Weisungen zu erteilen und mit seinem Vorgesetzten zu diskutieren. Und dann musste er auch noch das letzte Protokoll eines Falles durchsehen, den er und Hellkamp gerade erst abgeschlossen hatten.

Zwei sechzehn Jahre alte Mädchen hatten mehrere alte Männer und Frauen in deren Wohnungen bestohlen. Sie hatten sich als Freundinnen einer Enkelin ausgegeben und erzählt, die Enkelin hätte sie geschickt, weil sie dringend Geld leihen müsste, und den Besuch der Mädchen telefonisch angekündigt. Zahlreiche verunsicherte alte Menschen hatten ihnen daraufhin Geld ausgehändigt, obwohl es einen solchen Anruf natürlich nie gegeben hatte. Mehrfach hatte eines der Mädchen zudem Schmuck und Bargeld aus der Wohnung mitgehen lassen; während ihre Kumpanin die Geschädigten in ein Gespräch verwickelte, hatte sie sich in aller Ruhe in der Wohnung umsehen können. Eine Rentnerin hatte ihnen sogar ihre EC-Karte mit Geheimnummer mitgegeben. Mit der Karte Geld abzuheben, war jedoch auch der entscheidende Fehler gewesen, den die Mädchen begangen hatten: Durch die veröffentlichten Fotos der Überwachungskamera am EC-Automaten hatte die Kriminalpolizei sie schließlich zu fassen bekommen. Der Schaden belief sich auf rund zehntausend Euro.

Zu Brooks Erstaunen hatte eine der Täterinnen steif und fest behauptet, die Betroffenen hätten ihnen Geld und Schmuck geschenkt. Glücklicherweise hatten sich die Diebinnen allerdings vor den Verhören nicht besonders gut aufeinander abgestimmt, sodass es von vornherein unterschiedliche Aussagen gab – bis die eine schließlich alles zugegeben hatte.

Gegen vierzehn Uhr konnte sich Brook endlich wieder dem Auge und dem verschwundenen Chefarzt widmen. Er erhielt Meldung von zwei Kollegen, die bei Radebergers Haus vorbeigefahren waren. Alles war verschlossen und ruhig gewesen. Die Türklingel wurde nicht beantwortet. Licht brannte keines, soweit sie hatten sehen können. In der Auffahrt stand ein nagelneuer Mercedes. Die Beamten hatten durch die Fenster ins Haus geschaut und sich noch mit den direkten Nachbarn unterhalten. Niemand hatte den Professor seit Freitagmorgen gesehen.

Wenn sich herausstellen sollte, dass das Auge im Päckchen tatsächlich Radebergers war, würden sie einen Durchsuchungsbeschluss bekommen und sich auch drinnen umsehen können. Vorher wollte Brook den Staatsanwalt damit nicht behelligen. Er würde eh eine Abfuhr erhalten. Immerhin war merkwürdig, dass Frau Nikolai noch am Montagabend in dem Haus hatte Licht brennen sehen. Aber dafür gab es im Zweifelsfall mehrere Erklärungen – von einer potenzielle Einbrecher abschreckenden Zeitschaltuhr bis hin zu einer mittlerweile durchgebrannten Glühbirne.

Hellkamp stand in der Tür. Sein Büro grenzte an das von Brook, und die Tür war nur selten geschlossen. »Na, haben Sie schon was von Dr. Mann gehört?«

»Nein, nichts. Leider.« Dr. Mann vom Rechtsmedizinischen Institut war für Brook einer der wenigen Lichtblicke unter den Menschen, mit denen er routinemäßig zusammenarbeitete. Dr. Manns Arbeitsweise – schnell, effizient, zielgerichtet und ohne viele überflüssige Worte und Erklärungen – glich derjenigen, derer Brook sich selbst rühmte.

»Dafür komme ich gerade aus der Technik«, sagte Hellkamp. »Die ist immerhin schon mal fertig mit dem Zettel, der in der Schachtel mit dem Auge war.«

Erst jetzt merkte Brook, dass Hellkamp ein Stück Papier in der Hand hielt. »Ist er das?«

Hellkamp sah Brook kurz verwirrt an. »Nein, nein, das ist der Bericht der Techniker zum Brief. Frau Nikolais Fingerabdrücke sind natürlich drauf, sonst leider keine. Ebenso wenig wie in und an der Schachtel oder dem Plastikbeutel. Einiges an DNA ... Na ja, das mit den DNA-Spuren dauert ja leider immer eine Weile. Ansonsten handelsübliches holzfreies Papier, achtzig Gramm. Offenbar von einem Notiz- oder Abreißblock. An der Oberkante sind Reste von einem Klebefilm. Die Schrift besteht aus Kugelschreibertinte.«

»Sonst keine Auffälligkeiten?«

»Moment.« Hellkamp legte die Stirn in Falten. »Hier ist vielleicht was. Die Kollegen schreiben, die Tinte enthalte einen etwas höheren Anteil an Anilin als hierzulande zulässig. Da steht aber nicht, was das bedeuten könnte. Sie haben die Daten ans LKA geschickt, vielleicht wissen die mehr.«

»Haben Sie den Zettel aus dem Päckchen denn schon wieder mitbringen können?«

»Ja. Ich hole ihn mal kurz.«

Hellkamp ging hinüber in sein Büro, und als er wiederkam, legte er ein quadratisches Stück Papier vor Brook auf den Tisch. Es war etwa acht Zentimeter groß.

Hellkamp blieb stehen und sah Brook über die Schulter, was diesen sofort nervös machte. Aber Brook hatte keine Lust, seinem Kollegen zu sagen, er solle sich einen Stuhl nehmen. Den Versuch, Hellkamp gewisse Manieren beizubringen, hatte er längst aufgegeben.

»Wissen Sie, was ich komisch finde?«

»Was denn, Hellkamp?«

»Dass die Frau Nikolai den Zettel aus der Schachtel nimmt, darunter liegt der Plastikbeutel mit dem Auge, und dann hat sie sich noch so weit unter Kontrolle, dass sie den Zettel in die Schreibtischschublade legt?«

»Hm.« Brook dachte nach. »Das kann auch eine Übersprunghandlung sein. Wahrscheinlich ist das Ordnung Halten bei ihr so eingeübt, dass es ganz automatisch abläuft. Sie hat sich ja auch in den Mülleimer übergeben.«

»Sie meinen, jemand nicht so Ordentliches hätte einfach auf den Teppich gekotzt?«

»So ungefähr.« Diese Ausdrucksweise! Er sah Hellkamp vorwurfsvoll an, der hob kurz die Schultern. Dann betrachtete Brook das Papier.

Der Text darauf bestand aus lediglich einer Zeile:

Това е първата част, втората ще следва скоро.

»Das sind kyrillische Schriftzeichen, oder?«, fragte Hellkamp.

»Frau Nikolai hatte ja schon gesagt, der Text wäre auf Russisch.«

Brook brummte. »Ja, sieht so aus. Ich habe aber keine Lust, einen Übersetzer anzufordern. Das dauert immer ewig. Sagen Sie doch mal Lejeune, er soll rausfinden, ob wir in der Dienststelle jemanden haben, der Russisch kann. Das ist doch eine prima Aufgabe für ihn.«

Seit Kriminalmeister Lejeune im vergangenen Jahr Brooks Sonderkommission zugeteilt worden war, war er zu einer Art ständigem Begleiter der zwei Kommissare geworden. Dennoch mochte Brook den Dreißigjährigen nicht besonders, auch wenn er nicht genau sagen konnte, warum. Oft waren es Lejeunes vorschnelle Schlussfolgerungen, die Brook sauer aufstießen. Er hatte den Eindruck, dass Lejeune noch nach Jahren bei der Kriminalpolizei seine Unsicherheit vor allem durch eine Mischung aus bemüht lustigen Kommentaren und vorlauter Besserwisserei zu kaschieren suchte.

Hellkamp war es, der immer wieder Partei für den jungen Mann ergriff und Brook ausbremste, wenn er Gefahr lief, seine Launen an Lejeune auszulassen.

Wie froh war Brook an diesem Morgen gewesen, dass Lejeune in der Dienststelle zu tun hatte und nicht am Tatort aufgetaucht war. Aber man konnte sich seine Kollegen nicht aussuchen, und so konnte Brook meistens nichts weiter tun, als Lejeune Aufgaben zuzuteilen, die ihn möglichst weit von ihm wegführten. Und zu hoffen, dass Lejeune sein ehrgeiziges Ziel, spätestens mit vierzig Jahren Polizeipräsident zu sein, möglichst schnell dazu führen würde, seinen, Brooks, Dunstkreis auf Nimmerwiedersehen zu verlassen. Zugleich hätte Brook, wäre er religiös gewesen, dafür gebetet, dass Lejeune sein hehres Ziel natürlich niemals erreichte – Brook war klar, dass die vielen abschätzigen Bemerkungen und kopfschüttelnden Blicke, die Lejeune von ihm erntete, sicherlich nicht spurlos an ihm vorübergingen, auch wenn er sie stets geradezu unterwürfig hinzunehmen pflegte, was Brook wiederum zusätzlich auf die Palme brachte.

Manchmal fragte er sich, ob er Hellkamp zu Beginn ihrer nun schon viele Jahre andauernden produktiven Zusammenarbeit ähnlich skeptisch begegnet war. Immerhin fand er auch an

Hellkamp einige Charakterzüge, die ihm missfielen. Allerdings konnte er sich nicht daran erinnern, dass er Hellkamp jemals wirklich unsympathisch gefunden hatte. Vielleicht auch, weil er sich hin und wieder eingestehen musste, dass er sich wünschte, in mancherlei Hinsicht seinem Kollegen ein wenig mehr zu ähneln.

Nur die ganzen Frauengeschichten – das wäre ihm zu anstrengend!

Kaum hatte Hellkamp den Raum verlassen, um Lejeune seine kleine Aufgabe zuzuteilen, meldete sich das Faxgerät. Brook schaute gebannt auf das Papier, das die Maschine langsam ausspuckte. Er war sich sicher, dass es aus der Rechtsmedizin kam. Dr. Mann war einer der wenigen in seinem Umfeld, die diesen Kommunikationsweg nach wie vor verwendeten und sogar bevorzugten. Wenn man ihm eine E-Mail schrieb, konnte man lange warten, bis man eine Antwort bekam.

Endlich war das Blatt fertig bedruckt und fiel in den Metallkorb unter dem Gerät, gerade als Hellkamp zurückkam. Er nahm es heraus und überflog es.

»Hm ...«

»Na, was denn?«

»Also, Dr. Mann schreibt, die Blutgruppe des Auges entspricht der des Professors, AB positiv. Und er schreibt weiter, dass die nicht sehr häufig ist.«

Brook nickte. Die Anzeichen verdichteten sich, dass es sich um Radebergers Auge handelte. Er hatte eigentlich nichts anderes erwartet. Aber warum zum Teufel schickte jemand Radebergers Auge an dessen eigenes Büro?

Hellkamp las vor: »›... das Auge eines Menschen, dem Anschein nach eines Erwachsenen. Die blaugraue Farbe der Iris legt nahe, dass der Besitzer von heller Hautfarbe ist, ist aber kein Beweis dafür. Wahrscheinlich wurde das Auge etwa Anfang der Woche entnommen, je nachdem, wie es gelagert wurde.‹ – ›Entnommen‹ ist ja auch schön formuliert. – ›Der Sehnerv wurde mit einer scharfen Klinge durchtrennt, aber nicht unbedingt von einem Fachmann, worauf minimale Verletzungen an der Iris und am Augapfel hinweisen.‹ Genaueres weiß er im Moment wohl auch noch nicht.« Hellkamp machte ein Gesicht, in dem sich Ratlosigkeit und Langeweile die Waage hielten.

»Tja. Erst einmal müssen wir in Erfahrung bringen, was auf dem Zettel steht«, sagte Brook.

Im Nebenraum klingelte Hellkamps Telefon. Er ging nach nebenan, kam aber umgehend zurück. »Das war Lejeune. Es gibt eine russischstämmige Kollegin im zweiten Stock. Die kommt gleich runter.«

»Immerhin. Vielleicht wissen wir gleich mehr.«

Es dauerte keine zwei Minuten, bis es zaghaft an Brooks Türrahmen klopfte. In der offenen Tür stand eine Frau von unscheinbarer Erscheinung und schwer definierbarem Alter. Sie stellte sich als Frau Vogt vor. Sie arbeitete als Sekretärin in der Abteilung Prävention und Verkehr, und ihre Eltern stammten aus Sankt Petersburg.

Brook bat sie, sich an den Tisch zu setzen. Er und Hellkamp nahmen ebenfalls Platz. Dann zeigte Brook ihr das Stück Papier. »Können Sie uns das hier übersetzen?«

Die Frau setzte eine Lesebrille auf, die sie an einer Kette um den Hals hängen hatte. Sie nahm den Zettel und studierte ihn, ließ ihn aber sofort wieder sinken. »Tut mir leid.«

»Bitte?«

»Ich weiß nicht, was da steht.«

»Wie ... äh ...« Brook war irritiert.

»Das ist nicht Russisch.«

»Nicht?«

Die Frau sah ihn geringschätzig an. »Nur, weil da kyrillische Buchstaben stehen, ist es ja nicht automatisch Russisch. Kyrillisch schreibt man auch Ukrainisch, Weißrussisch, Mazedonisch, Serbisch —«

Brook grunzte enttäuscht. »Wissen Sie denn, um welche dieser Sprachen es sich handelt?«

»Na ja.« Sie zuckte mit den Schultern. »Also, Ukrainisch ist es auch nicht.« Sie verzog den Mund erst in die eine, dann in die andere Richtung. »Втората ... вторая ... Das müsste Bulgarisch sein. Ja, Bulgarisch. Ziemlich sicher.«

»Bulgarisch?« Brook hatte ein flaues Gefühl im Magen.

Der bulgarische Chirurg. Sollte das schon die Lösung des Falls sein? Zwar wusste auch Brook, dass an der alten Kripo-Regel, gemäß derer man einen Mord entweder innerhalb von achtundvierzig Stunden aufklärte oder gar nicht, etwas dran war – aber so einfach ging es dann meistens doch nicht. Es sei denn, der Täter tauchte als zitterndes Nervenbündel im Kommissariat auf, um zu gestehen. Natürlich konnte von Mord hier noch keine Rede sein, überhaupt waren ihnen noch keinerlei Zusammenhänge klar.

»Ja, ich war mal in Bulgarien, das ist aber schon ein paar –«

»Können Sie das denn wirklich überhaupt nicht lesen?«, unterbrach Brook ihre Urlaubserinnerungen.

Frau Vogt machte ein säuerliches Gesicht und atmete tief ein und aus.

»Das wäre wirklich wichtig«, sagte Hellkamp und lehnte sich ein wenig in ihre Richtung.

Sie sah kurz auf und sah ihm über den Rand ihrer Brille hinweg in die Augen. Dann lächelte sie leicht und blickte erneut auf den Zettel. »Na gut. Ich kann leider kein Bulgarisch. Aber immerhin ist es ja auch eine slawische Sprache ... Hm ... Also, ein bisschen verstehe ich tatsächlich. ›Част‹ bedeutet ›Teil‹, das sieht genauso aus wie im Russischen. Und ›скоро‹ am Schluss heißt ›bald‹. ›Първата‹ könnte ›der erste‹ bedeuten, das sieht bekannt aus, und ›втората‹ heißt ganz bestimmt ›der zweite‹. Also irgendwas mit ›der erste Teil‹ und ›bald der zweite Teil‹. Genauer kann ich das leider wirklich nicht sagen. Mit Bulgarisch bin ich mir ja auch nicht ganz sicher, aber zumindest einigermaßen. Gehört das zu einem laufenden Fall?« Sie sah Hellkamp neugierig an.

»Ja, sicher. Das ist –«

»Danke schön, vielen Dank«, unterbrach ihn Brook, schob Frau Vogt zum Flur hinaus und schloss die Tür hinter ihr.

»Puh!« Hellkamp blies die Backen auf. »Bulgarisch! Und jetzt? Dr. Voinow *Dingsbums*? Hat der Chirurg seinen Kollegen verschwinden lassen und zerschnippelt?«

Aber Brook hatte schon einen Schritt weitergedacht. »Na ja, wenn wir an das hier denken« – er nahm erneut das Fax von Dr. Mann in die Hand – »dann spricht das wohl eher gegen einen Chirurgen. Stichwort: *nicht unbedingt von einem Fachmann.*«

»Vielleicht will er uns auf eine falsche Fährte locken.«

»Und deshalb schickt er Radebergers Auge an sein Büro?«, schnaufte Brook. »Und legt ein Begleitschreiben auf Bulgarisch bei?«

»Tja.«

»Wir wissen ja noch gar nicht ganz sicher, ob das Auge tatsächlich Radeberger gehört. Und zunächst einmal müssen wir herausfinden, was da genau drinsteht.« Brook wies auf den Brief und nahm einen Schluck Kaffee. »›Der erste Teil‹, ›bald der zweite Teil‹ … Gut klingt das nicht.«

»Wenn das wenigstens normale Buchstaben wären«, sagte Hellkamp.

»Wieso? Was dann?«

»Dann könnten wir es provisorisch schon mal in den Google Übersetzer eintippen.«

»Das geht?«

»Ja sicher, aber mit den bulgarischen Buchstaben … Keine Ahnung, wie das gehen soll.«

»Also doch der Übersetzer.«

»Ich fürchte, ja. Lejeune soll den bestellen. Das wird er doch wohl noch hinkriegen?«

»Nun machen Sie mal einen Punkt, Brook.«

»Was meinen Sie?«

»Ich weiß ja, dass Sie Lejeune auf dem Kieker haben, aber manchmal könnten Sie wirklich einen Gang runterschalten.«

Brook blickte seinen Kollegen verständnislos an.

»Außerdem könnte er noch was anderes für uns tun«, fuhr Hellkamp fort, »nämlich im Krankenhaus die Videoüberwachung überprüfen.«

»Sie haben recht. Bevor wir uns da stundenlang die Filme angucken, könnte schon mal jemand vorsortieren. Aber können Sie das nicht machen, Hellkamp?«

»Ich hab noch alle Hände voll zu tun mit dem Überfall auf die Spielothek letzte Woche.«

»Ich dachte, damit sind Sie durch?«
»Nee, wir haben den Typen, aber ich hab noch Papierkram.«
Brook seufzte. »Na dann, in drei Teufels Namen, soll Lejeune das machen.«
»Sehen Sie, Brook, geht doch.«

Der Rest des Tages verlief unspektakulär. Lejeune teilte ihnen mit, dass am nächsten Tag ein vereidigter Übersetzer für Bulgarisch ins Büro kommen würde, der auch mit anderen slawischen Sprachen vertraut war; so viel Weitsicht hatte Brook ihm nicht zugetraut, wie er sich eingestehen musste. Danach hatte Lejeune sich zum Krankenhaus aufgemacht. Dann erkundigte sich Dienststellenleiter Pöhlmann nach dem Stand der Dinge und zog mit sorgenvollem Gesicht wieder ab. Die Kollegen aus dem zweiten Stock sammelten für das Dienstjubiläum von Kommissar Lück in der folgenden Woche. Und schließlich warteten noch mehr Verwaltungsarbeit und ein Termin beim Staatsanwalt auf Brook.

Gegen sechs machte er Feierabend. Von Technik und Erkennungsdienst würden sie heute ohnehin nichts mehr hören.

Als Brook zu Hause war, versuchte er, Thea Matthiesen anzurufen. Ihr Handy war ausgeschaltet. Er hatte noch mehrere Fertigsalate und eine Flasche Joghurtdressing light im Kühlschrank, aber nachdem er binnen einer Dreiviertelstunde zum dritten Mal erfolglos die Wahlwiederholung am Telefon bemüht hatte und am anderen Ende immer noch niemand antwortete, ging er doch ans Gefrierfach und holte eine Tiefkühlpizza heraus.

Kurze darauf klingelte sein Telefon, und Thea war dran. Brook merkte, wie ihm ein Stein vom Herzen fiel. Vor allem, wenn er allein zu Hause war, spürte er, wie unsicher er immer noch war, wie wenig überzeugt davon, dass sie seine Gefühle im gleichen Maß erwiderte. Am Anfang hatte er sich eingeredet, dass das nicht so wichtig sei. Doch das war es. Es war ihm sehr schwergefallen, sich für eine neue Beziehung zu öffnen, aber dass Thea mehr Freiraum brauchte, als er ihr oft zugestehen wollte, war eine Erkenntnis, die ihn schwer traf und daran zweifeln ließ, ob er überhaupt noch offen genug war für eine neue Liebe.

Sie redeten ein paar Minuten über Thea und ihren Lehrgang,

und je länger er ihre Stimme hörte, desto ruhiger wurde er. Er hatte eigentlich nicht über die Arbeit sprechen wollen, aber schließlich erzählte er ihr doch von dem neuen Fall, von Frau Nikolai und dem Chefarzt, der vielleicht nur noch in Einzelteilen existierte.

»Klingt alles total seltsam«, sagte sie. »Vor allem mit Bekennerbrief im Päckchen. Klingt fast so, als wolle da jemand geschnappt werden.«

»Wie meinst du das?«

»Na, was soll denn das Ganze mit dem Auge? Da will doch jemand auf sich aufmerksam machen. Und dann noch ein handgeschriebener Zettel dabei? Der die Ermittlung gleich in Richtung einer bestimmten Nationalität lenkt?«

»Hoffen wir, dass du recht hast.« Er wusste, was sie meinte. Natürlich kam es öfter vor, dass ein Täter, zumal bei einem Kapitalverbrechen, sich der Polizei stellte und gestand. Er selbst hatte es durchaus schon erlebt, dass jemand, der einen anderen Menschen getötet hatte, der Polizei eindeutige Hinweise gab, die zu seiner Ergreifung führten, bis hin zu anonymen Anrufen, die ihn selbst belasteten.

»Zumindest könnte das Auge ein Hinweis auf ein Motiv sein. Also, wenn das Ganze denn ein Mordfall wird.«

»Wie meinst du das?«

»Wenn jemand auf außergewöhnliche Art und Weise umgebracht wird, dann steht diese Art und Weise oft direkt im Zusammenhang mit bestimmten Umständen, die mit dem Motiv zusammenhängen.«

»Das klingt ja wie auswendig gelernt.«

»Ist es auch, Brook. Ich bin immerhin auf einem Lehrgang. Meinst du, ich drehe hier Däumchen?«

»Ich wünschte, du wärst hier.« Sobald Brook das gesagt hatte, ärgerte er sich über sich selbst, weil er spürte, wie sehr er sich wünschte, dass sie sagte: *Ich auch.* Doch sie blieb stumm.

Um die Stille zu beenden, knüpfte Brook wieder an ihr Thema von vorhin an. »Immerhin wissen wir noch gar nicht, ob Radeberger wirklich tot ist.«

»Ob Radeberger oder nicht, irgendjemand hat ein Auge zu

wenig, und nach dem, was du von der Russin erzählt hast, klingt es ja fast so, als käme da noch mehr auf dich zu.«

Brook seufzte. »Und wie läuft es bei dir?«

»Super, aber hör mal, ich muss jetzt Schluss machen, wir gehen gleich noch einen trinken.«

»Wer – *wir*?«

»Na hier die Kollegen. Nun mach bloß nicht wieder den Eifersüchtigen. Ich bin ja bald wieder hier weg.«

Er sah ihr Gesicht vor sich, wie sie den Kopf schief legte und ihn spöttisch anlächelte.

7

Er wacht auf mit einem neuen Gefühl. Einem Pochen oberhalb der Hüfte, das mit jedem Herzschlag stärker zu werden scheint. Er versucht, sich zu bewegen, doch es geht nicht. Er spürt zwar seine Gliedmaßen, die nach und nach mit ihm aufzuwachen scheinen, aber er kann sie nicht bewegen. Er kann die Fesseln fühlen. Breite Bänder, die seine Hand- und Fußgelenke an den Tisch binden.

Das Licht ist wieder gelöscht.

Ein Teil von ihm hatte gehofft, es wäre vorbei. Er erinnert sich, dass jemand den Raum betrat, bevor er ohnmächtig wurde. Aber es war niemand, der ihm helfen wollte. Es war derjenige, der ihn hier gefangen hält.

Und nun ist er auch noch gefesselt. Schmerzen, Ungewissheit, Scham, Angst, Verzweiflung – all das findet ein Ventil, als er den Mund aufreißt und schreit. Doch das, was aus seiner Kehle dringt, ist kein Schrei. Es ist ein Röcheln, das klingt wie von einem verendenden Tier. Und doch ist es in seinen Ohren so laut, dass es schmerzt.

Dann spürt er wieder nichts als das Pochen. Dieses schmerzende Pochen in der Bauchhöhle. Der Schmerz sitzt in seiner rechten Seite, vom Bauchnabel bis an die Hüfte spürt er ihn.

Verdammt noch mal, was geschieht hier?

Er schmeckt noch immer die Erde in seinem Mund. Als er seine Arme und Beine einzeln zu bewegen versucht, kann er spüren, dass seine Handgelenke und seine Knöchel angebunden sind oder in Schlaufen stecken. Er spannt den linken Arm etwas stärker an, aber der Schmerz, der sich sofort in seinem Bauch meldet, lässt ihn gleich wieder aufhören.

Der Durst ist auch stärker geworden. Seine Zunge fühlt sich trocken und spröde an. Er muss husten. Er ahnt, was das bedeutet, und versucht, den Reiz zu unterdrücken, doch es nützt nichts. Ein-, zweimal Husten, und sofort wird der Schmerz unten rechts an seinem Bauch, in seiner Seite, unerträglich. Es durchzuckt ihn wie ein Stromstoß, und er spürt, wie Tränen über sein Gesicht laufen.

Er japst nach Luft. Warum hat man ihm diesmal kein Schmerzmittel gegeben? Wer kann so unmenschlich sein?

Und was für ein Plan steckt überhaupt hinter allem? Es muss doch jemanden geben, der sich etwas davon verspricht. Oder ist es ein Ver-

rückter? Ein Wahnsinniger, der Menschen wahllos in einen Keller sperrt, um sie zu foltern? Was ist mit seinem Auge geschehen? Und wieso tut ihm jetzt der Bauch so weh, als hätte ihm jemand ein Messer hineingesteckt und mehrmals umgedreht?

Vielleicht kann er ein paar Tränen mit der Zunge auffangen, um diesen schrecklichen Durst zu lindern? Dazu müsste er den Kopf heben, wenigstens ganz leicht. Aber er ist zu schwach, es geht nicht. Die Tränen rinnen seine Schläfen hinab und versickern im Haaransatz.

8

Frau Nikolai hatte nicht nach Brooks Visitenkarte gesucht, um in seinem Büro anzurufen, sondern gleich 110 gewählt. Es dauerte eine ganze Zeit, bis die Meldung zu Brook durchdrang, dass eine weitere braune Pappschachtel mit einem blutigen Plastikbeutel darin vor der Tür zu Professor Radebergers Sekretariat gelegen hatte. Bis es zu Brook durchsickerte, war bereits ein Streifenwagen zur Klinik geschickt worden. Das Prozedere vom Vortag war nicht wiederholt worden, diesmal war die Schachtel direkt in die technische Abteilung des PK 37 gebracht und erst dort geöffnet worden; dass das Päckchen dem vom Vortag glich, mit dem gleichen Schriftzug darauf, war für Frau Nikolai Grund genug gewesen, es nicht anzurühren, sondern gleich die Polizei zu rufen.

Dass Brook und Hellkamp erst später davon erfuhren, lag an einer Verkettung unglücklicher Umstände. Durch den Notruf war ein Streifenwagen zur Klinik beordert worden, und dessen Besatzung hatte erst einmal die geschockte Frau Nikolai beruhigen müssen. Zurück im Präsidium, waren die Streifenbeamten in der technischen Abteilung aufgehalten worden, weil die Annahme des mutmaßlichen Beweisstücks, der Pappschachtel, quittiert werden musste und das entsprechende Formular nicht aufzufinden war und die zuständige Sekretärin sich krankgemeldet hatte. Als die Formalitäten erledigt waren, übernahm es die technische Abteilung, Brook zu informieren. Ausgerechnet an diesem Tag war ein junger Mann da, der sich noch in der Ausbildung befand, und als ihm einer der Techniker den Fund unter die Nase gehalten hatte, war er in Ohnmacht gefallen.

Von alledem ahnte Brook natürlich nichts.

Er hatte schlecht geschlafen. Mehr als einmal war er aufgewacht, weil sich sein Steißbein schmerzhaft meldete. Am Morgen nach dem Aufstehen hatte Brook erst das Gefühl gehabt, dass es ihm besser ginge, doch je länger er jetzt auf den Beinen war, desto stärker spürte er den Schmerz. Wahrscheinlich musste er doch einen Arzt aufsuchen, nur war im Moment wirklich keine Zeit dafür. Er merkte aber, dass es schlimmer war, wenn er eine Zeit lang saß und dann aufstand, als wenn er gleich stehen blieb.

Und so stand er auch, während Lejeune ihm und Hellkamp in dessen Büro berichtete, dass er am Vortag und im Krankenhaus Dulsberg mehrere Stunden Material von der Überwachungskamera gesichtet hatte. Er holte einen Collegeblock heraus und präsentierte den staunenden Kommissaren mehrere Dutzend eng beschriebene Seiten mit seinen Notizen.

»Aber haben Sie jemanden gesehen, der einen Pappkarton in der Hand hatte, der der Beschreibung entspricht?«, fragte Brook.

Lejeune sah ihn erstaunt an. »Nein.«

»Und was sind das dann alles für Notizen?«

»Da habe ich alle Leute beschrieben, die etwas dabeihatten, das groß genug war, um so einen Karton zu verstecken. Also eine Tasche, einen Rucksack oder einen großen Blumenstrauß.«

»Einen Blumenstrauß?« Brook staunte.

»Sehr gut«, lobte Hellkamp, »und als Nächstes werden Sie bei all diesen Personen herausfinden, wo sie wohnen, dann laden wir sie vor und nehmen sie richtig in die Mangel, mit allen Schikanen. Dann wird der Täter schon auspacken!«

Lejeune sah Hellkamp mit großen Augen an.

Der feixte: »War doch nur Spaß, Lejeune. Gucken Sie nicht wie ein Auto!«

Brook verdrehte die Augen.

»Nee, im Ernst«, fuhr Hellkamp fort, »das ist ganz prima, wie Sie das gemacht haben. Nachher gucken wir das mal zusammen durch, okay?«

Um Viertel vor elf hatten sie dann endlich, mit zweieinhalb Stunden Verspätung erfahren, dass bei Frau Nikolai wieder ein Päckchen eingetroffen beziehungsweise abgelegt worden war.

Um zwölf Minuten vor elf veranlasste Brook, dass die Polizeipsychologin Frau Dr. Döring zu Frau Nikolai fuhr, um sich um sie zu kümmern.

Um zehn vor elf teilte man ihnen mit, dass sich das fragliche Päckchen bereits in der technischen Abteilung im Untergeschoss des PK 37 befand.

Um elf standen Brook, Hellkamp und Lejeune in einem

fensterlosen Raum im Untergeschoss um einen Tisch herum. Darauf lag, in einer ähnlichen silbernen Schale wie am Vortag das Auge, etwas, das aussah wie ein Stück Fleisch vom Schlachter. Ein Stück Fleisch, das in seinem Blut schwamm. Das Objekt war etwa so groß wie eine Faust, bräunlich rot, mit glatter Oberfläche und einer Art kurzem gelblichem Wurmfortsatz daran. Brook fragte sich, ob er sofort draufgekommen wäre, was es war, wenn nicht bereits aus dem Krankenhaus gemeldet worden wäre, dass in Professor Radebergers Büro ein Päckchen mit einer Niere abgegeben worden war.

Dr. Mann war auf dem Weg, um ihnen zu bestätigen, dass die Niere von einem Menschen stammte. Eine Probe für die DNA war bereits genommen worden, um zu testen, ob diese Niere Professor Radeberger gehörte. Brook zweifelte weder am einen noch am anderen.

Des Weiteren war ein beschriebenes Stück Papier mit im Päckchen gewesen, ebenfalls wie am Tag zuvor. Es lag in einem durchsichtigen Plastikbeutel neben dem leeren Päckchen. Deutlich war zu sehen, dass wieder ein Satz in kyrillischer Schrift darauf stand.

»Praktisch«, sagte Hellkamp und deutete auf den Zettel, »den kann der Übersetzer gleich mitübersetzen.«

»Ach, wann kommt der eigentlich?«, fragte Brook.

»Um zwölf, Herr Hauptkommissar«, meldete sich Lejeune.

»Dann ist ja noch etwas Zeit. Kriegen wir bis dahin eine Kopie von dem Zettel? Lejeune?«

Eifrig nahm Lejeune den Plastikbeutel und wollte den Raum verlassen, als Brook ihn zurückpfiff.

»He! Haben Sie nicht was vergessen?«

Lejeune sah ihn mit großen Augen an. Der Gedanke durchzuckte Brook, Lejeune könnte jetzt denken, er, Brook, wolle, dass Lejeune sich mit Gruß und gebotener Ehrerbietung verabschiede.

»Sie müssen hier gegenzeichnen, dass Sie das Beweisstück mitnehmen«, sagte Brook schnell und wies auf eine Liste, die neben ihnen auf einem Tisch lag.

Lejeune wurde rot. Er trug sich ein und ging.

Kurz darauf betrat Dr. Mann den Raum. Nach knappem Gruß zog er sich sofort Schutzkleidung über und machte sich ans Werk.

Seine erste Bemerkung beantwortete gleich die erste Frage. »Eine menschliche Niere«, sagte er. »Ziemlich sicher. Oder von einem großen Primaten.«

»Professionell herausoperiert?«, wollte Brook wissen.

»Mal sehen.« Der hagere Rechtsmediziner ging um den Tisch herum und ergriff das Organ mit einer schmalen metallenen Zange. Mit der anderen Hand hielt er sich ein Vergrößerungsglas vors Auge. »Die Niere ist höchstwahrscheinlich aus einem menschlichen Körper entfernt worden, und zwar dem eines Erwachsenen. Wenn ich einen Blick auf den ehemaligen Besitzer werfen könnte, dann wäre ich eher in der Lage, Ihre Frage zu beantworten, ob es ein Profi war. Nierenvene und Nierenarterie sind mit einem scharfen Instrument durchtrennt worden, der Harnleiter ebenso. Das ist der hier.« Dr. Mann ergriff das etwa zwei Zentimeter lange schlauchähnliche helle Anhängsel des rotbraunen Organs.

Beim Wort »Harnleiter« hatte Brook ein leichtes Ziehen im Unterleib gespürt und war unwillkürlich zusammengezuckt. Sofort darauf hatte er wieder den Schmerz im Steiß gespürt. Er verzog das Gesicht.

»Ist Ihnen nicht gut?« Dr. Mann hob die Augenbrauen.

Brook winkte unwirsch ab. »Weiter im Text. Also durchtrennt – aber ob fachmännisch durchtrennt oder nicht, wissen wir nicht?«

»Das kann ein Skalpell gewesen sein oder ein scharfes Messer, unter dem Mikroskop nachher wird sich das zeigen.«

Lejeune betrat den Raum. Brook wollte sich erst ärgern – hatte er etwas vergessen? So schnell konnte er doch unmöglich … Aber Lejeune hatte tatsächlich ein paar DIN-A4-Kopien in der Hand. Er begrüßte Dr. Mann und legte den Plastikbeutel mit dem beschriebenen Stück Papier wieder fein säuberlich auf den Tisch neben die anderen Beweisstücke.

Dr. Mann betrachtete den Zettel interessiert. »Was ist denn das? Gehört das dazu?«

»Ja«, sagte Brook knapp.
Der Rechtsmediziner betrachtete die Schrift.

Професорът ми съсипа живота, сега аз ще му съсипя неговия.

»Das ist Bulgarisch«, krähte Lejeune. Brook sah ihn scharf an. »Jedenfalls war es gestern Bulgarisch«, fügte der junge Mann kleinlaut hinzu.

»Dann ist wohl ziemlich klar, dass das hier etwas mit dem Professor zu tun hat, oder?«, sagte Dr. Mann.

Brook staunte. »Können Sie das etwa lesen?«

»Na ja, lesen schon, verstehen weniger. Aber das erste Wort heißt ›Professor‹, da würde ich wetten. Wissen Sie, die kyrillische Schrift ist von der griechischen nicht so verschieden, und Griechisch hatte ich an der Uni.«

»Donnerwetter.« Hellkamp strahlte. »Dann dürfte wohl jetzt klar sein, dass das hier was mit dem Professor zu tun hat!«

Dr. Mann hob die Augenbrauen. »Genau das habe ich doch eben gesagt.«

»Und genau das«, warf Brook ein, »ist doch ohnehin klar, meine Herren. Das Päckchen ist doch immerhin an den Professor adressiert.«

»Ach ja.« Hellkamp sah enttäuscht aus. »Na, vielleicht bringt der neue bulgarische Satz uns ja trotzdem weiter. Vielleicht ein kleines, feines Geständnis. Das wär doch was.«

Sie verabschiedeten sich von Dr. Mann, der die Niere in sein Institut mitnahm, und gingen zum Fahrstuhl.

Brook hörte Theas Stimme in seinem Kopf: *Nimm doch öfter mal die Treppe, das tut dir auch ganz gut.* Aber immerhin hatte er sich das Steißbein geprellt, und er bewegte das Becken hin und her, bis der Schmerz wieder so stark war, dass sich der Gedanke an Treppensteigen von selbst ausschloss. Er drückte auf den Knopf, der den Fahrstuhl rief. Trotz allem mit schlechtem Gewissen.

Der Übersetzer war ein kleiner, dicker Kerl mit Glatze, der sich als Dr. Botev Atanassow vorstellte.

»Doktor?« Hellkamp sah ihn überrascht an. »Etwa auch Mediziner?«

»Auch? Nein, nein. Ich bin Doktor der Philosophie.« Er sprach ohne jeden Akzent.

Brook wollte nicht lange Small Talk machen, darin war er ohnehin nicht gut. Er bedeutete dem Übersetzer, Platz zu nehmen, und legte Kopien der zwei Sätze vor ihn hin. Er und Hellkamp blieben stehen und sahen ihm über die Schulter.

Dr. Atanassow holte umständlich eine Lesebrille aus einem Etui, nahm die Zettel einzeln in die Hand und betrachtete sie. Dann legte er sie nebeneinander.

Това е първата част, втората ще следва скоро.

Професорът ми съсипа живота, сега аз ще му съсипя неговия.

»Und?«, fragte Brook ungeduldig. »Das ist doch Bulgarisch, oder?«

Der kleine, dicke Mann nickte. »Ja, ja. Ja, ja. Hm.« Er atmete tief ein und aus. »Also, auf dem ersten Blatt hier, das heißt: ›Dies ist der erste Teil, der zweite wird bald folgen.‹«

Hellkamp setzte sich und holte sein Notizbuch hervor.

Der Übersetzer wartete, bis Hellkamp den Stift wieder absetzte und ihn ansah, bevor er fortfuhr: »Und der zweite Satz heißt: ›Der Professor hat mein Leben zerstört, jetzt zerstöre ich seins.‹«

Brook fuhr sich unwillkürlich durch die Haare und schnaubte. Das klang gar nicht gut.

»Können Sie uns noch irgendetwas sagen? Fällt Ihnen noch etwas auf?«

Der Mann nahm sich noch einmal beide Blätter vor. »Es ist Druckschrift.«

»Es gibt also auch eine bulgarische Schreibschrift?«

»Eine kyrillische«, verbesserte Dr. Atanassow Hellkamp. »Sicher. Aber das ist Druckschrift, und es sieht aus, als hätte sich jemand viel Mühe gegeben, es zu schreiben.«

Brook horchte auf. »Wie meinen Sie das?«

»Es ist nicht … Wie soll ich sagen? Es ist nicht einfach so

dahingeschrieben. Der Schreiber oder die Schreiberin hat jeden einzelnen Buchstaben säuberlich aufgemalt.«

»Und welchen Eindruck macht das auf Sie?«

»Schwer zu sagen. Entweder jemand, der nicht sonderlich firm ist im Schreiben, der vielleicht wenig schreibt. Jemand, der eher körperlich tätig ist, Sie verstehen, was ich meine.«

Brook nickte. »Oder?«

Der Übersetzer machte eine kurze Pause, als ob er genau überlegte, was er sagen wollte. »Oder ... Ja, oder er will seine Schrift verstellen. Also seine Handschrift, meine ich. Aber bitte«, der Mann nahm die Brille ab und verstaute sie wieder im Etui, »ich bin vereidigter Übersetzer und Dolmetscher, kein Fachmann für Schrift. Graphologe oder so etwas.«

»Schon gut, das war auf jeden Fall sehr hilfreich.«

Sie verabschiedeten den Mann. Hellkamp tippte die Übersetzung der beiden Sätze in seinen Computer und druckte sie aus. Ein paar Minuten später saßen sie mit einem frischen Becher Kaffee vor dem Ausdruck, wieder am Tisch in Brooks Büro. Es klopfte am Türrahmen zwischen Brooks und Hellkamps Büros. Da stand Lejeune.

»Was gibt's?«, blaffte Brook ihn an.

Lejeune zuckte zusammen. »Äh, ich dachte, Sie hätten vielleicht ... ich meine, kann ich irgendetwas tun?«

»Nee.«

»Mensch, Brook, nun mal langsam. Er meint es doch nur gut.«

Lejeune sah Hellkamp dankbar an.

»Die Videoüberwachung«, fuhr Hellkamp fort, zu Brook gewandt. »Das hat doch gestern schon so gut geklappt. Ich finde, er sollte hinfahren und sich noch mal die Bänder angucken, von heute Nacht. Oder heute Morgen, wie auch immer. Aber diesmal gezielter.«

Brooks Miene hellte sich auf. »Guter Punkt. Lejeune, Sie sehen sich das Material an und dabei achten Sie darauf, ob Sie jemanden wiedererkennen, der am Vortag auch schon da war.«

»Dateien«, sagte Lejeune.

»Was?«

»Sie reden immer von ›Bändern‹, aber das sind natürlich keine Videobänder, es sind Dateien, die im Computersystem gespeichert werden.«

»Egal, ab dafür.«

»Jawoll, Herr Kriminalhauptkommissar!« Lejeune strahlte. »Bin schon weg, wird alles zu Ihrer vollsten Zufriedenheit erledigt, stante pede, wie der Lateiner sagt.«

Brook sah ihn gequält an, seufzte und wedelte mit der Hand, bis Lejeune fort war.

Als Brook etwas später von einem längeren Besuch auf der Toilette wieder in sein Büro zurückkam, rief Hellkamp ihm durch die offene Tür zu, dass ein Fax von Dr. Mann aus der Rechtsmedizin gekommen sei.

Brook hatte sich gerade mühsam hingesetzt und den pulsierenden Schmerz abklingen lassen. Er hatte absolut keine Lust, gleich wieder aufzustehen. »Was schreibt er denn? Haben Sie's schon gelesen?«

»Ja, klar. Also ... er schreibt, die Niere ist mit einer sehr scharfen Klinge herausgeschnitten worden, höchstwahrscheinlich einem Skalpell, aber wohl nicht besonders fachmännisch ... Hier: ›dilettantischer Schnitt an Nierenarterie und Nierenvene, Harnleiter regelrecht abgerissen‹, schreibt er ... Schon wieder, wie beim Auge. Und weiter unten: ›Überleben des Trägers der Niere unwahrscheinlich.‹«

»Hm. Bringen Sie's doch mal rüber.«

Hellkamp betrat Brooks Büro und reichte ihm das Fax, er überflog es.

»Auch 'nen Kaffee?«

Brook murmelte Zustimmung. Als er das Papier wieder sinken ließ, war Hellkamp auch schon wieder da, mit zwei dampfenden Bechern.

»Frisch aufgebrüht, Glück gehabt!« Hellkamp strahlte. Er nippte am Getränk und wies mit seiner freien Hand auf das Fax in Brooks Hand. »Das klingt ja nicht so gut, oder?«

Brook pustete auf seinen schwarzen Kaffee und schüttelte den Kopf. »Immerhin ist noch eine Information dabei, die Sie nicht vorgelesen haben und die wichtig sein könnte: ›Bei der Entnahme des Organs war der Organträger noch am Leben.‹«

»Bei der Entnahme, ja. Aber wer weiß, wie er jetzt aussieht?«

»Nun mal keine wilden Spekulationen. Wir wissen weder, wessen Niere das ist, noch, wie überhaupt die Umstände sind.«

»Na gut, aber es spricht doch alles dafür, dass —«

»Bis wir ein Ergebnis der DNA-Analyse haben, können wir aber nicht davon ausgehen, dass es Radebergers Auge und Niere sind.«

»Und wovon sollen wir dann ausgehen?« Hellkamp sah Brook finster an.

»Erst einmal gehen wir davon aus, dass irgendjemand die Schachteln vor Frau Nikolais Büro platziert hat. Ganz egal, wem der Inhalt … na ja, gehört, sag ich mal. Dann gehen wir davon aus, dass dieser Jemand an der Rezeption vorbeigegangen ist, also auf einem der Videos zu sehen ist. Dass wir ihn also sozusagen auf Film haben, nur eben identifizieren müssen. Dann gehen wir davon aus, dass er oder sie entweder selbst der Täter ist oder aber vom Täter beauftragt wurde, ihn damit also wahrscheinlich identifizieren oder uns auf die richtige Spur bringen kann. Das ist doch schon eine ganze Menge.«

Hellkamp nickte.

»Weiter im Text«, fuhr Brook fort. »Die Zettel auf Bulgarisch in den Päckchen deuten darauf hin, dass ein Bulgare sie verfasst hat. Würde ich mal logischerweise schlussfolgern. Und der Text sagt aus, dass es sich um einen Racheakt handelt. Das Motiv finden wir also in der Vergangenheit des Professors. Und das Motiv —«

»… ist der wichtigste Schritt, um den Täter zu identifizieren«, beendete Hellkamp den Satz.

»Im besten Fall gelingt es uns, die Person auf dem Video, die wir noch identifizieren müssen, mit einem entsprechenden unschönen Punkt in Radebergers Vergangenheit zu verknüpfen. Sie sehen, es sieht eigentlich ganz gut aus.«

»Schon. Im besten Fall. Und vorausgesetzt, der Täter oder der Überbringer der Pakete, wie auch immer, ist tatsächlich am Empfangstresen der Klinik vorbeigelaufen und nicht durch einen Seiteneingang hineingeschlüpft.«

Brook setzte sich unwillkürlich gerade hin. Daran hatte er noch nicht gedacht. So etwas Dummes. »Rufen Sie doch mal Lejeune an, dass er da mal nachhakt. Vielleicht haben wir ja Glück, und dort gibt es ebenfalls Kameras.«

Sie hatten Glück – die anderen Eingänge der Klinik, die Notaufnahme und zwei Seiteneingänge, waren auch videoüberwacht. Für Lejeune bedeutete das natürlich einen Haufen Extraarbeit. Aber das kümmerte Brook wenig. Im Gegenteil, es bedeutete, dass der junge Kriminalmeister nicht so schnell wieder in seinem Büro aufkreuzen würde.

»Was meinen Sie, Brook, sollten wir auch zur Klinik fahren?«

»Wollen Sie etwa auch Videos gucken?«

»Das nicht, aber wir könnten mal anfangen, Radebergers Kram zu durchforschen, ob wir schon einen Hinweis darauf finden, was das Motiv ist.«

»Keine schlechte Idee«, sagte Brook. »Die DNA braucht ja noch eine Weile.«

»Außerdem sollten wir eine versteckte Kamera installieren, vor Frau Nikolais Büro. Vielleicht kommt ja schon morgen das nächste Päckchen.«

»Gute Idee.«

»Und im Stockwerk drunter oder in einem der Räume dort sollten wir einen Kollegen postieren, der eingreift, wenn er auf dem Bildschirm sieht, dass unser Mann die Schachtel hinlegt.«

Brook nickte. »Gut, ich kümmere mich darum.«

9

Im Krankenhaus suchten Brook und Hellkamp zuerst Lejeune auf, der in einem kleinen Raum mit zugezogenen Gardinen vor einem großen Computerbildschirm saß, auf dem das überraschend detaillierte Bild der Überwachungskamera aus dem Foyer der Klinik zu sehen war. Neben der Tastatur hatte er seinen Schreibblock liegen, auf dem er sich Notizen machte.

»Na, Lejeune, schon was entdeckt?« Brook sah sich um, aber es gab keinen weiteren Stuhl in dem kleinen Raum.

Lejeune drehte sich im Sitzen um, und man konnte ihm förmlich ansehen, wie es in ihm kämpfte, ob er aufstehen sollte oder sitzen bleiben. Er entschied sich für eine Zwischenform und erhob sich leicht, während er grüßte, um sich dann wieder zu setzen.

»Tag, Herr Kommissar. Tag, Herr Hauptkommissar. Schön, Sie zu sehen. Wie man's nimmt.«

Einen Moment lang fragte Brook sich, ob Lejeune gerade seine eigene Feststellung, er freue sich über die Anwesenheit seiner Vorgesetzten, relativieren wollte; aber natürlich war »wie man's nimmt« die Antwort auf Hellkamps Frage. Anstatt ihnen einfach zu erzählen, was es Interessantes zu vermelden gab.

»Na, denn man raus damit«, brummte Brook.

»Moment.« Lejeune blätterte in seinen eng beschriebenen Zetteln. »Hier.« Auf einer der letzten Seiten hatte er an den Rand fein säuberlich ein großes Ausrufezeichen gemalt. »Da ist eine verdächtige Person, um dreiundzwanzig Uhr fünfzig.«

»Kurz vor Mitternacht?« Brook hob die Augenbrauen. »Das ist erstaunlich.«

»Ja, und vor allem – sehen Sie mal.« Lejeune klickte ein paarmal mit der Maus, bis er die entsprechende Videodatei und die Stelle darin gefunden hatte.

Zuerst sah man ein Schwarz-Weiß-Bild der leeren Vorhalle, am unteren Bildrand den Rezeptionstresen.

Hinter dem Tresen saß ein Mann, offenbar die Nachtschicht, von der die Frau vorhin gesprochen hatte. Auf einmal erhob sich der Mann und verließ das Bild. Nur ein paar Augenblicke später – die ins Videobild integrierte Uhr zeigte dreiundzwanzig Uhr fünfzig – sah man jemanden langsam durchs Bild schleichen: eine dunkel, wahrscheinlich schwarz gekleidete Gestalt, eine Baseballmütze ins Gesicht gezogen, auf dem Rücken ein Rucksack. Die Person ging zielstrebig am Tresen vorbei und verschwand wieder aus dem Bildfeld. Das Ganze hatte nicht länger als vier Sekunden gedauert.

»Spulen Sie noch mal zurück«, sagte Brook.

Lejeune betätigte die Maus, und jetzt sahen sie die dunkle Gestalt im Standbild.

»Das muss er sein«, sagte Hellkamp. »Der hat gewartet, bis der Info-Tresen frei ist, und dann ist er durch die Eingangshalle.«

»Sieht in der Tat so aus«, pflichtete Brook ihm nachdenklich bei.

»Vor allem, wer zieht sich denn so an, wenn er ins Krankenhaus geht?«, fuhr Hellkamp fort. »Und um die Zeit, zehn vor zwölf?«

Lejeune blickte von einem Kommissar zum anderen. Er konnte seinen Stolz kaum verbergen.

»Nun kommen Sie mal wieder runter, junger Mann«, brummte Brook ihn an. »Das da« – er zeigte auf den Monitor – »hätte ja nun jeder entdeckt.«

Lejeune wurde rot und wandte sich wieder dem Bildschirm zu.

»Kriegen wir das Bild denn vergrößert und irgendwie schärfer?«, fragte Brook.

»Mit den Mitteln hier nicht«, sagte Lejeune, »wenn, dann in der Dienststelle.«

»Na, dann bringen Sie das mal dahin.«

»Das kann aber noch dauern, Herr Hauptkommissar, ich habe ja noch mehrere Stunden hier zu sichten. Oder soll ich hier unterbrechen und zur Dienststelle fahren und später weitermachen? Müssen Sie nur sagen, Herr Hauptkommissar.«

Brook stöhnte. Konnte der nicht ein Mal auf diese komplizierte Anrede mit Dienstgrad verzichten? Sie waren hier doch nicht bei der Bundeswehr. Und überhaupt: Konnte der mal eine eigene Entscheidung fällen?

»Lassen Sie man, das nehmen wir mit«, griff Hellkamp ein. »Können Sie das auf einen Stick ziehen oder so?«

»Ja, sicher«, sagte Lejeune erleichtert. Er zog einen USB-Stick aus der Tasche seiner Jacke, die über der Stuhllehne hing, und speicherte die betreffende Datei mit ein paar Handgriffen ab.

»Sagen Sie mal, Lejeune«, meldete sich Brook, »haben Sie denn für den Tag davor eine ähnliche Entdeckung? Da muss dieser Mensch schließlich ebenfalls ins Krankenhaus reingekommen sein.«

»Äh ... nein.« Lejeune wurde schon wieder rot, und er beeilte sich hinzuzufügen: »Ich bin ja erst dabei, die Aufnahmen von letzter Nacht zu sichten, wenn ich fertig bin, werde ich meine Notizen miteinander vergleichen.«

»Auf Anhieb ist Ihnen also nichts aufgefallen? Beziehungsweise niemand?«, fragte Hellkamp.

Lejeune schüttelte den Kopf.

»Na, dann lassen wir Sie mal weitermachen. Kommen Sie, Brook!« Hellkamp öffnete die Tür und nickte Brook zu, der ihm auf den Gang folgte.

In der Tür drehte sich Brook noch einmal um: »Und berichten Sie sofort, wenn Sie Fortschritte machen. Wir sind jetzt erst mal oben im Büro vom Professor, falls etwas ist.«

Im Sekretariat des Professors erwartete sie eine Überraschung. Brook hatte erwartet, dass Frau Nikolai nach Hause gegangen wäre, dass die Psychologin sie nach Hause geschickt oder krankgeschrieben hätte. Aber die Sekretärin saß an ihrem Schreibtisch, als sie den Raum betraten, und grüßte die beiden Kriminalbeamten höflich.

»Frau Nikolai, wir hatten gar nicht gedacht, dass Sie hier sind«, sagte Brook.

Die Sekretärin sah ihn unverwandt an. »Was hatten Sie denn gedacht? Dass ich Urlaub mache?«

Brook betrachtete die Frau. In ihren Augen sah man viele rote Äderchen. Was geschehen war – oder immer noch geschah –, nahm sie sehr mit, auch wenn sie es sich nicht anmerken lassen wollte. »Nein, nein. Ich meinte ja nur –«

»Meine Arbeit macht sich nicht von selbst.«

»Haben Sie denn mit Dr. Döring gesprochen?«, fragte Hellkamp.

»Ja, eine sehr nette Frau. Das war sehr hilfreich, vielen Dank. Gibt es schon was Neues? Ich meine, weiß man schon, wo der Professor oder ob er überhaupt −« Sie brach ab und schien erschüttert über ihre eigenen Worte und den Gedanken, der dahintersteckte.

»Leider nein«, sagte Hellkamp, »nichts Neues.«

Brook sah erleichtert, dass die Tür zu Professor Radebergers Büro immer noch das polizeiliche Siegel trug.

Frau Nikolai war seinem Blick gefolgt. »Möchten Sie da rein?«

»Haben Sie was dagegen?«, fragte Hellkamp munter.

»Im Gegenteil, ich bräuchte ein paar Akten, und ich hatte gehofft, ich dürfte kurz ... also, wenn es nicht gegen irgendwelche Vorschriften verstößt.«

»Das geht schon klar«, sagte Hellkamp. »Wenn Sie uns zeigen, was Sie da rausholen, nicht dass was verloren geht.«

»Bei mir geht nie was verloren«, sagte Frau Nikolai nachdrücklich.

Brook durchtrennte das Siegel und bat Frau Nikolai, die Tür aufzuschließen.

»Was hoffen Sie denn eigentlich, da drin zu finden?«, fragte die Sekretärin.

»Lassen Sie uns man machen«, sagte Brook nur.

Sie holte sich ein paar dunkelgraue Aktenordner aus dem Regal hinterm Schreibtisch des Professors und zeigte sie Hellkamp. Sie nahm wieder an ihrem Schreibtisch Platz.

Dann machten sie sich daran, den Inhalt des Büros systematisch zu untersuchen. Oder besser gesagt: Hellkamp tat das, denn Brook hatte auf einmal das dringende Bedürfnis nach Koffein.

»Auch 'n Kaffee?«, brummte Brook, Hellkamp bejahte. Als er ein paar Minuten später mit zwei Pappbechern in den Händen zurückkam, hatte Hellkamp bereits eine interessante Entdeckung gemacht.

»Brook, gucken Sie mal!« Er hatte ein paar bedruckte Zettel vor sich liegen. »Das hier war in einer Plastikmappe, zwischen den

Büchern da unten.« Er wies auf die unterste Regalreihe hinter dem Schreibtisch, wo eine ganze Reihe großformatiger Bände standen. Fachliteratur, wie auch im Rest des Regals, neben ein paar Ordnern.

»Und was ist das?«

»Alles Mögliche ... Quittungen ... ein paar Briefe ... mal sehen.«

»Hm.« Brook stand jetzt hinter Hellkamp, der im Schreibtischsessel saß, und blickte ihm über die Schulter. »Warum ist denn das nicht eingeordnet?«

»Eben. Sonst ist alles fein säuberlich abgeheftet. Vielleicht ist das privat?«

»Umso besser, wir müssen noch viel mehr über Radeberger wissen.« Brook nahm gegenüber von Hellkamp auf einem der Besucherstühle Platz und griff sich einen Teil der Papiere.

»Sehen Sie mal, Brook, eine Online-Buchungsbestätigung für einen Flug. Und hier ist noch eine.«

»Von wo nach wo?«

»Hamburg–Sofia. Mit Stop-over in Wien.«

»Sofia?« Brook machte große Augen. »Zeigen Sie her.«

»Das ist Rumänien, oder?«

»Nein, Bulgarien.«

Hellkamp schnalzte mit der Zunge. »Sieh mal einer an. Schon wieder Bulgarien.«

»Von wann sind die Flüge?«

»Der eine ging am 11. April hin und am 14. zurück. Der andere ... letztes Jahr, 1. bis 4. November. Jeweils Donnerstag bis Sonntag.«

»Interessant.«

»Wenn wir davon ausgehen, dass unser Täter Bulgare ist, dann hat Radeberger ihn vielleicht dort besucht?«

»Langsam, Hellkamp. Wir brauchen mehr Details. Lassen Sie uns die Unterlagen hier erst einmal weiter durchsehen.«

Der restliche Inhalt der Mappe bestand aus Quittungen mit Aufdrucken in kyrillischer Schrift. Die Daten stimmten mit dem Aufenthalt in Sofia überein. Außerdem gab es zwei ausgedruckte E-Mails mit Buchungsbestätigungen eines Hotels, ebenfalls zu den Terminen im April und im vergangenen November. Brook sah sich die Adresse an, die unter der englischsprachigen Bestätigung der Buchung eines Einzelzimmers stand:

Hotel Persepolis, Obikolna Street 96, Sofia, Bulgaria
Персеполис, ул. Обиколна 96, София, България

»Jetzt wissen wir immerhin auch, wo er in Sofia gewohnt hat.«
»Moment mal«, sagte Hellkamp und nahm Brook das Blatt aus der Hand. »Hier, sehen Sie mal!«
Hellkamp dreht das Blatt um. Auf die Rückseite war etwas geschrieben, in schwarzer Kugelschreiberschrift:

Kontakt: Atanas Sakaliew Dimitrow, Атанас Сакалиев Димитров

Hellkamp pfiff durch die Zähne. »Eine Kontaktperson haben wir auch schon.«
»Nun wittern Sie man kein Komplott hier«, sagte Brook ungeduldig. »Wahrscheinlich einfach eine Tagung oder so etwas. Wir fragen mal Frau Nikolai.«
»Da ist aber noch was anderes«, sagte Hellkamp. »Warum hat Radeberger diese Mappe zwischen seinen Büchern aufbewahrt? Warum sind die Sachen nicht irgendwo abgeheftet?«
»Vielleicht wollte er nicht, dass seine Sekretärin davon Kenntnis hat.«
»Wir sollten Frau Nikolai fragen. Überhaupt, ob sie irgendwas über diese Bulgarien-Reisen weiß.«
»Dass er nach Bulgarien gefahren ist, würde ich lieber erst einmal für mich behalten«, wandte Brook ein. »Dennoch, Sie haben recht, wir fragen sie ganz allgemein. Vielleicht hat sie ja die Flüge für ihn gebucht.«
Aber die Sekretärin wusste von nichts. Immerhin sah sie in ihren Unterlagen nach und bestätigte, dass Professor Radeberger Anfang November und Mitte April ganz normal Urlaub gehabt hatte.
»Beantragt und genehmigt.« Sie hielt Brook einen aufgeschlagenen Ordner hin, aber der winkte ab.

»Schon gut, ich glaube es Ihnen. Hat er Ihnen denn erzählt, was er im Urlaub gemacht hat? Oder wo er hinwollte?«

»Nein, und das geht mich auch nichts an.«

Frau Nikolai schien fast gekränkt, und Brook fragte sich, ob aufgrund seiner Vermutung, dass sie mehr über ihren Chef wüsste, als ihr zustand, oder aufgrund der Tatsache, dass sie gern gewusst hätte, aber nicht erfahren hatte, was der Professor im Urlaub trieb. Er wurde das Gefühl nicht los, dass das Verhältnis zwischen Sekretärin und Chef nicht ganz so oberflächlich war, wie sie es darzustellen versuchte. Und das ließ ihn jetzt schon für den nicht unwahrscheinlichen Fall bange werden, dass es tatsächlich Radebergers Auge und Niere waren und der Professor obendrein nicht mehr lebte. Wenn ihm jemand tatsächlich eine Niere entfernt hatte, stand es schlecht um ihn, für diese Erkenntnis brauchte Brook nicht erst einen Mediziner.

»Ich nehme an, dass Sie normalerweise dafür zuständig sind, für den Herrn Professor die Flüge zu buchen«, sagte Brook. Er hatte sich gerade noch gebremst, über Radeberger in der Vergangenheit zu sprechen. »Er wird doch sicherlich hin und wieder einmal irgendwohin fahren.«

»Natürlich«, bestätigte Frau Nikolai. »Innerhalb Deutschlands reist er meist mit der Bahn, aber er hat durchaus auch internationale Verpflichtungen. Tagungen, Kongresse.«

»Sind Sie da auch schon mal mitgefahren?«, fragte Hellkamp.

»Ach, das ist nichts für mich, Fliegen und so …«

10

Kurz nach vier saßen Brook und Hellkamp vor einem großen Computerbildschirm und sahen in einer verlangsamten Endlosschleife den wenige Sekunden langen Ausschnitt des Überwachungsvideos, der die dunkel gekleidete Gestalt zeigte, die kurz vor Mitternacht mit einem Rucksack auf dem Rücken an der unbewachten Rezeption vorbeigeschlichen war, eine Baseballmütze ins Gesicht gezogen. Die Technikerin, die mit ihnen vorm Monitor saß, hatte ihr Bestes gegeben, doch die Auflösung des Bildes gab nicht viel mehr her, als sie auf den ersten Blick bereits gesehen hatten.

»Kann man da wirklich nicht mehr rausholen?« Hellkamp klang enttäuscht. Auch Brook hatte sich mehr davon versprochen.

»Nee«, sagte die Kollegin knapp. »So sieht das aus. Fertig. Immerhin scheinen die Turnschuhe von Nike zu sein.«

»Super, dann müssen wir nur alle Träger von … Na ja.« Hellkamp brach ab, als er Brooks Gesichtsausdruck sah.

»Speichern Sie uns den Ausschnitt hier mal ab«, sagte Brook.

Die beiden Kommissare erhoben sich und wandten sich zum Gehen, als das Telefon klingelte.

»Für Sie, Brook«, rief die Technikerin ihnen hinterher und hielt den Hörer in die Luft.

Brook setzte sich wieder. Er hatte nicht an sein Steißbein gedacht, als er Platz nahm, und der Schmerz raubte ihm kurz den Atem.

»Ja, Brook hier?« Er atmete tief ein und aus. »Hm. … Gut, her damit. … Können Sie das mailen? … FDP? Wie, FD… Ach so, FTP … Nee, kenn ich nicht.« Er hielt die Hand vor die Sprechmuschel und fragte die Technikerin: »FTP, sagt Ihnen das was?« Sie nickte. »Na, denn man zu.«

Hellkamp und die Kollegin blickten ihn fragend an, als er auflegte.

»Das war Lejeune«, erklärte Brook. »Er sagt, er hat die Person hier« – er wies auf den Bildschirm vor ihnen – »noch einmal entdeckt. Glaubt er zumindest. Nachts um halb eins, an einem der Nebeneingänge.«

»Sehen Sie, dachte ich mir doch«, sagte Hellkamp. »Wer reingeht, muss ja auch wieder rauskommen.«

»Ganz genau.« Brook seufzte. Warum hatten sie nicht gleich daran gedacht? »Lejeune will das Video rüberschicken, irgendwie hochladen oder so? Keine Ahnung.«

»Ich weiß schon«, sagte die Frau, »über den FTP-Server.«

»Heißt das, wir können uns das gleich ansehen?«

»Zeit für einen Kaffee haben wir auf jeden Fall noch.«

»Gut, für mich bitte mit Milch.«

Die Frau sah ihn entgeistert an. »Den können Sie sich selbst holen.«

Lejeune hatte recht gehabt: Die Person auf dem neuen Video war dieselbe wie diejenige, die am Tresen entlanggegangen war. Es gab kaum einen Zweifel. Und dieses neue Videobild war weitaus besser als das andere: Die Kamera war direkt über der Tür angebracht und somit erstens näher am Objekt dran, und zweitens zeigte sie jeden, der durch diese Tür ins Freie ging, frontal. So auch den Mann mit der Baseballmütze. Seine Augen waren nicht zu sehen, denn sie waren weiterhin vom Schirm seiner Mütze verdeckt; doch um einen Mann handelte es sich zweifelsohne, das verrieten die Bartstoppeln des unrasierten Gesichts. Kurze dunkle Haare standen unter dem Rand der Mütze hervor, halblange Koteletten. Auch die Nase war ziemlich eindrucksvoll, eine Art Raubvogelnase, die an der Nasenwurzel breiter schien als an der Spitze.

Die Technikerin tat ihr Bestes, um das Gesicht des Mannes, der ab sofort ein Verdächtiger war, aus dem Videobild zu isolieren, und schließlich konnte sie ein Porträt ausdrucken, das aussah wie ein Phantombild.

»Seltsam«, sagte Hellkamp. »Ich hab das Gefühl, den hab ich schon mal gesehen.«

»Tatsache? Wo denn, im Krankenhaus?«

Hellkamp sah nachdenklich aus, etwas, das nicht allzu oft vorkam. »Kann sein.« Er knetete seine Unterlippe, schüttelte schließlich aber den Kopf. »Ist vielleicht nur so ein Gefühl.«

»Na schön, vielleicht fällt es Ihnen ja noch ein. Geben Sie

das da« – Brook wies auf das Bild ihres Verdächtigen auf dem Bildschirm – »sofort zur Fahndung raus, Hellkamp. Und schicken Sie es Lejeune rüber, dass der durch die Stationen geht und die Angestellten fragt, ob sie den Mann schon mal gesehen haben. Ich muss mal eben dringend auf die Toilette.«

»Geht klar. Sehen wir uns gleich noch oben?«

Aber Brook war schon auf dem Flur. Nachdem die Tür hinter ihm ins Schloss gefallen war, lehnte er sich mit einer Hand an die Wand und atmete tief aus. Er musste nicht zur Toilette, es war das Steißbein. Seit er sich wieder hingesetzt hatte, tat es höllisch weh, er musste irgendwie einen falschen Winkel gewählt haben. Wenn es doch gebrochen war? Aber dann könnte er wahrscheinlich gar nicht mehr laufen.

Er musste zum Arzt. Als er auf den Fahrstuhl wartete und der Schmerz endlich nachließ, malte er sich in Gedanken aus, wie er stundenlang im Krankenhaus in der Notaufnahme saß und wartete. Außerdem wollte er nach Feierabend mit Thea telefonieren, und er hatte keine Lust, ihr zu erzählen, warum er im Krankenhaus saß anstatt zu Hause. Er fühlte sich momentan ohnehin schon wie sein eigener Großvater. Morsche Knochen. Kurzatmig.

Anlügen wollte er sie aber auch nicht. Es reichte, wenn er ihr nicht alles erzählte. Vielleicht schaffte er es am nächsten Morgen, vor der Arbeit, zum Orthopäden.

Oben in seinem Büro packte er seine Sachen zusammen. Feierabend. Er wollte gerade den Computer herunterfahren, als sein Blick auf eine ungelesene E-Mail fiel. Sie war vom Ersten Polizeihauptkommissar Hartmut Pöhlmann, dem Dienststellenleiter, und besagte, Brook solle umgehend in dessen Büro kommen. Innerlich fluchend machte sich Brook auf den Weg in den dritten Stock. Vor der Tür zum Treppenhaus hielt er inne. Er dachte an seinen noch immer leicht pochenden Steiß und beschloss, den Fahrstuhl zu nehmen.

Endlich kam der Lift, doch es stand schon jemand drin, eine hübsche junge Kollegin in Uniform, die Brook freundlich grüßte. Als sich die Tür hinter ihm schloss, sah Brook, dass der Knopf für das oberste Stockwerk, das vierte, gedrückt war. Er konnte jetzt unmöglich schon im dritten Stock wieder aussteigen. Was sollte die Kollegin von ihm denken? Ein alter Sack, der nicht in der Lage war, bis zum nächsten Geschoss zu Fuß zu gehen?

»Ich wollte doch nach unten, so was«, murmelte er und versuchte, die junge Frau nicht anzusehen.

»Kommt schon mal vor«, sagte sie.

So was Bescheuertes. Als wäre er zu dämlich, beim ankommenden Fahrstuhl zu sehen, ob er nach oben oder nach unten fuhr. Aber jetzt war es ohnehin zu spät, um einen guten Eindruck zu machen. Er spürte, wie ihm heiß und kalt wurde.

Zum Glück dauerte das unangenehme Gefühl nur ein paar Sekunden, bis der Lift im obersten Stockwerk ankam. Die Kollegin stieg aus. »Schönen Abend noch.«

Das klang irgendwie spöttisch. Kein Wunder. Brook wollte gerade auf den Knopf drücken, neben dem die Zahl »3« stand, als zwei andere Kollegen den Lift betraten. Sie nickten Brook zu und machten Platz, um ihn durchzulassen.

»Ich wollte eh nach unten«, sagte Brook zerknirscht, während einer der Beamten den Knopf fürs Erdgeschoss drückte.

Trotzdem hielt der Lift im dritten Stock. Die Tür öffnete sich, und davor stand Pöhlmann.

Der machte große Augen. »Brook! Wo stecken Sie denn? Na, am besten, Sie kommen gleich mit.« Er hinderte die Fahrstuhltür daran, sich zu schließen, und Brook ging mit hängenden Schultern hinter ihm her. Auf eine Erklärung verzichtete er.

Pöhlmann sagte kein Wort. Erst als sie in seinem Büro waren und Brook hinter sich die Tür schloss, ging das Donnerwetter los. »Können Sie mir das hier erklären?«

Er nahm eine Zeitung in die Hand und knallte sie vor Brook auf den Tisch. Es war die Abendausgabe der Morgenpost.

Sofort sah Brook die Schlagzeile: *Hamburger Klinikchef verschwunden – grausamer Mord in Dulsberg?*

»Wissen die Zeitungsfritzen jetzt schon mehr als ich? Oder gibt es eine undichte Stelle?«

Brook machte große Augen, als er las, was in dicken Lettern unter der Überschrift stand: »Prof. Jürgen R. (53), Chefarzt im Krankenhaus Dulsberg, wird seit Montag vermisst. Jetzt tauchen mysteriöse Pakete in seiner Klinik auf, die Organe des Arztes enthalten – alles weist auf einen grausamen Mord hin.«

»Mensch, Brook, was ist da los? In Ihrem letzten Bericht hieß es, der Professor wird vermisst, jetzt ist er schon tot?«

»Hören Sie, das ist alles –«

»Ich denke, es gab ein Paket mit einem Auge drin? Wieso *Pakete*?«

Es dauerte eine Weile, bis Pöhlmann sich so weit beruhigt hatte, dass Brook ihn auf den neuesten Stand bringen konnte. Sie waren sich einig darin, dass die Kontrolle darüber, welche Informationen an die Presse gelangten, Chefsache war. Da es noch keine Pressekonferenz gegeben hatte, konnte nur eine der am Fall beteiligten Personen der Presse die Informationen gegeben haben. Das schloss inzwischen jedoch Erkennungsdienst und technische Abteilung mit ein. Und in dieser Sache nachzuforschen, dafür würde ohnehin niemand Zeit haben.

Brook sah auf seine Armbanduhr. Jetzt hätte er eigentlich schon zu Hause sein wollen. Ein heißes Bad nehmen, das sein Steißbein vielleicht etwas beruhigen würde. Vielleicht eine Schmerztablette. Und vorher unbedingt versuchen, Thea zu erreichen.

Endlich war Pöhlmann auch mit seinen letzten Ausführungen zu Ende, und Brook, der die ganze Zeit über gestanden hatte, verabschiedete sich.

Als er die Hand schon an der Türklinke hatte, sagte sein Chef: »Ach, da wäre noch etwas, Brook. Wieso kommen Sie eigentlich nicht mit Kriminalmeister Lejeune zurecht? Wie ich höre, ist das ein vielversprechender junger Mann.«

Brook traute seinen Ohren nicht. Lejeune hatte sich bei Pöhlmann ausgeheult, dass er, Brook, ihn zu hart anpackte?

Als könnte er Gedanken lesen, fuhr Pöhlmann fort: »Und nicht dass Sie denken, Lejeune selbst wäre deshalb zu mir gekommen. Das war jemand anderes. Ihr Umgangston Lejeune gegenüber bleibt keinem verborgen. Hören Sie, Brook, es nützt doch keinem etwas, wenn Sie hier den wilden Mann spielen. Wir können uns alle unsere Kollegen nicht aussuchen, und –«

Aber da hatte Brook schon den Raum verlassen und die Tür hinter sich zugeworfen.

Jetzt nur noch einmal ins Büro, den Rechner ausschalten. Dort warteten die letzten Meldungen des Tages auf ihn, in Form zweier E-Mail-Ausdrucke, die Hellkamp ihm mitten auf die Tastatur gelegt hatte. Brook hatte gehofft, es wäre eine Nachricht von Lejeune dabei, und jemand hatte den Unbekannten auf dem Video erkannt. Stattdessen waren es Mails aus der technischen Abteilung.

In der ersten stand, dass die für die bulgarische Schrift verwendete Tinte mit ziemlicher Sicherheit aus einem Kugelschreiber stammte, wie er bis vor rund acht Jahren in mehreren Ostblockländern, vor allem Bulgarien und Rumänien, verwendet wurde.

Bulgarien, schon wieder.

Die zweite Meldung war das Ergebnis der DNA-Analyse des Auges, das am Mittwochmorgen in einem Paket vor Frau Nikolais Tür gelegen hatte. Die Übereinstimmung mit Radeberger betrug 99,999 Prozent.

Gleichzeitig sank die Chance, dass er noch am Leben war, für Brook auf unter ein Prozent.

11

Wie lange ist er ohne Bewusstsein gewesen? Er weiß es nicht. Er kann kaum denken, zu groß sind Übelkeit, Durst, Schwindel. Nur der Schmerz ist kaum zu spüren und einer Taubheit gewichen, die sich anfühlt, als läge er in einem Bett aus kühler Watte. Sein Entführer hat ihm wieder ein Schmerzmittel gegeben.

Erst nach einer Weile, als er beginnt, die tauben Gliedmaßen zu bewegen, merkt er, dass die Fesseln fort sind. Er hat einen dicken Verband um den Bauch, sein Unterhemd ist verschwunden. Nun trägt er nur noch seine Unterhose.

Aber noch etwas hat sich verändert. Es ist zwar noch dunkel um ihn herum, aber nicht so dunkel wie zuvor. Als er den Kopf hebt, sieht er es: Die Tür ist geöffnet. Dahinter fahles Licht, das in den Raum dringt.

Er versucht, sich aufzurichten. Zentimeter für Zentimeter. Er atmet kontrolliert, kämpft gegen die Übelkeit und den Schwindel an, die immer größer werden.

Wie ein Schlafwandler bewegt er sich in Richtung Tür. Dahinter eine Treppe, die nach oben führt. Seinen Körper spürt er kaum. Stufe für Stufe steigt er die Treppe empor, eine Hand am Geländer. Jedes Mal, wenn er sich aufstützt, spürt er das Pochen in seinem Bauch, jedes Mal wird es stärker.

Die Treppe führt um eine Ecke, daher kommt das Licht.

Am oberen Ende der Treppe ist ebenfalls eine Tür. Sie steht offen. Ein kurzer Moment des Glücks. Die Hoffnung, zu entkommen, zu überleben, erfüllt ihn mit Euphorie.

Noch acht Stufen, doch er muss eine Pause machen und durchatmen.

Sechs Stufen. War ihm eben schon so schwindlig? Das Pochen nimmt zu. Er sieht an sich herunter. Der Verband um seinen Bauch beginnt, sich dunkelrot zu verfärben. Verdammt.

Drei Stufen.

Hinter der Tür ist eine Wand zu sehen. Vielleicht ein Flur? Ist er in einem Wohnhaus? Sicher, und da wird eine Tür sein, die nach draußen führt, ins Freie, in Sicherheit, zu anderen Menschen, fort von dem, der ihn eingesperrt hat.

Er erreicht die oberste Stufe. Seine Beine geben langsam nach, sie zittern. Er wird sich nicht mehr lange halten können. Wenn er erst auf der Straße ist, wird man ihm helfen. Er muss es schaffen.

Es ist tatsächlich ein Flur. Bilder hängen hier, gerahmte Kunstdrucke. Er stützt sich an der Wand ab, seine Knie fühlen sich an wie Gummi. Ist das ein Wohnzimmer? Schemenhaft erkennt er einen Raum mit ein paar Möbeln.

Nichts kommt ihm bekannt vor. Er ist sich sicher, er ist noch nie hier gewesen. Dabei sieht eigentlich alles ganz normal aus, soweit er erkennen kann. Er hat sich mittlerweile bis zu einer Couch vorgetastet. Er steht dahinter und stützt sich an der Lehne ab.

Die Schmerzen werden stärker. Was auch immer für ein Mittel er gegen sie bekommen hat, es lässt nach, und zwar schnell. Eigentlich sieht alles ganz normal aus. Da vorn, das muss ein Fernseher sein, ein Esstisch rechts mit Stühlen, Bilder an den Wänden, seine nackten Füße stehen auf weichem Teppichboden.

Er atmet schwer und konzentriert. Er muss hier heraus. Da, das ist eine Terrassentür. Dahinter ist es grün, ein Garten. Er muss es schaffen.

Ein paar Schritte sind es nur. Ihm wird immer schwindliger. Tränen steigen ihm in die Augen. Er schafft es nicht bis zur Glastür, kurz davor geben seine Beine nach. Er versucht, sich wieder aufzurichten. Die Schmerzen sind inzwischen kaum zu ertragen. Sein Kopf, sein Bauch, alles ist Schmerz. Er schafft es, auf den Knien bis an die Terrassentür zu kriechen. Er muss den Türgriff in die Horizontale drehen, um sie zu öffnen.

Es geht nicht. Er weiß nicht, ob er zu schwach ist oder ob die Tür abgeschlossen ist, sodass man den Türgriff nicht bewegen kann.

»*Herr Professor, Sie sind ja aufgestanden!*«

Die Stimme ist direkt hinter ihm. Er kennt diese Stimme.

Es gelingt ihm nicht mehr, sich umzudrehen. Ein dumpfes Krachen dringt durch seinen Schädel, und es blitzt in seinen Augen, bevor alles um ihn herum in Schwärze versinkt.

12

Am Freitagmorgen wachte Brook mit dem Gefühl auf, etwas Wichtiges vergessen zu haben. Etwas, das mit der Ermittlung zu tun hatte. Wahrscheinlich litt seine Konzentration unter den verdammten Schmerzen. Aber als er aufstand, fand er, dass das Bad am Vorabend geholfen zu haben schien und sich seine verlängerte Wirbelsäule beruhigt hatte. Zumindest so viel, dass es ihm als Vorwand genügte, nicht zum Arzt zu gehen.

Er hatte ohnehin keine Zeit, es gab noch zu viele offene Baustellen. Dass das Auge Professor Radeberger gehörte, bestätigte alle bisherigen Vermutungen, und eigentlich war Brook ganz froh darüber, dass sich die Ermittlungen so nicht noch mehr ausweiteten.

Vor allem mussten sie sich jetzt erst einmal die Wohnung des Professors ansehen. Hellkamp hatte bereits mit dem Staatsanwalt gesprochen, und der hatte einen Haussuchungsbefehl für Radebergers Haus in Bramfeld ausgestellt. Der Erkennungsdienst war bereits benachrichtigt. Bevor sie ebenfalls hinfuhren, berichtete Lejeune noch von seinen Befragungen im Krankenhaus. Leider hatten sie nichts erbracht. Immerhin hatte er mit ein paar Angestellten gesprochen, die in der betreffenden Nacht Dienst gehabt hatten, aber niemand hatte den Mann auf dem Foto wiedererkannt. Einige potenzielle Zeugen fehlten jedoch noch, sie hatten am Vortag entweder gar nicht oder in einer anderen Schicht gearbeitet. Brook ordnete an, er solle gleich nachher, wenn sie im Haus fertig wären, wieder ins Krankenhaus fahren und weitermachen.

Um kurz vor neun Uhr befanden sie sich am Otto-Burrmeister-Ring vor einem unscheinbar wirkenden zweistöckigen Einfamilienhaus, in dessen Auffahrt ein silbergrauer Mercedes stand. Brook erschien es fast zu schlicht für einen Chefarzt. Doch der wahre Schatz war ganz offensichtlich nicht das Haus selbst, sondern das Grundstück, das hinter dem Haus, von Bäumen links und rechts abgeschirmt, bis an den Bramfelder See hinunterreichte. Der Garten machte einen gepflegten Eindruck, auch wenn ganz offensichtlich nicht jede Woche der Rasen gemäht wurde.

Es dauerte nicht lang, bis die Spurensicherer bestätigten, dass es keinerlei Anzeichen eines gewaltsamen Eindringens ins Haus gab. Im Zuge ihrer Untersuchung hatten Kollegen die Haustür geöffnet, und Brook gab die Anweisung, das Haus nur mit Schutzanzügen zu betreten. Man konnte nie wissen, was die Ermittler an einem solchen Schauplatz erwartete, und er ging lieber auf Nummer sicher.

»Lejeune«, bellte Brook, während er sich in den weißen Anzug zwängte, »Sie brauchen sich nicht umzuziehen, Sie bleiben draußen. Stattdessen können Sie mal nachprüfen, ob der Mercedes da tatsächlich der von Radeberger ist. Ist ja nicht unbedingt gesagt.«

Die Enttäuschung stand Lejeune ins Gesicht geschrieben, aber nur einen Augenblick lang, dann war er schon am Handy, um der Dienststelle die Zulassungsnummer des Wagens durchzugeben.

Sie betraten das Haus und sahen sich um, eine Stunde lang. Sie blickten in Schränke und Kommoden. Nichts war auch nur im Mindesten auffällig. Der Erkennungsdienst nahm Fingerabdrücke, aber Brook bezweifelte insgeheim, dass das Sinn ergab. Nach einer gewaltsamen Entführung sah es hier einfach nicht aus.

Die Spurensicherung leitete wieder die Frau mit der rotrandigen Brille, auf deren Namen Brook schon im Krankenhaus nicht gekommen war. Er wollte sie etwas fragen, und aufgrund seines Hangs, sein Gegenüber mit Namen anzusprechen, tappte er doch glatt in die Falle: »Entschuldigung, Frau ... äh ...«

»... Müller«, sagte die Angesprochene schnippisch.

»Das weiß ich doch«, sagte Brook, ein wenig zu schnell. »Ich wollte nur ... War die Haustür abgeschlossen?«

»Nein, nur zugezogen, abgeschlossen nicht.«

»Aha.«

Mist. Ausgerechnet Müller. Wer sollte sich das auch merken?

Die Frau verschwand in einem der hinteren Räume, und Brook sah sich im Flur um. Neben der Haustür war ein Schlüsselbrett angebracht, an dem mehrere Schlüssel hingen. Brook prüfte, ob einer zum Schloss der Haustür passte. Fehlanzeige.

Brook ging zu Hellkamp, der vorm Haus stand und aus einer Wasserflasche trank. »Es war nicht abgeschlossen. Und am Schlüsselbrett gibt es keinen Schlüssel zur Haustür.«

»Den wird Radeberger wohl bei sich gehabt haben. Beziehungsweise haben, wie auch immer.«

»Und da hängt auch kein Autoschlüssel.«

»Hm.« Jetzt sah Hellkamp schon interessierter aus. »Und auch sonst nirgends?«

»Bisher wurde nichts gefunden.«

»Dann ist er zu Fuß los?«

»Wahrscheinlich, aber nimmt er dazu seinen Autoschlüssel mit?«

»Vielleicht nimmt er den immer mit, wenn er spazieren geht. Oder er hat ihn einfach an seinem Schlüsselbund.«

Brook überlegte. »Möglich wäre das. Ich werde auf jeden Fall mal Anweisung geben, dass die Kollegen drinnen nach einem solchen Autoschlüssel Ausschau halten.«

Es dauerte eine ganze Weile, bis die Durchsuchung abgeschlossen war. Das Auffallendste war eigentlich, wie wenig es zu untersuchen gab. Persönliche Aufzeichnungen waren so gut wie keine gefunden worden, nicht einmal Fotoalben.

In der Zwischenzeit waren Brook und Hellkamp noch in der Nachbarschaft herumgegangen. Lejeune sollte die weiter entfernt liegenden Häuser der Straße abklappern. Es musste doch jemanden geben, der etwas mehr mit Radeberger zu tun gehabt hatte. Doch sie hatten kein Glück: Allenthalben hieß es, er habe sehr zurückgezogen gelebt. Wenn jemand einen Grillabend gab, war Radeberger mit Sicherheit nicht dabei.

Immerhin war derweil noch ein elektronischer Schlüssel mit Mercedes-Emblem zum Vorschein gekommen, in einer Schublade von Radebergers Schreibtisch. Brook richtete den Schlüssel auf den Wagen und drückte, aber nichts passierte.

»Zeigen Sie mal her.« Hellkamp versuchte es ebenfalls, aber das Ergebnis war dasselbe. »Wenn Sie mich fragen, ist das hier der Zweitschlüssel, und die Batterie ist leer.«

Brook brummte zustimmend. Eine plausible Erklärung. Und sie waren mit ihrer Schlüsselsuche wieder am Anfang.

Sie verließen das Haus. Ein paar Aktenordner und einen

Notebook-Computer ließen sie in die Dienststelle abtransportieren, um sie näher zu untersuchen.

Zurück in Brooks Büro, setzten sie sich zu dritt um den runden Tisch und rekapitulierten, was sie bisher über den Fall Radeberger wussten. Brook setzte sich so vorsichtig wie möglich hin, in Erwartung des Stechens, das sein Steißbein nach wie vor aussandte. Hellkamp sah ihn fragend an, aber Brook schaute in eine andere Richtung. Das Kopfschütteln seines Kollegen sah er trotzdem, aus dem Augenwinkel. Er war sicher, dass es auf ihn gemünzt war.

»Wollen wir mal von hinten anfangen?«, schlug Hellkamp vor. »Radebergers Auto steht vor der Tür, aber es hängt kein Autoschlüssel am Schlüsselbrett.«

Brook ergänzte: »Und seine Sekretärin hat ihn am Freitag mit ihrem Auto nach Hause gefahren, weil er sich nicht wohlfühlte.«

»Das heißt, er muss das Auto vom Krankenhausparkplatz geholt haben, irgendwann zwischen Freitagnachmittag und Montagnachmittag, als Frau Nikolai das Auto vor seinem Haus gesehen hat. Und was wissen wir noch?«

»Dass in sein Haus nicht gewaltsam eingedrungen wurde und dass jemand, der wahrscheinlich Bulgare ist, etwas mit der Sache zu tun hat und Auge und Niere in sein Büro geschickt hat«, rekapitulierte Brook. »Mit einer handschriftlichen Notiz dabei.«

»Die Frage ist doch: Hat er selbst das Auto vom Krankenhaus abgeholt? Und wenn ja: wann und warum? Was meinen Sie, Lejeune?«, fragte Hellkamp und warf dem Kriminalmeister einen aufmunternden Blick zu.

Lejeune blickte unsicher von Hellkamp zu Brook, bevor er sprach: »Vielleicht ist Radeberger am Wochenende ja irgendwo hingefahren. Sonst hätte er ja auch einfach Montag früh mit dem Bus zur Arbeit fahren können oder mit dem Taxi oder wie auch immer. Viele Leute kaufen ja samstagvormittags ein.«

Da war etwas dran.

»Ich denke auch, das bringt uns nicht viel weiter«, sagte Brook, versuchte aber, den Gedanken, den Lejeune geäußert hatte, zumindest irgendwo im Hinterkopf abzuspeichern. »Weiter im Text.«

Hellkamp sah in sein Notizbuch. »Gestern, am Donnerstag, hat man vor der Tür des Sekretariats eine Schachtel mit einer Niere gefunden, und am Mittwoch eine ähnliche Schachtel mit einem Auge, von dem wir mittlerweile wissen, dass es Radebergers Auge ist.« Er blätterte um. »In beiden war ein Zettel mit bulgarischer Druckschrift, der Text lautete beim Auge: *Dies ist der erste Teil, der zweite wird bald folgen,* und bei der Niere: *Der Professor hat mein Leben zerstört, jetzt zerstöre ich seins.*«

»Und am Montag und Dienstag ist der Professor nicht zur Arbeit erschienen«, sagte Brook.

»Genau. Um diese Zeit herum wurde ihm das Auge entfernt, und eine eventuell verdächtige Person ist am Dienstag um kurz vor Mitternacht auf der Überwachungskamera im Krankenhaus zu sehen und hat es durch einen Seiteneingang wieder verlassen, um halb eins.«

»Sie fahren gleich wieder zur Klinik, wenn wir hier durch sind, und sehen sich weiter die Videos an. Mittwochnacht muss unser Unbekannter ja wiedergekommen sein, wenn er denn etwas mit all dem hier zu tun hat. Und befragen Sie weiter das Personal mit unserem Phantombild.«

Lejeune sah erleichtert aus bei dem Gedanken, Brooks Büro verlassen zu dürfen und eine konkrete Aufgabe zu haben.

»Immerhin ist heute kein Paket mit einem Organ vom Professor drin in der Klinik aufgetaucht, oder?«, fragte Hellkamp, als Lejeune fort war.

»Nicht dass ich wüsste. Sonst hätte Frau Nikolai ja sicher schon angerufen.«

»Na ja, vor allem ja wohl der Kollege, der sich in der Klinik die Bilder von der versteckten Kamera ansieht, oder nicht?«

Brook wurde heiß und kalt. Das war es, was er vergessen hatte und was ihm morgens beim Aufwachen nicht eingefallen war. Er hatte einen Techniker und einen niedrigeren Beamten anfordern wollen, um die Tür zu Professor Radebergers Sekretariat zu überwachen. Das hatte er schlichtweg vergessen.

»Ach ja, was das betrifft …« Brook sprach nicht weiter. Er wusste ganz einfach nicht, wie er das erklären sollte. Wie hatte das passieren können? Nur gut, dass es ja offenbar auch nicht nötig gewesen war, sonst hätte sich ja sicherlich jemand aus dem Krankenhaus gemeldet.

»Sagen Sie bloß, Pöhlmann hat die Idee abgelehnt?«, ereiferte sich Hellkamp auf einmal. »Dieser Korinthenkacker. Natürlich war es zu teuer, oder?«

Brook sah Hellkamp überrascht an. Aber warum auch nicht? Sollte der doch denken, dass Pöhlmann schuld war. »So spricht man nicht über seinen Vorgesetzten«, sagte Brook und deutete ein Grinsen an. »Auch wenn Sie natürlich recht haben.«

Hellkamp seufzte. Das schien ihm als Erklärung zu genügen. »Wollen wir uns mal Radebergers Notebook vorknöpfen? Wenn kein Passwort drauf ist, können wir ja erst mal selbst gucken, ob etwas Interessantes drauf ist, bevor wir es in die Technik geben.«

»Ach, das haben Sie noch hier? Ich dachte, das wäre alles schon unten.«

»Nee, liegt bei mir drüben im Büro. Wir haben ja im Moment nicht so richtig was zum Ansetzen, außer Lejeunes Unbekanntem. Und die Spurensicherung war mit dem Notebook ja schon fertig.«

Sie hatten Glück, der Rechner ließ sich ohne Passwort hochfahren. Brook sah Hellkamp zu, wie er sich durch diverse Ordner klickte. Dann stellte er eine Verbindung zum WLAN her und öffnete das E-Mail-Programm. Mehrere neue Mails wurden automatisch geladen. Auf Anhieb sahen sie nichts, was von Interesse zu sein schien.

»Vielleicht sollten wir da doch die Spezialisten –«

»Na, nun mal nicht so schnell aufgeben, Brook! Eine Erkenntnis habe ich schon mal gewonnen: Das Notebook hier hat er sicherlich nur für private Zwecke genutzt.«

Brook staunte. »Wie kommen Sie darauf?«

»Die Mailadresse, für die das Programm eingerichtet ist, lautet ›j.radeberger@gratismails.de‹. Im Krankenhaus hat er ganz sicher eine geschäftliche Adresse.«

»Dann finden wir ja vielleicht endlich ein paar enge Freunde«, sagte Brook. »Es kann doch nicht sein, dass dieser Professor keine zwischenmenschlichen Beziehungen hatte. Oder wenigstens keine Freunde.«

»Sehen Sie, jetzt haben Sie es doch getan.«

»Was habe ich getan?« Brook sah Hellkamp überrascht an.

»Na, von Radeberger in der Vergangenheit gesprochen. Als wäre er tot.«

»Kein Kommentar.«

Hellkamp klickte die letzten Mails an.

»Sehen Sie mal, Brook!« Er klickte in die Liste, und ein neues Fenster öffnete sich. »Radeberger hat eine Putzfrau. Und er hat ihr für Sonnabend abgesagt.«

»Lassen Sie mal sehen.« Brook las sich interessiert den Text der E-Mail durch. Es war eine Antwort auf eine Mail von Radeberger vom Freitag, in der er eine Frau, die er als »Wiebke« ansprach, zugleich aber siezte, darum bat, diesen Samstag nicht wie üblich zu ihm zum Putzen zu kommen, weil er wegfahre.

»Hm. Keine Anschrift, Telefon oder sonst etwas«, sagte Brook. »Nur die E-Mail.«

»Immerhin geht aus der Mailadresse der komplette Name hervor: Wiebke Lippmann. Damit kriegen wir den Rest auch raus.«

»Wenn der Name denn stimmt.« Brook schaute gequält.

»Na, na, nicht so pessimistisch.« Hellkamp sah die Mails weiter durch. »So richtig persönlich ist hier auch nichts, keine engen Freunde oder so.«

»Immerhin ist das mit der Putzfrau ganz interessant. Radeberger plante offenbar wegzufahren. Oder zumindest, am Samstag nicht zu Hause zu sein.«

»Ja, das sollten wir im Auge behalten.«

»Und was ist mit Bulgarien? Vielleicht finden wir hier etwas, das uns im Fall weiterbringt, und zwar besser als irgendwelche Aussagen von Freunden.«

»Okay.« Hellkamp tippte in das Suchfeld »Bulgarien« ein. Es gab kein Ergebnis, keine einzige E-Mail enthielt dieses Wort.

»Seltsam«, sagte Brook. »Es müsste doch mindestens die Buchung des Flugs zu finden sein, von der wir den Ausdruck bei seinen Unterlagen gefunden haben. Ob er noch einen Rechner hat?«

»Ich glaube eher, er hat die Mail gelöscht.«

»Ach ja, natürlich.« Hellkamp wiederholte die Prozedur im Ordner »Gelöschte Objekte«. Wieder nichts.

»Entweder er hat keinen Mailkontakt nach Bulgarien, oder er hat sehr gründlich aufgeräumt hinterher«, sagte Brook.

Hellkamp nickte. »Einen Versuch noch. Viele Leute denken nicht dran, dass die gesendeten Mails ja auch gespeichert werden.«

Doch auch das brachte nichts.

»Versuchen Sie es doch noch mal mit dem Länderkürzel für Bulgarien.«

Hellkamp gab die Buchstaben »BG« ein und klickte auf das kleine Lupen-Symbol neben der Suchmaske. Eine lange Reihe E-Mails wurde angezeigt, doch nichts, was auf den ersten Blick mit Bulgarien zu tun hatte.

»Na klar, er zeigt jetzt alle Mails mit einem Wort, das die Buchstaben B und G enthält. Moment.« Hellkamp wiederholte seine Suche, setzte aber vor »BG« einen Punkt und das Ganze zusätzlich in Anführungsstriche. »Jetzt sucht er nur nach dieser Buchstabenkombination, mit Punkt, also Mails von einer Bulgarien-TLD.« Er fügte erklärend hinzu. »Also von einem Account in Bulgarien aus.«

Brook nickte. Sehr clever.

Zunächst schien es wieder nichts zu bringen, doch unter den gesendeten Objekten tauchte schließlich etwas auf – eine einzige E-Mail. Hellkamp klickte darauf, und ein Fenster öffnete sich. Oben links, unter »An«, stand »Dimitrow«, und unter Betreff: »AW: Termin«.

»Dimitrow ... das kommt uns bekannt vor, oder?«

Hellkamp nahm sein Notizbuch zur Hand und wurde sofort fündig: »Kontakt: Atanas Sakaliew Dimitrow, das stand auf dem Zettel in Radebergers Unterlagen.«

»Muss immer noch nichts heißen. Machen Sie die Mail doch mal auf.«

Ein neues Fenster öffnete sich. Am oberen Rand stand:

Von: Jürgen Radeberger [j.radeberger@gratismails.de]
Gesendet: Mo 29.10.2013 13:07
An: Dimitrow [a_dimitrow@elektronnaposhta.bg]
Betreff: AW: Termin

Der Text der E-Mail war kurz, er lautete nur: »Gut, 20.000 Euro sind okay. Bin Donnerstag vor Ort, Persepolis, wie immer. Gruß, R.«

Offensichtlich war es eine Antwort auf eine vorherige E-Mail, aber der Inhalt dieser Nachricht wurde leider nicht angezeigt.

»Die Mail ist vom 29. Oktober. Und wann ist Radeberger nach Sofia geflogen?«, fragte Brook.

Hellkamp musste nicht ins Buch schauen, um zu antworten: »Am 1. November, also vier Tage später. Donnerstag. Und das Hotel, das er gebucht hat, hieß ›Persepolis‹.«

»Es passt also alles zusammen.«

»Aber nach einem Kongress oder so sieht das nicht aus«, sagte Hellkamp. »Das hätte uns ja erstens schon Frau Nikolai gesagt, und zweitens hat er die Mail hier ja von seinem privaten Account aus geschickt.«

»Aber während der Arbeitszeit, nehme ich mal an. Montagmittag um eins. Falls er da nicht schon Urlaub hatte.«

»Nein«, korrigierte Hellkamp, »Urlaub hatte er vom 1. bis 4. November, das hat Frau Nikolai ja schon abgeklärt.«

»Gut, gut. Wir können also annehmen, dass er entweder die Angewohnheit hatte, während seiner Arbeit vom privaten Laptop aus Mails zu verschicken, oder dass diese Mail dringend war und keinen Aufschub erlaubte. Ferner scheint er alle anderen Mails an diesen Dimitrow gelöscht zu haben, sehe ich das richtig?«

Hellkamp nickte. »Genau, sonst hätten wir sie gefunden.«

Brook spürte sein schmerzendes Steißbein wieder und versuchte, sich an den Armlehnen des Schreibtischstuhls abzustützen, um den Druck zu lindern. Er stöhnte auf.

»Sagen Sie mal, Brook, was ist eigentlich mit Ihnen los?«, fuhr Hellkamp ihn an. »Seit Tagen laufen Sie so komisch rum und bewegen sich, als hätten Sie Schmerzen. Ist irgendwas?«

Brook atmete tief ein und aus und sah Hellkamp genervt an. »Ach was. Ich bin im Bad ausgerutscht und dumm hingefallen.«

»Aua! Das Steißbein?«

»Glaub schon«, murmelte Brook.

»Mann, Mann. Und das tut immer noch weh? Gehen Sie besser mal zum Arzt. Zum Orthopäden.«

»Sehr witzig. Am Freitagnachmittag?«
»Es ist gerade mal kurz nach zwölf. Und Sie sind doch Privatpatient, oder? Da müssen Sie ja sicher nicht mal groß warten.«
Brook grummelte abwehrend, er habe gar keinen Orthopäden. Hellkamp riss ein Blatt von seinem Notizblock ab und begann zu kritzeln. »Hier, ich schreibe Ihnen mal die Adresse von meinem auf. Das ist gar nicht weit weg.«
»Sie haben einen Orthopäden? Warum das denn?«
»Sportverletzung letztes Jahr.«
Hellkamp grinste, ein wenig zu schadenfroh, wie Brook fand. Oder war es eher mitleidig? Vor Sportverletzungen musste Brook sich wirklich nicht fürchten.
Er hielt Brook den Zettel hin. »Da. Ab!«
Brook wusste, dass ihm nichts anderes übrig blieb, als sich zu fügen. Hellkamp hatte ja auch hundertprozentig recht. Vielleicht würde es noch schlimmer, und wenn er ganz ausfiele, müsste jemand anderer die Ermittlung leiten, am besten noch Marquardt, der Angeber. Es fehlte nur noch, dass Pöhlmann eine Sonderkommission für den Fall einrichtete – darauf hatte er bisher verzichtet, oder er hatte es einfach vergessen. Egal, so war es ohnehin besser. Brook hasste es, das Heft aus der Hand zu geben, und fast genauso hasste er es, wenn ihm Kollegen zugeteilt wurden, mit denen er zusammenarbeiten musste, ohne dass er sie sich ausgesucht hatte.
Lejeune war ein Sonderfall; irgendwie hatte er sich im letzten halben Jahr, seit dem Fall mit dem Schizophrenen, der sich für Abraham hielt, wie eine Klette an ihn und Hellkamp geheftet. Oder besser noch: wie eine Zecke, die ihm die gute Laune aussaugte. Brook musste grinsen bei dem Gedanken. Dann kam ihm Lejeunes Gesicht in den Sinn, und das Grinsen verflog. Ja, festgesetzt hatte er sich. Irgendwann hatte er nicht aufgepasst, und: zack! Da saß Lejeune, und sie wurden ihn nicht mehr los. Mit dem allerhöchsten Segen von oben, von Pöhlmann.
Ein spezialgelagerter Sonderfall war Lejeune sozusagen. Brook wunderte sich über sich selbst, dass ihm diese seltsame Formulierung in den Sinn kam, und er fragte sich, woher sie stammte. Wahrscheinlich von Lejeune, der benutzte immer

so absonderliche Ausdrücke. Kam sich mächtig schlau vor. Mistkerl.

Dass seine Thea auf dem Lehrgang in Süddeutschland war und nicht der eifrige Lejeune, hatte ihn zunächst mit Schadenfreude erfüllt; doch jetzt, wo sie fort war und sie nur den jungen Kriminalmeister hatten, der ihnen zur Hand ging und die undankbareren Aufgaben erledigte – wie die, stundenlang Überwachungsvideos anzuschauen –, hatte Brook noch weniger Spaß bei der Arbeit als sonst.

Doch jetzt musste er erst einmal zum Arzt. Die Schmerzen waren inzwischen wieder genauso schlimm wie am Tag zuvor.

Das Wartezimmer des Orthopäden, zu dessen Praxis er zu Fuß nur zehn Minuten gebraucht hatte, war voll – so voll, dass mehrere Patienten in dem kleinen Flur standen und sich zwischen Wand und Tresen drängelten. Sie mussten noch enger zusammenrücken, als Brook die Tür öffnete.

Als er der jungen Dame hinterm Tresen mitteilte, er habe keinen Termin, erklärte sie ihm, er müsse morgens um halb acht erscheinen, wenn er Schmerzen habe. Jetzt sei ja schon fast Wochenende, und er sehe ja selbst, was hier los sei. Erst als Brook sich als Privatpatient zu erkennen gab, wurde sie zahmer, was einige der Umstehenden mit Gemurmel und kritischen Blicken quittierten. Dennoch müsse er ein paar Minuten warten, es tue ihr sehr leid, erklärte sie.

Brook füllte auf dem Tresen einen Anmeldebogen aus und stellte sich zu den anderen Patienten vor die Tür des Wartezimmers. Glücklicherweise wurden in schneller Folge zwei dort Sitzende zum Arzt hineingerufen, und so lichtete sich das Feld ein wenig.

Eine Viertelstunde stand Brook herum und langweilte sich, als er endlich aufgerufen wurde. Eine Arzthelferin führte ihn in einen Behandlungsraum und bat ihn, schon einmal Hemd und Hose auszuziehen. Dann verschwand sie wieder. Widerwillig zog er Mantel, Jackett und Hose aus und legte alles über die Lehne eines Stuhls. Während er das Hemd aufknöpfte, sah er sich um. An den Wänden hingen großformatige anatomische Zeichnungen von Gelenken, Muskeln, Sehnen. An einem Ständer in der Ecke neben dem Waschbecken war ein altertümlich wirkendes Skelett aufgehängt.

Brook zog das Hemd über den Kopf und blieb mit dem Knopf der linken Manschette an seiner Armbanduhr hängen. In diesem Moment begann sein Mobiltelefon zu klingeln.

Verdammte Scheiße, nicht leise gestellt, peinlich.

Er zog das Hemd wieder über und versuchte, das Handy aus der Tasche seiner Hose zu fummeln, die über der Stuhllehne hing. Es fiel zu Boden. Als Brook sich bückte, um es aufzuheben, durchzuckte ihn der Schmerz am Steißbein wie ein Stromstoß.

»Au!«, entfuhr es ihm.

Das Handy klingelte immer noch, aber er hatte es zu fassen bekommen. Als er sich langsam aufrichtete, blickte er aufs Display, um zu sehen, wer ihn da verdammt noch mal störte.

Lejeune. Natürlich. Immer wieder Lejeune, dieser ... Querkopf.

Brook drückte auf den Knopf mit dem kleinen grünen Telefonhörer und bellte seinen Untergebenen an, was es denn gebe.

Da wurde die Tür geöffnet, und die Arzthelferin erschien mit fragendem Gesicht.

Was wollte die denn? Ach natürlich, sein Schmerzensschrei.

Brook fuchtelte mit den Armen. »Weg, weg! Polizei!«, fuhr er die junge Frau an und stieß die Tür zu. Dann sprach er endlich ins Telefon: »Lejeune, in drei Teufels Namen, was gibt's denn? Ich stehe hier im Hemd.« Sobald Brook das gesagt hatte, merkte er, wie seltsam es klingen musste. Aber für große Erklärungen hatte er jetzt keinen Nerv.

»Herr Hauptkommissar, ich, äh, Kommissar Hellkamp sagte, ich solle Sie gleich direkt anrufen, damit es schneller geht, denn im Falle eines Falles, na ja, äh —«

Verdammt, was verhaspelte der sich denn jetzt so? »Kurz und knapp, Lejeune! Kurz und knapp! Was ist los?«

»Ich habe den Kerl geschnappt, den vom Video. Den Verdächtigen. Kommissar Hellkamp ist schon auf dem Weg hierher, und —«

»Wie meinen Sie das, geschnappt? Wo sind Sie, und wo ist dieser Mensch?«

»Ich befinde mich in der Klinik, Sie haben mir doch selbst aufgetragen, dass ich —«

»Ich weiß. Und was meinen Sie mit ›geschnappt‹? Wo ist der Verdächtige?«

»Ich wusste nicht so recht, wo ... Ich meine, ich habe ihn eingeschlossen. Ich hatte ja keine Handschellen, und ich wollte nicht, dass er wegläuft. Da habe ich ihn einfach geschnappt und eingeschlossen, in einen Raum, ich meine, einem Zimmer, das leer stand.«

»Ein Krankenzimmer?«

»Nein, ein Abstellraum. Da war ein Schlüssel von innen an der Tür. Es ging alles ganz schnell.«

»Wie bitte?« Lejeune musste den Verstand verloren haben. Das war Freiheitsberaubung, ganz egal, wie verdächtig jemand war. Andererseits war es wahrscheinlich, so seltsam es klingen musste, das einzig Sinnvolle, das er hatte tun können. »Und wie ist die Lage jetzt?«

»Der Mann trommelt von innen an die Tür. Aber ich kann ihn ja schlecht rauslassen. Hier gucken schon alle ganz komisch, und ich muss ständig meinen Dienstausweis zeigen.«

»Bleiben Sie, wo Sie sind, ich bin gleich da. Ach, Moment, wo sind Sie denn genau?«

»Im zweiten Stock. Am Fahrstuhl.«

Brook fluchte. Er zog sich, so schnell es unter den Schmerzen ging, die Hose an und steckte das Handy in die Tasche. Dann schlüpfte er ins Hemd und Jackett, warf sich den Mantel über und rannte unter den erstaunten Blicken des Personals und der übrigen Patienten aus der Praxis.

Hellkamp war bereits vor Ort, als Brook im zweiten Stock der Klinik eintraf, und versuchte, einen aufgebrachten älteren Herrn zu beruhigen, der eine dunkle Sportjacke, einen schwarzen Rucksack und eine altmodische Schiebermütze trug. Der schmächtige Mann war deutlich über siebzig, und er sah kein bisschen so aus wie der Verdächtige, dessen Phantombild sie am

Tag zuvor ausgedruckt hatten. Vor allem hatte er einen buschigen weißen Schnauzbart. Lejeune stand betreten etwas abseits. Die Situation war ihm so unangenehm, dass er schwer atmete.

Brooks erster Eindruck trog ihn nicht: Dies war tatsächlich der Mann, den Lejeune in seinem Feuereifer in den Schrank gesperrt hatte. Immerhin war somit ein Rätsel gelöst: Wieso die Zielperson sich nicht hatte befreien und weglaufen können, denn Lejeune war ja beileibe kein Muskelmann.

Die Rekonstruktion der Ereignisse ergab schnell, was geschehen war. Lejeune hatte mit dem Phantombild die einzelnen Stationen abgeklappert, auf der Suche nach Angestellten, denen er das Bild noch nicht gezeigt hatte und die den Mann darauf in den letzten Tagen gesehen hatten. Es hatte alles nichts ergeben, und so war er schließlich darauf gekommen, auch die Patienten zu befragen. Und als Lejeune einer alten Dame, die auf dem Flur mit einem Rollator unterwegs war, den Gesuchten beschrieben hatte, da hatte sie behauptet, genau diesen Mann habe sie gerade in Richtung Fahrstuhl gehen sehen. Lejeune war losgesprintet, und vor dem Fahrstuhl stand tatsächlich jemand mit dunkler Jacke, dunkler Mütze und Rucksack. Im selben Moment hatte er gegenüber vom Fahrstuhl die offene Abstellkammer gesehen, und ohne zu zögern hatte er den Verdächtigen am Schlafittchen gepackt und dort eingesperrt.

Brook hätte alles darum gegeben, Lejeunes Gesichtsausdruck zu sehen, als Hellkamp die Tür geöffnet und dem zornigen Alten die Freiheit geschenkt hatte. Für Lejeune, da war er sicher, war das Ganze indes weniger lustig – wenn der Mann Anzeige erstattete, hatte er mit einem Disziplinarverfahren zu rechnen. Selbst schuld.

Natürlich war es dennoch schade, dass die Hoffnung auf eine schnelle Auflösung des »Falls Radeberger« so schnell geschwunden war, wie sie gekommen war. Und obendrein hatte Brook nun seine Chance verpasst, sich beim Orthopäden eine Spritze zu holen – oder zumindest zu erfahren, warum seine Schmerzen nicht nachlassen wollten. Zu dem Orthopäden von vorhin würde er nach dem peinlichen Abgang auf jeden Fall nicht mehr gehen können. Und wer war wieder schuld? Lejeune.

Hellkamp gelang es, den Mann mit der Schiebermütze so weit zu beruhigen, dass er schließlich das Feld räumte. Er war aber erst ruhiger geworden, als Hellkamp ihm eindringlich klargemacht hatte, dass es galt, ein furchtbares Verbrechen aufzuklären, und er durch einen dummen Zufall in die Schusslinie geraten sei. Lejeune bat ihn schließlich um Entschuldigung, und Hellkamp nahm die Personalien des Mannes auf und versprach ihm, dass sich der Dienststellenleiter so schnell wie möglich mit ihm in Verbindung setzen würde, um das weitere Vorgehen zu besprechen. Der alte Mann machte große Augen und sagte, er wolle sich ja auch nicht über Gebühr echauffieren, aber er ließe sich nun einmal nicht gern einsperren, und Hellkamp sagte, er verstehe vollkommen, und er gab ihm seine Karte und bat ihn, bald einmal anzurufen, wenn er noch einmal über alles sprechen wolle.

Brook staunte. Es schien tatsächlich, als hätte Hellkamp es geschafft, den Ärger, der Lejeune schon von Rechts wegen nun blühen musste, abzuwenden. Der Mann verabschiedete sich und stieg in den Fahrstuhl. Im gleichen Moment, als sich die Türen schlossen, hörten sie einen lang gezogenen, dumpfen Schrei.

»Das kam aus dem dritten Stock«, sagte Hellkamp und war schon an der Tür zum Treppenhaus. Lejeune sauste hinterher, und Brook erklomm, so schnell er konnte, hinter ihnen die Treppe.

Vor der Tür ihres Büros stand Frau Nikolai mit schreckgeweiteten Augen. Sie sagte nichts, sondern streckte nur die Arme aus, wie um den Ermittlern ein Geschenk zu überreichen.

In den Händen hatte sie eine braune Pappschachtel.

13

Die Suche nach dem Unbekannten verlief ergebnislos. Sie forderten Verstärkung an, doch bis die eingetroffen war, hatte derjenige, der die Schachtel vor Frau Nikolais Tür platziert hatte, mehr als genug Zeit zu verschwinden. Hellkamp war noch nach unten gerannt, um die direkte Umgebung der Klinik abzusuchen, aber das brachte natürlich auch nichts.

Brook war ihm bis zum ersten Stock über die Treppe gefolgt, doch das strengte ihn so an, dass er mit dem Fahrstuhl weitergefahren war. Lejeune hatte er dagelassen, damit der sich um Frau Nikolai kümmerte, die weinend an ihrem Schreibtisch saß. Zumindest bis professionelle Hilfe eintraf. Er selbst brauchte auch professionelle Hilfe, dachte Brook im Hinblick auf sein Steißbein, und die ganze Zeit liefen Ärzte um ihn herum, aber niemand half ihm. Was für eine Ironie!

Eine halbe Stunde später trafen die Kollegen vom Erkennungsdienst ein, und sie öffneten die Schachtel. Brook erkannte nicht sofort, um welches Organ es sich diesmal handelte, das sie ganz erwartungsgemäß im Paket vorfanden, in einem Plastikbeutel und wieder mit einem beschrifteten Zettel dabei. Aber Frau Müller mit der roten Brille hatte gleich die passende Vermutung: Es war ein Herz.

Frau Nikolai hatte indes einen Schock erlitten, auch wenn sie den Inhalt der Schachtel gar nicht zu Gesicht bekommen hatte. Brook forderte jemanden vom Psychologischen Dienst an, und es kam wieder Frau Dr. Döring.

Als diese mit der Sekretärin fertig war und sie nach Hause geschickt hatte, teilte sie Brook mit, das wiederholte Auftauchen der kleinen braunen Pappkartons habe bei Frau Nikolai jetzt sozusagen das Fass zum Überlaufen gebracht; bislang verdrängte Gefühle panischer Furcht und Angst um die eigene Unversehrtheit seien geballt zutage getreten. Sie sagte, sie wolle noch mit einem der Oberärzte sprechen und Frau Nikolai zunächst einmal krankschreiben lassen. Außerdem habe sie ihr geraten, sich in psychologische Behandlung zu begeben.

Ansonsten gab es das gleiche Prozedere wie zuvor. Das Organ wurde nach Eppendorf gebracht, zum Rechtsmediziner Dr. Mann, der Rest der Schachtel und ihres Inhalts ging in die Technik im Untergeschoss, und Brook, Hellkamp und Lejeune saßen am runden Tisch in Brooks Büro vor einer Kopie des beschrifteten Zettels, der bei dem Herz gelegen hatte.

Съдбата на професора е същата както и на жена ми.

Die Botschaft hatte Lejeune eingescannt und dem bulgarischen Übersetzer gemailt, und jetzt warteten sie gespannt auf eine Reaktion. Ans Telefon war er leider nicht gegangen, und sie konnten nur hoffen, dass er nicht außer Haus oder außer Landes war. Immerhin war auf die E-Mail keine Abwesenheitsnotiz gefolgt.

»Der Name von Radebergers Mörder wird da kaum draufstehen.« Hellkamp wies auf das Papier.

»Sie sprechen schon wieder vom ›Mörder‹«, sagte Brook, »aber noch haben wir keine Leiche. Wir wissen ja noch nicht einmal, ob die Niere Radeberger gehört und ob das ein menschliches Herz war, vorhin.«

»Nun machen Sie mal einen Punkt, Brook. Ich finde, es bringt uns nicht weiter, vor allem die Augen zu verschließen.«

»Und ich finde, es bringt uns nicht weiter, Annahmen zu machen, die nicht hieb- und stichfest bewiesen sind und die uns vielleicht dazu verleiten, in eine falsche Richtung zu ermitteln«, sagte Brook scharf.

»Finde ich auch«, sagte Lejeune.

»Was?« Brook sah ihn streng an.

»Ganz Ihrer Meinung.«

»Aha. Und haben Sie noch eine andere Meinung?«, blaffte Brook den jungen Mann an.

»Na ja, mit dem Professor hat der Zettel auf jeden Fall etwas zu tun.«

»Ach nee, Lejeune. Wer hätte das gedacht. Der lag ja auch vor seiner Tür. Beziehungsweise das Paket, wo er drin war.«

»Verzeihen Sie, wenn ich Sie korrigiere, Herr Hauptkommissar«, sagte Lejeune, »aber wenn wir uns schon nur an die reinen Fakten halten, und da bin ich hundertprozentig Ihrer

Meinung« – Brook verdrehte die Augen, aber Lejeune ließ sich nicht beirren –, »dann lag die Schachtel, wie ja schon die beiden vorherigen, nicht vor der Tür des Professors, sondern vor der Tür von Frau Nikolai.«

»Na klar«, sagte Brook skeptisch, »die Tür vom Büro vom Chefarzt ist ja auch im Sekretariat, und da kommt ja nachts keiner rein, wenn abgeschlossen ist.«

»Heute aber schon.«

»Wie – heute schon?«

»Na, Frau Nikolai war gerade nicht im Büro, und sie sagte, sie hat die Tür offen stehen lassen. Der Überbringer des Pakets hat es vor ihre offene Tür gelegt. Und da hat er auf jeden Fall sehen können, dass im Büro niemand war.«

»Wann haben Sie denn mit Frau Nikolai gesprochen?«

»Als Sie unten waren, um nach dem Mörder zu suchen – Verzeihung: nach dem Verdächtigen. Beziehungsweise dem Überbringer der Pakete. Die Psychologin war da gerade mit ihr zugange.«

Brook nickte stumm. Es war kein schlechter Gedanke. Was, wenn das Ganze auf Frau Nikolai gemünzt war? Oder auf beide, sie und den Professor? Gab es doch mehr Verbindungen zwischen Chefarzt und Sekretärin, als sie bisher wussten? Vielleicht doch ein Verhältnis?

»Kann natürlich auch sein, dass der Verdächtige sich nicht getraut hat, das Sekretariat zu betreten, und alles ganz schnell gehen sollte«, vermutete Hellkamp. »Er konnte ja wohl kaum wissen, wie lange Frau Nikolai nicht im Büro war.«

»Immerhin ist er, anders als bisher, am helllichten Tag in die Klinik gekommen«, sagte Brook. »Das an sich kann auch schon etwas zu bedeuten haben. Auf jeden Fall ist ihm daran gelegen, seine Botschaft zu überbringen, warum auch immer. Der Zettel wird uns hoffentlich mehr verraten.«

»Apropos Zettel«, meldete sich Lejeune, »ich meinte eigentlich etwas anderes, wenn Sie mir die Bemerkung gestatten.«

»Wie – Sie meinten etwas anderes? Womit meinten Sie etwas anderes?«

»Damit, dass der Zettel etwas mit dem Professor zu tun hat.

Auch wenn wir noch nicht wissen, ob es seine Niere und sein Herz sind. Sehen Sie mal auf dem Zettel, das dritte Wort. Das heißt garantiert ›Professor‹.«

»Ach was?« Brook betrachtete interessiert die Kopie.

»Können Sie jetzt auch schon Bulgarisch? Kleiner Abendkurs, was?«, frotzelte Hellkamp.

»Nein, Herr Kommissar«, sagte Lejeune eifrig, »aber das Wort sieht aus wie das erste Wort beim letzten Zettel, und das hieß ›Professor‹. Es hat nur eine andere Endung, wenn ich mich nicht irre.«

Brook nickte. »Gut, gut. Also hat es doch etwas mit dem Professor zu tun, auch wenn Sie meinen, die Schachtel wurde extra vor Frau Nikolais Tür gelegt, weil das Ganze etwas mit ihr zu tun hat.« Er ärgerte sich selbst über seinen spöttischen Tonfall, aber irgendwie konnte er bei Lejeune einfach nicht anders.

»Entschuldigen Sie, Herr Hauptkommissar, aber das ist doch eigentlich klar, oder?« Lejeune machte ein verwundertes Gesicht. »Für Professor Radeberger können die Schachteln ja nicht wirklich gedacht sein, oder?«

»Wieso?«

»Na, wer wüsste besser als derjenige, der dem Professor nach und nach seine Organe entfernt – nehmen wir einmal an, dass das der Fall ist –, dass sich der Professor gar nicht in seinem Büro befindet? Also *muss* die Adressatin dieser ganzen Aktion doch Frau Nikolai sein.«

»Oder ganz einfach die Öffentlichkeit«, wandte Hellkamp ein. »Der Täter versucht ja doch ganz offensichtlich, eine Botschaft zu übermitteln, und die ist ja nicht *an* den Professor gerichtet, sondern sagt etwas *über* ihn aus, oder?«

»Sie haben recht«, gab Brook zu. »›Der Professor hat mein Leben zerstört, jetzt zerstöre ich sein Leben.‹ Das ist für alle anderen bestimmt, aber nicht für Professor Radeberger.«

Brooks Telefon klingelte. Er wollte aufspringen und zum Schreibtisch eilen, besann sich aber im letzten Moment. Nicht wieder Schmerzen im Steißbein riskieren. Vorsichtig stemmte er sich hoch und versuchte, dabei ganz lässig auszusehen, so als lasse er sich lediglich etwas Zeit. »Jaja, ich komme ja schon«, brummte er und kam sich ziemlich dämlich vor. Hellkamp wusste ohnehin, was mit ihm los war, und dass er ausgerechnet vor Lejeune einen guten Eindruck machen wollte, konnte er sich nicht eingestehen. Aber wie ein alter, kranker Mann wollte er auch nicht wirken.

So nahm er erst nach dem fünften Klingeln den Hörer ab. »Ah, Herr Atanassow ... Jaja, ich weiß, die bulgarische Namensgebung ... Sie haben die Mail gesehen? Und, haben Sie ... Ja ... Aha.« Brook zog die Augenbrauen hoch. »Oh! ... Ja, tun Sie das. Haben Sie ... Genau. Danke.« Die Stirn in Falten, ließ er den Hörer sinken, nahm ihn aber noch einmal schnell ans Ohr und sagte: »Wiedersehen.« Dann legte er auf.

»Und?«, fragte Hellkamp und sah Brook auffordernd an.

»Hören Sie zu. Der Satz heißt: ›Der Professor erfährt das gleiche Schicksal wie meine Frau.‹«

Beide Zuhörer nickten. Brook setzte sich wieder zu ihnen. Ganz vorsichtig. Er stützte sich wieder auf den Lehnen ab, doch sobald sein ganzes Gewicht auf seinem Hintern lastete, fühlte er das unangenehme Drücken.

»Wenn wir die Botschaften zusammennehmen«, meldete sich Hellkamp wieder, »bedeutet das also: Wer auch immer Radeberger das Auge rausgeschnitten hat und vielleicht auch die Niere und das Herz, der tut das, weil er sich an Radeberger rächen will, der seiner Frau etwas angetan hat.«

»Oder ein Verrückter, der sich in eine Idee verrannt hat«, gab Brook zu bedenken, »das können wir nicht wissen.«

»Vielleicht liegt dem tatsächlich ein Verbrechen zugrunde«, sagte Hellkamp. »Lejeune könnte doch mal prüfen, ob Radeberger in irgendeiner Weise aktenkundig geworden ist.«

»Könnte er denn als Arzt praktizieren, wenn er vorbestraft ist?«, gab Brook zu bedenken.

»Das wohl nicht. Aber vielleicht hat er mal gegen irgendwen vor Gericht ausgesagt? Als Zeuge oder als Sachverständiger?«

»Ja, nicht schlecht. Lejeune, wollen Sie mal gehen und gucken, ob Sie irgendwas über Radeberger finden?«

»Jawohl, Herr Kommissar!« Lejeune sprang auf. »Schon so gut wie erledigt!« Er nahm sein Notizbuch und ging.

Als er fort war, fragte Hellkamp mit einem Nicken in Richtung von Brooks Unterleib in besorgtem Tonfall: »Immer noch nicht besser?«

Brook verzog das Gesicht. Er wollte nicht darüber sprechen, auch nicht mit Hellkamp. »Was müssen wir denn noch bedenken? Und worauf warten wir jetzt alles? Fassen Sie doch mal zusammen.«

»Also, wir müssen mit Wiebke Lippmann Kontakt aufnehmen«, sagte Hellkamp mit Blick in sein Notizbuch. »Die bei Radeberger putzt. Oder geputzt hat. Wie auch immer. Das kann ich gern übernehmen.«

»Gut.« Brook konnte sich schon denken, warum. Wenn irgendwo ein Rock in Sicht war, dann hing Hellkamp auch schon dran. Zumindest wenn die Trägerin in sein Beuteschema passte. Aber eine Putzfrau? Na gut, ermahnte sich Brook, keine Vorurteile. »Weiter?«

»Dann warten wir auf die DNA-Analyse der Niere, da sollte heute Nachmittag noch ein vorläufiges Ergebnis kommen. Das endgültige dann Montag früh.«

»Wieso dauert denn das so lange?«

»Ach, da sind wieder Leute krank, und am Wochenende ist nur einer da, und den hat Marquardt schon in Beschlag genommen. Die sind doch an dieser Drogengeschichte im Stadtpark dran.«

»Hm. Na gut.«

»Montag kommt dann aber auch schon die DNA von dem Herz aus dem letzten Paket. Dann – ach ja, wollen wir nicht doch noch einmal versuchen, Pöhlmann zu überreden, dass wir eine Überwachung ins Krankenhaus kriegen? Jetzt, wo noch eine Schachtel aufgetaucht ist? Das kann ich auch gern erledigen, wenn Sie –«

»Nein, nein, das mache ich schon«, sagte Brook schnell. Er wollte auf keinen Fall, dass Hellkamp mitbekam, warum das nicht schon längst geschehen war – nämlich weil Brook es schlichtweg vergessen hatte.

»Ja, das wär's wohl. Ach nein, eins noch: Der Bulgare, an den die Mail ging, sollen wir da Europol einschalten?«

»Ich glaube, dafür ist es zu früh.« Eigentlich schreckte Brook mehr der bürokratische Aufwand ab, den das mit sich brachte.

»Lejeune könnte auch erst mal versuchen, ob er übers Internet was herausfindet«, schlug Hellkamp vor. »Wer sagt denn auch, dass der in Bulgarien wohnt? Kann doch sein, dass er seinen bulgarischen Account von hier aus benutzt.«

»Gute Idee, so machen wir's.«

»Und dann ist da noch ein ganz wichtiger Punkt«, sagte Hellkamp und klappte sein Notizbuch zu.

»Und der wäre?«

»Sie gehen endlich zum Arzt. Ich sehe doch, dass Sie Schmerzen haben.«

Brook schüttelte den Kopf. »Nein, es ist ja schon besser geworden. Eigentlich drückt es nur etwas.« Wie um seine Mobilität zu demonstrieren, wackelte Brook mit dem Hintern auf dem Stuhl herum. Sofort und wie zum Hohn brandete der Schmerz wieder auf.

Hellkamp sah ihn skeptisch an. »Na, wenn Sie meinen. Aber sicher ist sicher.«

»Ach was, ein heißes Bad ... Holen Sie lieber mal einen Kaffee.«

Nachdem sein Kollege verschwunden war, setzte sich Brook mühsam auf seinen Schreibtischstuhl. Er hatte inzwischen eine Stellung ausgeklügelt, in der die Schmerzen kaum zu spüren waren. Aber die funktionierte nur auf seinem eigentlich schon viel zu alten Schreibtischsessel.

Als er endlich saß, beschloss er, vor Feierabend nicht mehr aufzustehen. Komme, was wolle.

Es dauerte eine Weile, bis der Kaffee kam. Hellkamp hatte neuen kochen müssen und sich dann mit einer neuen Mitarbeiterin »festgequatscht«, wie er sagte. »sehr nett, die sitzt oben im dritten Stock. Prävention und Verkehr. Wirklich sehr nett.«

Mit »sehr nett« meinte Hellkamp meistens »sehr hübsch«, wie Brook wusste. Doch bevor der Kommissar weitererzählen konnte, klopfte es, und Lejeune erschien. Er und Hellkamp setzten sich wieder an den Tisch, Brook blieb am Schreibtisch sitzen. Er warte noch auf eine E-Mail, sagte er.

Dann erzählte Lejeune. »Professor Radeberger hat eine weiße Weste. Geradezu aprilfrisch, möchte ich —« Er brach ab, als er

Brooks Gesichtsausdruck sah. »Äh, also keine Vorstrafen, keine Anzeigen, weder zivil- noch strafrechtliche Einträge, keine Zeugenaussagen, nichts, rein gar nichts.«

»Hm«, machte Hellkamp. »Wenn es also ein Racheakt ist, dann kann es nur eine Tat sein, für die Radeberger nicht zur Rechenschaft gezogen worden ist.«

»Wenn sich da nicht jemand einfach nur etwas einbildet«, sagte Brook.

»Sicher.« Hellkamp machte eine entschuldigende Geste. »Das können wir nicht wissen. Aber die Erfahrung lehrt immerhin, dass Racheakten meistens ein ganz reales Motiv zugrunde liegt. Auch wenn die Rache *an sich* oft in keinster Weise angemessen ist.«

Lejeune nickte, machte aber zugleich ein dermaßen fragendes Gesicht, dass Hellkamp, an ihn gewandt, weiter ausführte: »Vor ein paar Jahren, ich glaube, da waren Sie noch nicht hier, da hatten wir einen Fall, bei dem hatte ein Mann in Marienthal seinem Nachbarn den Auspuff am Auto mit Bauschaum verstopft. Da kann man sich schnell mal vergiften, im Wageninneren. Und warum das Ganze? Weil der Nachbar trotz seiner Proteste mehrmals Fisch gebraten hatte und der Mann es oben in seiner Wohnung riechen konnte. Das war der einzige Grund, den er angeben konnte, und etwas anderes ließ sich auch nicht ermitteln.«

»Aber dem Nachbarn ist nichts passiert?«

»Nein, nichts Ernstes. Er hat zum Glück schnell gemerkt, wie es im Auto stank. Trotzdem wurde der Mann wegen versuchter Körperverletzung verknackt.«

Lejeune pfiff durch die Zähne. »Immerhin entsprach das Vorgehen beim Racheakt zumindest teilweise den Umständen, die die Tat motivierten.«

»Ja, das Motiv ist oft der Schlüssel zur Lösung eines Kriminalfalls«, sagte Brook und merkte im selben Moment, wie oberlehrerhaft er sich anhören musste. »Aber das haben Sie sicher schon auf der Polizeischule gelernt.«

»Und was ist nun mit unserem Motiv?«, fragte Lejeune. »Rache ja, aber wofür?«

»So leid es mir tut«, sagte Hellkamp, »ich muss weiterhin davon ausgehen, dass die Organe in den braunen Pappschachteln allesamt von Radeberger stammen. Sie brauchen gar nicht so zu gucken, eine andere Möglichkeit gibt es doch gar nicht. Radeberger ist ermordet worden, und der Mörder ist der Meinung, dass Radeberger wiederum seine Frau auf dem Gewissen hat.«

Brook nickte langsam. »Sie denken an einen Kunstfehler?«

»Das liegt wohl nahe, wenn jemand Chirurg ist. Einmal falsch geschnitten, und schon – zack!« Hellkamp schlug mit der Faust auf den Tisch, was ihm einen missbilligenden Blick von Brook einbrachte.

»Allerdings zieht so etwas doch meistens eine Anzeige nach sich, oder nicht?«, fragte Lejeune. »Würde ich jetzt einfach mal so frank und frei ... ich meine, wenn mir so etwas passieren würde, dann würde ich doch versuchen, vor Gericht zu gehen, allein schon wegen des Schadenersatzes.«

»Wenn Sie nicht tot sind.« Brook konnte bei diesem Gedanken nicht anders als grinsen. Er wandte den Kopf ab und nahm schnell die Hand zum Mund, räusperte sich. »Nein, ernsthaft: Wo kein Kläger, da kein Richter.«

Lejeune nickte. »*Nulla poena sine lege!*«

»Das ist nicht mal ungefähr dasselbe«, schnaufte Brook verächtlich. »Unterbrechen Sie mich gefälligst nicht.«

»Entschuldigen Sie, ich dachte, Sie wären fertig.«

»War ich aber nicht. Also, wenn jemand auf dem Operationstisch stirbt und keinerlei Angehörige oder Freunde hat, wer soll den Arzt denn dann verklagen? Wer käme überhaupt auf die Idee, dass er geschlampt hat oder auf irgendeine andere Weise versagt?«

»Höchstens einer der Kollegen, die dabei waren«, sagte Hellkamp. »Aber da gibt es sicher irgendeinen Mediziner-Kodex oder so.«

Brook nickte.

»Ich weiß jetzt allerdings nicht so ganz, worauf Sie hinauswollen. Hier schreibt doch jemand, dass Radeberger schuld ist am Tod seiner Frau. Also gibt es einen Angehörigen.«

»Ja, natürlich, ich –« Brook wusste nicht, was er sagen sollte.

Die logischste Sache von der Welt, und er hatte nicht daran gedacht. Er war wirklich nicht ganz auf dem Damm. Aber wie sollte er auch, wenn er die ganze Zeit entweder Schmerzen hatte oder Angst davor, dass er gleich Schmerzen haben würde? Vielleicht sollte er doch einfach mal ein paar Schmerztabletten nehmen – aber das wollte er eigentlich vermeiden, eben auch, um reaktionsschnell und aufnahmebereit zu bleiben. Nun, ändern konnte er an seinem Zustand jetzt und hier nichts, er musste eben die Zähne zusammenbeißen und sich zusammenreißen.

»Also«, begann Hellkamp noch einmal, »der Täter ist doch höchstwahrscheinlich Bulgare. Und dass er seine Briefchen auf Bulgarisch verfasst, könnte darauf hindeuten, dass er nicht gut Deutsch kann oder sogar gar nicht. Das könnte wiederum bedeuten, dass seine Frau hier in Deutschland gelebt hat und er in Bulgarien. Vielleicht hatte sie hier einen Job.«

»Jetzt mal halblang«, bremste Brook ihn. »Das sind mir viel zu viele Spekulationen.«

»Die Reisen nach Bulgarien hätten damit dann ja auch nichts zu tun«, warf Lejeune ein. »Oder sehe ich das falsch?«

»Hm.« Brook faltete die Hände vorm Gesicht und schlug rhythmisch mit den ausgestreckten Zeigefingern auf seine Lippen. »Da ist was dran. Wenn es um einen Kunstfehler geht, dann doch sicherlich hier in Deutschland. Zumal Frau Nikolai von keinen offiziellen Reisen nach Bulgarien wusste, das war ja alles in seinem Urlaub.«

Das Faxgerät fing mit einem Mal an zu schnarren.

Hellkamp sprang auf. »Endlich, das muss Dr. Mann sein. Jetzt wissen wir vielleicht schon, ob Radeberger die Niere gehört.«

Leider war es falscher Alarm – es handelte sich lediglich um eine Einladung zum Umtrunk anlässlich der Verabschiedung einer Kollegin aus dem Erdgeschoss, die in Pension ging.

»Wer schickt denn so etwas per Fax?«, fragte Hellkamp verwundert, während er Brook den Ausdruck gab.

Der überflog ihn kurz und gab ihn Hellkamp zurück. Er wusste nicht einmal, wer die Kollegin war. Den Namen hatte er noch nie gehört.

Hellkamp setzte sich zurück zu Lejeune an den runden Tisch.

»Geben Sie das Lejeune, Hellkamp. Lejeune, da können Sie mal hingehen und einen guten Eindruck machen. Und einen schönen Gruß von uns bestellen.«

»Natürlich, gern, Herr Hauptkommi… oh.« Er hielt den Zettel hoch. »Tut mir leid, nächsten Dienstag habe ich meinen freien Tag … ach, nicht so wichtig, das kann ich auch verschieben.«

Brook schüttelte den Kopf. »Nichts da. Wenn Sie freihaben, haben Sie frei. Das wäre ja noch schöner, extra den Urlaubstag verschieben, um sich stattdessen während der Arbeitszeit im Erdgeschoss volllaufen zu lassen.« Er hatte erst am Schluss bemerkt, wie laut er geworden war.

»Ich glaube nicht, dass er das gemeint hat«, sagte Hellkamp beschwichtigend. Lejeune nickte. »Er wollte nur hilfsbereit sein.«

»Ach, ist ja … Machen Sie doch, was Sie wollen!« Brook drehte sich um und tippte ein paarmal auf seine Tastatur, obwohl es gar nichts zu tippen gab.

»Was halten Sie davon, wenn Sie noch einmal ins Krankenhaus fahren, Lejeune?«, fragte Hellkamp in munterem Tonfall. »Sie könnten mit der Suche nach dem schwarz gekleideten Unbekannten weitermachen.«

»Gerne doch, bin schon weg.« Lejeune war die Erleichterung deutlich anzuhören.

Als er bereits in der Tür war, sagte Brook, ohne vom Computerbildschirm aufzublicken: »Aber fangen Sie bitte nicht wieder irgendwelche Patienten.«

»Kein Problem. Ich werde dran denken.«

»Gut. Und worauf warten Sie noch?«

Der junge Kriminalmeister sagte nichts mehr und verließ Brooks Büro.

»Ich versuche dann mal, die Frau Lippmann ausfindig zu machen«, sagte Hellkamp.

»Wen?«

»Na, Wiebke Lippmann.«

Jetzt fiel bei Brook der Groschen. »Ach, die Putzfrau.« Er war wirklich nicht bei sich. Zeit, dass Feierabend würde.

Kaum war Hellkamp in Richtung Teeküche verschwunden,

machte sich das Faxgerät wieder bemerkbar. Er lauschte kurz, aber Hellkamp kam nicht zurück. Mist. Sicherlich quatschte er sich wieder mit irgendjemandem fest. Mühsam stemmte sich Brook aus seinem Schreibtischsessel und ging zum Faxgerät. Diesmal hatte er Glück. Es war die Rechtsmedizin, und das Ergebnis war das Gewünschte – oder vielmehr erwartete: Die Niere, die sich am Vortag in der braunen Pappschachtel befunden hatte, gehörte mit ziemlicher Sicherheit dem ehemaligen Besitzer des Auges – sprich: Professor Radeberger. Das endgültige Ergebnis würde am Montag folgen, aber Dr. Mann schrieb, die Wahrscheinlichkeit, dass sie jemand anderem als Radeberger gehöre, sei so gering, dass er dies als Arbeitshypothese durchaus vertreten könne.

Gottlob. Dann mussten sie wenigstens nicht noch in eine andere Richtung ermitteln, und alles, was sie bisher angenommen hatten, wurde dadurch unterstützt. Allerdings hatte Brook bei seinen Überlegungen das dringende Gefühl, etwas zu übersehen oder vergessen zu haben, was wichtig sein konnte. Hatte er irgendetwas nicht bedacht?

Die versteckte Kamera! Sein Gehirn funktionierte also wenigstens ansatzweise so, wie es sollte. Er würde die vermaledeite Kamera, die die Tür zu Radebergers Vorzimmer überwachen sollte, nicht noch einmal vergessen.

Brook griff zum Telefon.

Endlich einmal hatte er Glück. Pöhlmann war da, lobte Brook für seine gute Idee, versprach, sofort alles Nötige zu autorisieren, damit Brook die Aktion in die Wege leiten konnte, und sogar die Technik war binnen Kurzem einsatzbereit, das Krankenhaus stimmte seinem Plan zu, und zwei Kollegen, die am Abend und in der Nacht die Überwachung übernahmen, ließen sich ebenfalls organisieren.

Als Brook den Hörer nach einer Viertelstunde wieder auflegte, rieb er sich innerlich die Hände. Er fühlte sich so gut und erfolgreich wie schon seit Langem nicht mehr. Niemand würde je erfahren, dass er die Sache mit der Überwachung am Tag zuvor schlichtweg vergessen, ja geradezu verschlampt hatte.

Da erst bemerkte er, dass Hellkamp irgendwann in der Zwischenzeit, während Brook seine Telefonaktion durchgeführt hatte, in sein Büro zurückgekehrt war. Einen Teil von Brooks Gesprächen hatte er durch die offene Tür sicherlich mitbekommen. Oder sogar alles? Brooks Euphorie verflog mit einem Schlag und machte einem Gefühl der Niederlage Platz. Sofort spürte er seinen Steiß wieder.

»Hellkamp? Fax von Dr. Mann. Die Niere gehört Radeberger. Also, ziemlich sicher.«

Er hörte, wie sein Kollege nebenan einen zustimmenden Grunzlaut von sich gab. Brook hatte eigentlich erwartet, dass Hellkamp sofort herüberkommen würde, aber er blieb, wo er war.

Eine Minute später stand er dann doch in der Tür, die Jacke an. »Ich fahr jetzt zu Wiebke Lippmann. Ach, und Brook?«

»Ja?«

»Gehen Sie zum Arzt. Ins Krankenhaus, ist mir scheißegal. Aber versauen Sie nicht noch etwas, okay?«

Brook starrte Hellkamp finster nach.

Na großartig.

Scheißtag.

14

Am Samstag wachte Brook mit brummendem Schädel auf. Dabei hatte er gar nichts getrunken. Er blieb länger im Bett liegen als normalerweise, und als es um kurz nach zehn an der Tür klingelte, war er gerade erst aufgestanden. Seine Laune war immer noch nicht besser. Obendrein hatte er Thea abends nicht erreicht; sie war nicht an ihr Handy gegangen, und er hatte sich schon wieder alles Mögliche ausgemalt, was bei ihrem Lehrgang passierte. Geträumt hatte er auch davon, glaubte er wenigstens. Zumindest spukten ihm Bilder im Kopf herum von Thea mit ihm unbekannten Männern, die deutlich jünger und ansehnlicher waren als er.

Wer klingelte überhaupt um diese Zeit am Samstag? Sicher die Post. Er nahm den Hörer der Gegensprechanlage ab und knurrte: »Zweiter Stock!«, ohne zu hören, wer da eigentlich war. Dann zog er sich seinen Bademantel über. Als er mit dem Fuß nach seinem zweiten Hausschuh angelte, spürte er sein Steißbein wieder; immerhin nicht mehr so schlimm wie am Tag zuvor. Vielleicht sollte er das ganze Wochenende über in der Badewanne bleiben? Aber war das dann nicht wieder schlecht für die Haut?

Während er noch in Gedanken versunken war, klopfte es an die Wohnungstür.

Es war nicht die Post, sondern Thea Matthiesen, die ihn fröhlich anstrahlte. »Hey, ich sehe, du hast dich extra schick gemacht für mich, Brook!«, sagte sie grinsend mit Blick auf den uralten Bademantel und den gestreiften Pyjama darunter. »Wohin gehen wir, ins Le Canard?«

»Thea, ich … du … ich hab …«, stammelte er, vollkommen überrumpelt. Dann fing er sich wieder. »Ich verstehe immer noch nicht, warum die den Lehrgang da im Süden machen müssen und nicht zentraler. Wann bist du da überhaupt losgefahren?«

»Gestern Nachmittag noch, wir hatten früher Schluss als gedacht. Aber das ist schon toll da. Die Unterbringung ist super, und die Leute sind total nett. Außerdem ist unser Ober-Dozent eine absolute Konifere.« Sie zwinkerte.

Brook verzog müde den Mund über das Wortspiel.

»Hey, Brook, was denn, nicht so sauertöpfisch«, sagte sie munter, ging voraus ins Wohnzimmer, zog den Mantel aus und warf ihn über die Rückenlehne des Sessels. »Musst du eigentlich heute ins Büro?«

Brook überlegte kurz. Musste er? Wann musste er nicht?

Dann sah er Thea Matthiesen an und spürte, wie froh er war, dass sie einfach nur da war. Kurz entschlossen verkündete er: »Nein, heute können mich die alle mal.«

»Fein, dann ab unter die Dusche!«

Beim Frühstück musste Brook ihr alles über den neuen Fall erzählen. Bei der Geschichte mit Lejeune, der den alten Mann in den Besenschrank gesperrt hatte, musste sie so lachen, dass sie sich an einem Stück ihres Mohnbrötchens verschluckte und hustete, bis ihr Tränen übers Gesicht liefen.

»Unglaublich«, japste sie, als sie sich wieder gefangen hatte. »Der Typ ist echt Gold wert. Eigentlich weiß ich gar nicht, warum du den nicht magst, Brook.«

Brook hatte keine Lust, über Lejeune zu reden. Stattdessen beichtete er ihr, dass er die Geschichte mit der Überwachungskamera verschlampt hatte und sie ansonsten den Täter vielleicht schon hätten.

»Das sieht dir aber gar nicht ähnlich«, sagte Thea ernst. »Ist irgendwas, ich meine, bedrückt dich was?«

»Nur, dass du nicht da bist«, sagte Brook und grinste schief.

»Hör auf, du hast doch was. Das hab ich vorhin schon gemerkt. Du bewegst dich so vorsichtig. Also los, spuck's aus!«

Es half nichts, Brook erzählte von seinem Sturz und dem geprellten Steißbein. Da er aber fürchtete, Thea würde mit ihm gleich nach dem Frühstück in die Notaufnahme vom Krankenhaus rennen, um dort den Tag mit ihm zu verbringen, spielte er die Sache herunter.

»Eigentlich ist es auch schon wieder weg, ich habe ein heißes Bad genommen, das hat sehr gut geholfen. Vielleicht bewege ich mich noch ein bisschen vorsichtig, aus Angst, dass die Schmerzen zurückkommen.«

Erst jetzt wurde ihm klar, dass er außerdem Angst hatte, sie würden ihn im Krankenhaus behalten. Abgesehen davon, dass ihm vielleicht mehr fehlte, als er selbst wusste: Wer würde dann die Ermittlungen leiten? Marquardt, der Idiot?

»Na gut«, sagte Thea Matthiesen, anscheinend beruhigt. »Dann können wir ja in die Stadt, bummeln, hast du Lust? Oder hast du was anderes vor?«

»Nein, was soll ich denn vorhaben? Super!« Brook lächelte, so gut es ging bei der Aussicht, den ganzen Tag auf den Beinen zu sein und nicht, wie gehofft, in der Wanne.

Es half nichts. Er ging ins Bad, schloss hinter sich ab und suchte im Medizinschrank, bis er Schmerztabletten fand. Ibuprofen 400. Zur Sicherheit nahm er gleich zwei, spülte sie mit Wasser aus dem Zahnputzbecher hinunter und steckte die restlichen in die Hosentasche.

Auf in die Stadt, Geld ausgeben.

Brook war heilfroh, als sie nach zwei Stunden und gefühlten dreihundert Läden Pause im Alsterpavillon machten, um einen Kaffee zu trinken. Die Tabletten hatten ganz gut geholfen, aber er machte trotzdem ständig ausgleichende Bewegungen, die ihn schneller erschöpfen ließen als gewöhnlich.

Es war zwar nicht besonders warm, aber die Sonne schien, und sie saßen draußen auf der Terrasse und sahen den Alsterdampfern zu, die an- und wieder ablegten.

»Sonst seid ihr ja nicht wirklich weitergekommen, oder?«, fragte Thea Matthiesen.

Brook brauchte einen Moment, um zu merken, dass sie vom Fall Radeberger sprach.

»Und das Motiv?«

»Ja, das Motiv ... Immerhin wissen wir, dass es Rache ist. In der Schachtel mit dem Herz war auch ein Zettel, und darauf steht: ›Der Professor soll das Gleiche erleiden wie meine Frau.‹ So in etwa.«

Thea Matthiesen pfiff durch die Zähne. »Na, das ist doch was! Jemand rächt sich am Professor für das, was der seiner Frau angetan hat, Auge um Auge, Zahn um Zahn quasi. Glaubst du denn, der Professor hat einer Frau Auge, Niere und Herz rausgeschnitten?«

Brook bemerkte, wie das ältere Ehepaar am Nachbartisch aufgehört hatte, mit den Kuchengabeln zu klappern. Aus dem Augenwinkel sah er, wie die Frau Thea entgeistert anstarrte. »Nicht so laut, Thea«, sagte er in verschwörerischem Tonfall, »das ... äh ... ist doch alles vertraulich.«

Doch sie ließ sich nicht bremsen. »Es wird wohl eher eine symbolische Tat sein, oder? Ich meine, das Herz aus dem Körper reißen, das deutet ja fast auf Eifersucht hin.«

Brook blickte sie mit großen Augen an. »Das ist keine schlechte Idee. Das würde erklären, warum ihn niemand angezeigt hat. Es geht um Eifersucht.«

»Ja, und das Auge passt auch – wenn sie ein Auge auf ihn geworfen hatte?«

»Hm. Na gut, das könnte noch hinkommen. Aber was ist dann mit der Niere?«

»Tja ... Vielleicht ist das eine bulgarische Redewendung, so in der Art von ›das geht mir an die Nieren‹.«

»Das klingt aber arg weit hergeholt.«

»Weiß man's? Frag doch mal deinen bulgarischen Übersetzer oder den Arzt im Krankenhaus, wie hieß der noch?«

»Voinow Mladenow.«

»Also dieser Mladenow –«

»Nein«, verbesserte sie Brook, »Voinow Mladenow. In Bulgarien hat jeder zwei Nachnamen. Einen Namen vom –«

»Jaja, schon gut«, unterbrach Thea ihn, »Klugscheißer. Also, ist schon klar, dass der nichts damit zu tun hat?«

»Na, wir werden ihn sicher noch einmal verhören. Aber die Niere wurde schon mal nicht so entfernt, dass es unbedingt ein Chirurg gewesen sein muss. Das könnte gegen ihn sprechen.«

»Oder für ihn, denn man kann etwas ja genauso falsch machen, wenn man weiß, wie man es richtig macht. Vielleicht sogar noch besser.«

Schon wieder so ein Gedanke, auf den Brook nicht gekommen wäre. Er nickte, während er kurz darüber nachdachte. Es war schon ein ziemlicher Zufall, dass in der direkten Umgebung des

Opfers ein Bulgare arbeitete, wenn der Täter höchstwahrscheinlich auch Bulgare war. Und eigentlich glaubte Brook nicht an Zufälle.

»Auf jeden Fall wissen wir, dass Voinow Mladenows Frau vor drei Jahren an Krebs gestorben ist. Die hat Ra... die hat der Professor schon mal nicht umgebracht.« Brook redete so leise, dass man am Nachbartisch zumindest nicht jedes Detail verstehen konnte. Trotzdem wollte er keine Namen nennen. Denn es war ja tatsächlich eine laufende Ermittlung, und auch wenn die Morgenpost ihnen schon auf die Spur gekommen war, waren dies alles Fakten, die noch unter Verschluss gehalten wurden.

»Weiß man's?« Thea Matthiesen sah ihn herausfordernd an. »Gestorben ist sie bestimmt im Krankenhaus. Oder zumindest dort behandelt worden. Kann doch sein, dass der Professor dabei seine Hand im Spiel hatte.«

Weitere Erkenntnisse gewannen sie nicht; sie stimmte ihm zu, dass sie erst einmal abwarten mussten, ob auch das Herz Radeberger gehörte, bevor sie sicher von einem Mord ausgehen konnten. Aber das würde ja nur noch bis Montag dauern.

Als sie bezahlen wollten und auf die Rechnung warteten, sagte Thea Matthiesen: »Morgen bin ich übrigens bei meinen Eltern. Ich will ganz früh los. Mein Vater hat morgen Geburtstag. Du hast nicht zufällig Lust mitzukommen, oder?«

Brook sah sie überrascht an. Dann schüttelte er den Kopf und brummte. Er starrte in sein leeres Milchkaffeeglas.

Er hatte ihre Eltern bereits kennengelernt, als sie einmal in Hamburg zu Besuch waren. Sie stammten zwar aus Schleswig-Holstein, lebten aber in Osnabrück, wo ihr Vater ein Autohaus leitete. Theas Eltern waren gerade einmal sechs beziehungsweise fünf Jahre älter als Brook, und beim Zusammentreffen damals hatte er betrübt festgestellt, dass der Vater sogar jünger und fitter wirkte als er selbst, der Freund seiner Tochter. Das war ihm unangenehm, auch wenn die Eltern nett waren, Scherze machten und durchblicken ließen, Thea habe sich schon immer für ältere Männer interessiert.

»Schade, ich dachte, wir hätten noch heute Abend.«

»Nein, aber wenn du ganz artig bist, komme ich nächstes Wochenende wieder.«

»Wenn du so weit fahren willst?« Das hatte ablehnender geklungen, als Brook beabsichtigt hatte. Schnell schob er hinterher: »Ich wollte sagen, das wäre schön.«

»Na, ich hab wohl kaum 'ne Wahl.«

»Wieso?«

»Nächste Woche ist die Fortbildung zu Ende, du Döskopp.«

Erwischt. »Sollte ja nur ein Scherz sein«, murmelte er. Sie sah ihn ernst an.

Verdammt, was würde er denn noch alles vergessen?

15

Frank Kollmann geht jeden Morgen joggen, weil er sich dick fühlt. Das Fitnessstudio hat er bereits abgehakt, dort war es ihm dann doch zu langweilig. Außerdem ist Joggen gratis. Deshalb zieht er sich jeden Morgen seine weite Jogginghose und die teuren Laufschuhe an und geht los, um eine Runde zu laufen. Frank wohnt in Hamburg-Hamm, einem alten Arbeiterstadtteil, und er hat eine schöne Strecke gefunden, durch ein Wäldchen oder besser eine Ansammlung von Bäumen, oben auf einer Böschung, an deren unterem Ende die Horner Landstraße verläuft.

Manchmal nimmt er dann noch den Weg durch den Hammer Park zurück, vorbei an der großen Wiese, auf der im Sommer Hunderte Menschen grillen, und dem steinernen Planschbecken für Kleinkinder.

Ein bisschen peinlich ist ihm das Ganze auch immer, ein dicker, schnaufender Jogger mit rotem Gesicht, kein schöner Anblick. Deshalb läuft er frühmorgens, oft noch vor sechs. Damit ihn keiner sieht. Um die Zeit ist oft noch nicht mal jemand mit dem Hund draußen.

Er hat gedacht, dass es schneller geht. Dass er schneller abnimmt. Aber der Erfolg ist kaum zu spüren. Das liegt neben dem üppigen Frühstück nach dem Sport vor allem daran, dass ihm auch beim Joggen langweilig wird und er oft kurz vorm Eingang des Parks abbiegt und wieder nach Hause läuft.

Heute überwindet er seinen inneren Schweinehund. Auf geht's durch den Park. Am Sonntag ist hier so früh erst recht niemand unterwegs.

Er hat extra seinen MP3-Player mitgenommen. Andy Borg singt in seine Ohren.

… sie war vorbei, unsere Zeit …

In Höhe des Kinderplanschbeckens wird ihm kurz schwarz vor Augen. Ihm ist schwindlig, er hält an und stützt die Hände auf den Oberschenkeln ab.

… so muss das Leben wohl sein, es holt alle Verlierer mal ein …

Er nimmt die Stöpsel aus den Ohren.

Langsam geht hinter den Bäumen die Sonne auf. Im Becken

ist ja schon Wasser drin, denkt er sich, letztes Mal war das noch nicht der Fall. Die Sommersaison ist also eingeläutet.

Erst jetzt sieht er, dass da im Wasser etwas liegt. Nein, nicht etwas. Jemand. Ein Mensch! Ein nackter Mensch, auf dem Bauch, den Kopf unter Wasser.

Er springt auf, immer noch schnaufend.

Vielleicht kann er den Mann noch retten? Einmal in den Schlagzeilen. Der Held des Tages, er, Frank Kollmann, auf der Titelseite vom Hamburger Abendblatt, nur einmal etwas Schönes, etwas Positives. Dass er von seiner besten Seite präsentiert wird. Dann meldet sich vielleicht jemand, eine Frau, die den Helden kennenlernen will …

Die Gedanken gehen in seinem Kopf wild hin und her. Schuhe und Strümpfe ausziehen? Aber vielleicht geht es um Sekunden.

Bis zum Knöchel reicht Frank das Wasser, es läuft von oben in seine Laufschuhe. Ein unangenehmes Gefühl. Einen Meter vom Beckenrand entfernt liegt der Mann. Mit zwei Sätzen ist Frank bei ihm. Frank Kollmann fasst den Nackten an der Schulter und dreht ihn um.

Ein Schrei entfährt ihm. Ein Gesicht ohne Augen, mit zwei leeren dunkelroten Höhlen. Brustkorb und Bauch sind regelrecht zerfetzt.

Panik erfasst Frank Kollmann, er stolpert rückwärts und fällt ins Wasser. Unwillkürlich ruft er: »Hilfe!« Aber niemand hört ihn.

16

Brook, Hellkamp und Lejeune betrachteten den Leichnam, den die Mitarbeiter des Erkennungsdienstes aus dem Wasser geholt und auf eine Plane neben dem Planschbecken gelegt hatten.

Es war für Brooks Geschmack viel zu hell. Er hatte einen Kater. Thea Matthiesen war über Nacht geblieben, und sie hatten zusammen eineinhalb Flaschen Wein getrunken. Außerdem hatte Brook noch, zwischen zwei Gläsern, heimlich eine weitere Schmerztablette genommen, und die hatte sich mit dem Alkohol nicht besonders gut vertragen. Immerhin hatte er dank des Ibuprofens den Shopping-Bummel ganz gut durchgestanden, aber abends hatte er Angst gehabt, dass Thea Sex würde haben wollen und er mit seinem schmerzenden Steißbein nicht in der Lage dazu gewesen wäre. Das Ende vom Lied: Beide hatten zu viel getrunken und waren, als es ins Bett ging, in Nullkommanichts nebeneinander eingeschlafen.

Jetzt zahlte er den Preis für sein Manöver in Form von Kopfschmerzen und flauem Magen. Die restlichen Tabletten hatte er inzwischen weggeworfen; er wusste, dass Ibuprofen abhängig machte, allein das war für ihn Grund genug; außerdem musste er mental auf der Höhe bleiben.

Wie immer in solchen Fällen trugen alle Anwesenden, die direkt mit der Leiche zu tun hatten, weiße Schutzanzüge. Man konnte nie wissen, wo eine DNA-Spur lauerte. Heute aber hatte Brook das Gefühl, besonders wenig Luft durch seinen Mundschutz zu bekommen.

Die Leiche passte so gut auf die Beschreibung Radebergers, von dem Hellkamp sogar ein Foto dabeihatte, dass keiner der Anwesenden daran zweifelte, dass hier der tote Professor vor ihnen lag. Endlich gab es zu den entnommenen Organen eine Leiche.

Ansonsten war der Tote grausig zugerichtet. Er lag neben dem Planschbecken auf einer Plane auf dem Rücken; Dr. Mann war bereits eingetroffen und dabei, den Leichnam zu untersuchen. Die Augen fehlten, die Augenlider offenbar auch, und der Bauch war der Länge nach aufgeschnitten. Nachdem Dr. Mann vermeldet hatte, dass die Nieren und das Herz fehlten, waren sie sich noch sicherer, dass sie den toten Professor vor sich hatten. Dennoch würde Frau Nikolai nicht drum herumkommen, ihn zu identifizieren, als nächste Mitarbeiterin und in Ermangelung von Angehörigen oder engen Freunden. Es sei denn, sie konnten die Tochter des Professors dazu bekommen, kurzfristig aus Amerika einzufliegen. Hellkamp hatte sich bereit erklärt, Kontakt mit ihr aufzunehmen.

Brook trat abseits, um den Mundschutz abzunehmen und durchzuatmen. Der Anblick des Toten war für seinen übersäuerten Magen nicht gerade ideal. Hellkamp und Lejeune folgten seinem Beispiel. Er erzählte ihnen von den neuen Erkenntnissen oder vielmehr den neuen Ideen, die seine Unterhaltung mit Thea Matthiesen gebracht hatte – dass es sich um eine Eifersuchtstat handeln könnte. Dass es nicht sein eigener Einfall war, verschwieg er geflissentlich.

Sie wurden von Dr. Mann unterbrochen, der offenbar fertig war, sich zu ihnen gesellte und umständlich die Latexhandschuhe auszog. »Ich weiß jetzt wenigstens schon einmal, was alles fehlt«, sagte er. »Von oben nach unten: Augen, Augenlider, Herz, Lunge, Leber, beide Nieren und die Bauchspeicheldrüse.«

»Todeszeitpunkt?«, fragte Brook routinemäßig.

»Gute Frage. Rigor mortis ist komplett abgeklungen, ganz leichte Spannungen noch in ein paar Gelenken. Vor mindestens sechzig Stunden, würde ich sagen.«

»Also am Donnerstag?« Hellkamp machte sich Notizen.

»Ja, plus/minus. Außerdem hat er eine Weile im Wasser gelegen, aber ich schätze, nicht mehr als fünf Stunden.«

»Gut. Wir schicken gleich mal ein paar Kollegen los, die die Anwohner befragen, ob sie heute Nacht etwas gesehen haben.«

»Moment«, warf Hellkamp ein. »Ganz kurz noch mal einen Schritt zurück, bitte. Die *Bauchspeicheldrüse* fehlt?«

»Ganz recht.«

»Guter Punkt«, sagte Brook und ärgerte sich, dass ihm das nicht gleich aufgefallen war. »Haben Sie … ich meine, warum zum Teufel entfernt denn jemand die Bauchspeicheldrüse?«

»Ist Ihnen das nicht klar?« Dr. Mann lächelte.

Brook sah den Rechtsmediziner an, als habe dieser gerade einen obszönen Scherz gemacht.

Dr. Mann setzte ein mitleidiges Gesicht auf und half Brook auf die Sprünge: »Organhandel. Illegaler Organhandel. Klingelt es jetzt?«

»Bitte was?«

»Alle Organe, die ich vorhin aufgezählt habe, also die bei dem Toten fehlen, werden auf dem illegalen Organmarkt gehandelt.«

»Sogar die Augen?«, fragte Hellkamp ungläubig.

»Ja, die Hornhaut bringt eine ganz schöne Stange Geld. Ich habe erst kürzlich einen Vortrag auf einer Tagung darüber gehört. Hoch-in-tere-ssant. Ich kann nachher mal schauen, ob ich ihn noch finde, im Büro. Der Sonntag ist jetzt ja eh gestorben.«

Dr. Mann klang nicht, als ob ihn das sonderlich störte, im Gegenteil.

Brook hingegen fluchte innerlich vor sich hin, seit er im Hammer Park eingetroffen war, dass die letzte Chance, den Tag im heißen Wannenbad zu verbringen, unwiderruflich dahin war.

»Eines noch«, hob Dr. Mann noch einmal an, »wer auch immer den Toten hierhergebracht hat – es scheint, als habe er ihn vorher komplett ausbluten lassen. An der Halsschlagader gibt es einen entsprechenden Schnitt.«

»Aha.« Brook dachte, er hätte Dr. Mann lieber »*verbluten*« sagen hören. So klang es ihm ein wenig zu sehr nach Schlachtvieh. Wobei der Vergleich natürlich nicht ganz verkehrt war, wenn man sich den armen Menschen ansah. »Und was kann das bedeuten?«

»Nun, da will ich mir kein Urteil erlauben. Aber vielleicht diente es dazu, den Leichnam besser transportfähig zu machen. Ich würde mal schätzen, der Tote hat, wie er daliegt, lebendig um die achtzig Kilo gewogen, und ohne die Organe und das Blut käme er vielleicht noch auf etwas über siebzig. Es kann natürlich sein, dass die Organe ebenfalls deshalb entnommen wurden. Aber ich persönlich glaube das nicht.«

»Und wieso nicht?«, hakte Hellkamp nach.

»Na, dann hätte ich den Darm ebenfalls entfernt. Der wiegt ja noch einmal gut und gerne —«

»Entschuldigung, ich glaube das reicht«, sagte Brook, der fühlte, wie ihm noch flauer im Magen wurde.

Immerhin eröffnete das, was der Rechtsmediziner über den Organhandel erzählte, ganz neue Perspektiven und schien fast so etwas wie der längst überfällige Fingerzeig, den sie so dringend benötigten, um die Ermittlungen in die richtige Richtung zu lenken. Auch wenn die Beteiligung der Organisierten Kriminalität einen Mordfall, wie jedes andere Delikt auch, auf eine neue Ebene hob, die die Arbeit nicht gerade einfacher machte.

Als sie einige Zeit später, um halb zehn, in Brooks Büro saßen, jeder einen Kaffee vor sich und ein paar belegte Brote, die Lejeune dankenswerterweise auf dem Rückweg geholt hatte, waren Brooks Kollegen voller Tatendrang, während er selbst so griesgrämig war wie in seinen schlechtesten Stunden.

»Fassen wir einmal kurz zusammen«, sagte Hellkamp mit Blick in seine Notizen. »Jemand hat Radeberger am Donnerstag umgebracht, spätestens, als er ihm das Herz rausgeschnitten hat. Und heute Nacht, etwa um Mitternacht oder ein Uhr, hat er ihn in den Hammer Park gebracht und im Kinderplanschbecken abgeladen. Da fehlten alle Organe bereits, und er war zudem komplett verblutet, aber ebenfalls woanders. Nach Aussage von Dr. Mann sind die entsprechenden Organe welche, die auf dem illegalen Organmarkt gefragt sind.«

»Außer die Augenlider«, meldete sich Lejeune.

»Ganz recht. Dass die Augenlider fehlen, *muss* etwas zu bedeuten haben.«

»Und außerdem«, brummte Brook, »sind die Organe doch gar nicht verkauft worden, jedenfalls ein paar, denn die sind doch in braunen Pappkartons in der Klinik Dulsberg aufgetaucht.«

Beide Kollegen sahen Brook überrascht an. Es war ein kleiner Moment des Triumphs für ihn, dass sie diesen naheliegenden Einwand noch gar nicht bedacht hatten.

»Eines war uns bis jetzt ja schon klar«, setzte Brook seine Überlegungen fort. »Der Täter will Aufmerksamkeit. Er lässt Organe von Radeberger vor der Tür von dessen Sekretärin liegen, mit Begleitschreiben, in denen er anzeigt, er räche sich für etwas, das Radeberger seiner Frau angetan hat. Das tut er auf Bulgarisch, auch wenn sein, na ja, sagen wir mal: Publikum deutsch ist. Er will Öffentlichkeit, und er geht dabei große Risiken ein. Er hätte doch gut und gerne im Krankenhaus geschnappt werden können. Ich meine, er musste doch annehmen, dass wir spätestens nach der zweiten Schachtel das Ganze überwachen würden.«

»Und um ein Haar hätten wir ihn ja auch gehabt.« Hellkamp seufzte und nahm einen Schluck Kaffee.

»Aber wenn er will, dass alle davon wissen, warum stellt er sich dann nicht ganz einfach?«, fragte Lejeune.

»Langsam«, gab Brook zurück. »Dass er die Öffentlichkeit sucht, heißt ja noch lange nicht, dass er auch ins Gefängnis wandern will. Er übt ja ganz offensichtlich Selbstjustiz, und das heißt, dass er unserem Rechtssystem nicht traut. Aber vor allem will er, dass bekannt wird, was Radeberger getan hat. Deshalb ist es eigentlich auch schade, dass dieses Mal kein Zettel dabei war, der das etwas näher erklärt hätte.«

Lejeune zuckte die Achseln. »Vielleicht ist er weggeweht worden? Es war ja immerhin draußen.«

Hellkamp nickte. »Keine schlechte Idee. Der Erkennungsdienst ist doch eh noch vor Ort, rufen Sie die doch mal kurz an, Lejeune, und sagen Sie ihnen, die sollen auf so einen Zettel achten, mit bulgarischer Schrift, wie die anderen. Notfalls sollen die den Radius vergrößern.«

»Wird gemacht, Herr Kommissar.« Lejeune verschwand.

»Was machen die Kollegen denn da im Park jetzt noch?«, wollte Brook wissen, während er misstrauisch auf die belegten Brote starrte, unschlüssig, was sein Magen dazu sagen würde, wenn er eines äße.

»Die versuchen nachzuvollziehen, wie die Leiche in den Park transportiert worden ist«, sagte Hellkamp mit vollem Mund. »Die wird sich kaum jemand über die Schulter gehievt haben.«

»Guter Punkt.«

»Übrigens schön, dass Sie wieder ein wenig mehr bei der Sache sind. Sie wissen, wie ich das meine.«

Brook sah Hellkamp überrascht an. Er wollte etwas Gehässiges erwidern, aber da kam Lejeune auch schon zurück und setzte sich wieder zu ihnen.

»Ich wollte noch einmal auf die fehlenden Augenlider zurück«, sagte Hellkamp. »Wie passen die ins Bild?«

Lejeune schaute wie ein Auto, wie Brook mit Genugtuung feststellte, bevor er antwortete. »Also, ich glaube, das Motiv dafür ist das gleiche wie bei den ins Krankenhaus geschickten Organen. Der Täter wollte, dass man sofort sieht: Die Augen sind weg. So musste man nicht erst die Lider anheben – die leeren Höhlen haben einen ja geradezu angestarrt.«

»Okay«, fuhr Hellkamp fort, »wenn wir diesen Punkt beachten, dass der Täter Rache will und die Öffentlichkeit miteinbeziehen, und wir trotzdem die Verbindung zum Organhandel nicht aus den Augen verlieren, dann lässt das doch einige interessante Schlüsse zu. Im Grunde passt dazu doch alles, was wir bisher über Täter und Opfer annehmen. Dass das Ganze in Bulgarien geschehen sein könnte, zum Beispiel. Radeberger hat der Frau des Täters Organe entnommen, und die Mafia hat sie verkauft. Nach Deutschland. Oder Radeberger hat den Handel eingefädelt, und jemand anderes hat der Frau die Organe entfernt. Und ihr Mann hat später herausgefunden, dass Radeberger hinter dem Ganzen steckt, auf der deutschen Seite, wo jemand die Organe für viel Geld gekauft hat.«

»Das klingt ganz gut«, musste Brook zugeben. »Dazu passen auch die Reisen nach Sofia, und –«

»– und deshalb konnte oder wollte der Mann Radeberger auch nicht anzeigen, sondern rächt sich jetzt. Entweder weil er Angst vor der bulgarischen Mafia hat oder Zweifel am deutschen beziehungsweise bulgarischen Rechtssystem.«

»Sie meinen, er hat Angst, dass Radeberger zu milde bestraft wird?«, hakte Lejeune nach.

»Genau.«

»Ich kann mir auch durchaus, eingedenk aller auf dem Tisch liegenden Fakten, vorstellen«, sagte Lejeune, »dass ein Mann, dessen Frau unter solchen Umständen ums Leben gekommen ist, so viel Schmerz in sich trägt, dass ihm die Konsequenzen beinahe egal sind, wenn er seine Rache ausführt.«

Brook spürte, wie er aggressiv wurde. *Eingedenk!* Was war das für eine Ausdrucksweise? Dieser Lejeune war wirklich das Allerletzte. Führte sich immer auf wie der größte Akademiker. Dabei hatte er doch nur einen Realschulabschluss. Brook zwang sich, kontrolliert zu atmen. Und was wusste der überhaupt davon, wie es war, wenn man seine Frau verlor?

Dennoch entschloss sich Brook, seinen Ärger hinunterzuschlucken. Es nützte ja doch nichts. Eines schönen Tages würde Lejeune irgendwohin versetzt, wo er niemanden störte. Vielleicht nach Hannover. Oder nach Bienenbüttel. Irgendwohin, wo er hingehörte. An den Arsch der Heide am besten.

»Was grinsen Sie denn so, Brook?« Hellkamp sah ihn interessiert an. »Noch ein Geistesblitz?«

»Was? Ach, nichts.«

Lejeune setzte seine Ausführungen weiter fort. »Vielleicht ist auch dort der Grund zu suchen, warum er die letzte Schachtel, die mit dem Herz, am Freitag am helllichten Tag abgeliefert hat.«

»Wie meinen Sie das?«, wollte Brook wissen.

»Zu diesem Zeitpunkt ist Professor Radeberger ja bereits tot gewesen, wie wir annehmen können, in Ermangelung des Herzens, sozusagen. Und dann war der Racheakt an sich ja sicherlich abgeschlossen. Wenn er denn darin bestand, Professor Radeberger zu töten, wovon wir ja, wenn ich recht verstanden habe, gegenwärtig ausgehen.«

»Sie meinen, da war es ihm dann im Prinzip egal, ob er erwischt wird?«, fragte Hellkamp.

»Na ja, egal wohl kaum«, warf Brook ein, »sonst wäre er ja nicht geflüchtet. Aber ich glaube, an dem, was Lejeune sagt, ist etwas dran.« Sofort als er Lejeunes Gesichtsausdruck sah, bereute er seine Worte. Er sah aus, als habe er eben vom Lehrer eine Eins mit Sternchen erhalten.

»Als Arbeitshypothese können wir das ja mal so festhalten«, verkündete Brook. »Was gibt es sonst Neues?« Außer dass ich dringend nach Hause muss und in die Badewanne, vollendete er im Geiste seinen Satz.

»Ich habe am Freitag mit Frau Lippmann gesprochen, der Putzhilfe«, sagte Hellkamp.

»Ach ja? Und?«
»Eine sehr nette junge Dame, Studentin. Verdient sich so ihr Studium. Sie wollte erst nicht so recht raus mit der Sprache, ich nehme mal an, dass der Job schwarz ist. Aber als ich, soweit es ging, angedeutet habe, was los ist, hat sie mir alles erzählt, was sie wusste. Radeberger hat ihr am Freitag eine Mail geschickt, dass sie am nächsten Tag nicht zu kommen brauchte.«
»Ja, das wissen wir. Das war Freitagnachmittag, oder?«
»Ganz recht«, bestätigte Hellkamp, »Freitag, kurz nach achtzehn Uhr.«
»Also nachdem Frau Nikolai ihn nach Hause gefahren hatte, weil ihm schlecht war. Ob er tatsächlich vorhatte, wegzufahren? Oder fühlte er sich so krank, dass er dachte, er wäre am nächsten Tag immer noch nicht auf dem Damm?«
»Immerhin war er noch gesund genug, um sein Auto vom Krankenhausparkplatz zu holen«, sagte Lejeune. »Und bevor Sie fragen: Ich habe mich umgehört, aber niemand hat ihn am Wochenende das Auto holen sehen. Die Parkplätze der Oberärzte sind direkt am Gebäude, werden aber nicht videoüberwacht. Zeugen: null.«
»Waren Sie schon fertig mit Ihrem Bericht, Hellkamp?«
»Nicht ganz. Wiebke Lippmann hat ausgesagt, dass sie jeden Samstag bei ihm putzt, ich meine geputzt hat, wenn der Professor nicht gerade im Urlaub war.«
»Haben Sie sie gefragt, wann das war?«
»Na klar. Im November und April letztes Jahr, stimmt mit unseren Daten für die Reisen nach Bulgarien überein. Einen Schlüssel zu seiner Wohnung hat sie nicht. Laut Frau Lippmann war Radeberger immer zu Hause, wenn sie kam, und dann fuhr er weg, einkaufen, meint sie. Wenn sie fertig war, zog sie die Tür hinter sich zu. Ein festes Ritual. Ein interessanteres Detail wusste sie aber auch noch zu berichten.«
»Und das wäre?«
»Radebergers Autoschlüssel. Den ließ er immer, und sie sagte wirklich: immer, auf dem kleinen Tischchen im Flur hinter der Haustür liegen, und jedes Mal hat sie ihn beim Putzen ans Schlüsselbrett gehängt. Ein metallener Anhänger mit HSV-Emblem ist dran.«

»Also ist es nicht der Autoschlüssel, den wir gefunden haben, das wird der Ersatzschlüssel sein«, stellte Brook fest. »Der Schlüssel für den Mercedes ist tatsächlich weg.«

»Ist das denn so wichtig?«, fragte Lejeune. »Den wird Radeberger doch sicher mitgenommen haben.«

»Ja klar, aber die Frage ist: Wo und wann wurde er entführt?« Hellkamp schloss sein Notizbuch wieder. »Gewaltsam eingedrungen wurde in sein Haus nicht. Das bedeutet: Entweder wurde er draußen entführt, außerhalb seiner Wohnung. Dann muss er den Autoschlüssel dabeigehabt haben. Aber warum? Mit dem Auto ist er ja offenbar nicht dorthin gefahren.«

»Oder«, fuhr Brook fort, »er hat den Entführer ins Haus gelassen. Dafür gibt es diverse Erklärungen – er war verkleidet, als Postbote oder so, oder er hatte eine überzeugende Geschichte. Oder aber er kannte ihn.« Brook fühlte sich ein wenig besser, seit er schließlich doch eines der Brote genommen hatte. »Das Problem dabei ist aber eher: Wie bekommt man jemanden, den man zum Beispiel betäubt hat, aus dem Haus? Radeberger war nicht der Größte, aber achtzig Kilo wird er gewogen haben.«

»Da ist natürlich was dran«, pflichtete Hellkamp ihm bei.

»Übrigens, wenn ich kurz einhaken darf, klärt das ja die Frage nach dem Autoschlüssel noch nicht«, sagte Lejeune. »Den Fall gestellt, dass man Professor Radeberger zu Hause entführt hat, aus seinem Haus heraus sozusagen, dann hätte doch niemand den Autoschlüssel mitgenommen.«

»Es sei denn, man hat ihn mit seinem eigenen Wagen weggebracht«, gab Hellkamp zu bedenken.

»Und den Wagen später wieder vor die Tür gestellt?« Brook war skeptisch. »Klingt nicht sehr plausibel. Dann wäre der Entführer doch das Risiko eingegangen, dass jemand ihn sieht.«

»Außer in der Nacht.«

»Selbst dann. Allerdings haben Sie recht, keiner der Nachbarn konnte mit Sicherheit sagen, wann der Mercedes wieder vor der Tür stand. Oder haben die Befragungen noch etwas Neues ergeben?«

»Nein, scheint so, als ob sich da die meisten um sich gekümmert hätten«, sagte Hellkamp. »Radeberger war wohl auch nicht so der integrative Typ. Na ja, das wussten wir ja schon.«

Es entstand eine Pause. Brook und Hellkamp starrten in ihre Kaffeebecher.

»Wenn Sie gestatten«, meldete sich Lejeune, »dann hole ich kurz das Fax, das vorhin angekommen ist.«

»Wie, was?« Brook sah ihn verwirrt an. »Welches Fax?«

»Vorhin, während wir uns unterhalten haben, ist ein Fax gekommen. Haben Sie das nicht gehört?«

Nein, das hatten sie nicht. Erstaunlich.

Das Fax war von Dr. Mann. Da er nun ohnehin schon wieder im Labor sei, könne er ihnen die neuesten Erkenntnisse kurz mitteilen. Das zweite Blatt des Fax war eine durchnummerierte Liste.

Die DNA-Untersuchung des Herzens, das am Freitag in der Klinik auftauchte, ist abgeschlossen, die der Niere ebenfalls. Beide gehören zweifelsfrei Radeberger.

In der Niere befinden sich Reste von Tilidin und Naloxon. Tilidin ist ein starkes Schmerzmittel, Naloxon wird ihm in klinischen Präparaten beigemischt; wahrscheinlich ist beides zusammen als fertiges Arzneimittel verabreicht worden. Der Zeitpunkt der Verabreichung ist nicht genau rekonstruierbar. Außerdem gibt es geringe Spuren von Morphium im verbliebenen Blut des Herzens; in beiden, Herz und Niere, Hinweise auf Gamma-Hydroxybutansäure (bekannt als »K.-o.-Tropfen«). Ich schätze, damit wurde das Opfer narkotisiert, um die Organe zu entnehmen. Allerdings kann man Gamma-Hydroxybutansäure nur etwa 12 h lang im Blut nachweisen; nach Organentnahme aufgrund mangelnder Blutzirkulation entsprechend länger.

Am Hinterkopf weist die Leiche ein Hämatom auf, durch einen Schlag mit einem großen, schweren und flachen Gegenstand, etwa 2 h vor dem Tod.

Die Schnitte an den Organanhängen lassen keinen Zweifel daran, dass das gefundene Auge, die Niere und das Herz zur Leiche gehören.

Die Augenlider wurden abgetrennt, als die Leichenstarre eingesetzt hatte, also etwa 4–6 h nach dem Tod.
Todesursache: Blutverlust durch einen tiefen Schnitt in die Halsschlagader. Das Herz wurde kurz nach dem Tod entnommen.

Somit war Professor Radeberger ohne jeden Zweifel identifiziert, wenigstens das. Die restlichen Angaben Dr. Manns ergaben jedoch kein ganz klares Bild.

»Schmerzmittel? Wie passt das zusammen?«, wunderte Hellkamp sich. »Wollte der Täter dem Opfer Schmerzen ersparen? Um es im nächsten Moment aus Rache umzubringen?«

»Vielleicht wollte er auch nur vermeiden«, schlug Brook vor, »dass Radeberger vor Schmerzen stirbt, bevor er sein Werk vollendet hatte.«

»Und der Schlag auf den Hinterkopf?«

»Das finde ich auch seltsam. Ob ihm das Narkosemittel ausgegangen ist? Immerhin hat er ihn erst verbluten lassen, bevor er das Herz entfernt hat.«

»Das klingt logisch.«

Brook las noch einmal das Fax durch. In Momenten wie diesen fragte er sich immer, was die Kollegen vor fünfzig, sechzig Jahren wohl gemacht hatten, die weder DNA-Analysen zur Verfügung hatten noch diesen umfassenden und schnellen Apparat an chemischen Untersuchungsmethoden.

»Was sind denn jetzt unsere nächsten Ansatzpunkte?«, fragte Lejeune.

Hellkamp sah Brook fragend an. Der hob kurz die Schultern und nickte ihm zu.

»Konkret warten wir auf Ergebnisse aus Hamm. Ob jemand etwas oder jemanden gesehen hat und ob es Spuren gibt, die uns verraten, wie die Leiche zum Planschbecken geschafft wurde. Und dann, um an der Organhandel-Front weiterzumachen beziehungsweise diese Hypothese zu verfolgen, haben wir den Kontaktmann in Sofia mit Namen ...« Hellkamp blätterte in seinem Notizbuch. »Hier ... Atanas Sakaliew Dimitrow. Und das Hotel Persepolis. Dort ist Radeberger in Sofia abgestiegen.«

»Lejeune, versuchen Sie doch einmal, etwas über diesen Menschen herauszufinden. Atanas ... Sie können sich den Namen bei Hellkamp abschreiben. Der hat auch die E-Mail-Adresse.«

Während Lejeune sich an die Arbeit machte und Brook überlegte, ob er einfach anordnen konnte, dass sie für heute Schluss machten und sich am nächsten Tag wiederträfen, oder er sich entschuldigen könnte, um zu seiner Wanne zu flüchten, und Hellkamp mit dem Rest, der heute anstand, allein zu lassen, kam Hellkamp auf die glorreiche Idee, zurück in den Hammer Park zu fahren.

»Dann wissen wir gleich, was Sache ist, wenn die Kollegen was finden. Vielleicht kriegen wir so doch noch ein wenig Sonntag ab.«

Dagegen konnte Brook kaum etwas einwenden.

Auf den Straßen an den Eingängen zum Park leiteten uniformierte Beamte den Verkehr um, das Gebiet war weiträumig abgesperrt. Diverse Kollegen waren damit beschäftigt, Schaulustige in Schach zu halten, die hinter den Absperrbändern standen und von denen einige offenbar vorgehabt hatten, auf der großen Wiese gegenüber des Planschbeckens zu grillen. Davon zeugten zahlreiche Utensilien, die die Leute, Familien und Gruppen von Freunden, dabeihatten. Glücklicherweise zogen die meisten wieder ab, als sie hörten, dass der Park bis auf Weiteres geschlossen sei. Derweil taten die Spurensicherer, was sie konnten, um auf dem Sandweg, der durch den Park verlief, und auf den angrenzenden Straßen Anzeichen dafür zu finden, was vergangene Nacht geschehen war.

»Brook!«, begrüßte Frau Müller den Hauptkommissar und hob hinter ihrer roten Brille die Augenbrauen. »Wieder zurück?«

»Wie Sie sehen«, brummte dieser missmutig. »Und, schon was entdeckt?«

»Ja, so einiges. Leider ist es jetzt schon die ganze Woche trocken, warm und dementsprechend staubig. Und da es gestern Nacht und heute Morgen ziemlich windig war, gibt es nicht viele verwertbare Spuren. Aber es sieht so aus, als hätte jemand etwas geschoben, ein Gefährt mit vier Rädern. Um präzise zu sein: zwei größeren und zwei kleinen Gummireifen.«

»Und was soll das gewesen sein?«, fragte Brook. »Ein Fahrrad mit Stützrädern?«

»Sehr witzig. Nein, ich glaube vielmehr, ein Rollstuhl.«
»Ein Rollstuhl?«
»Nun, sicher bin ich da nicht, aber wir hatten solche Spuren schon öfter, da bekommt man einen Blick für. Außerdem gibt es zwei Stellen, an denen man sieht, dass die kleinen Räder sich gedreht haben, während die großen stabil blieben. Und bei einem Rollstuhl sind doch vorn zwei bewegliche kleine Räder dran, das wird es sein.«

Tatsächlich gab es schwache Überreste von Reifenspuren. Zwar lagen schon einige Fußabdrücke darüber, aber als Frau Müller Brook die Spuren zeigte und der sich vorsichtig und sehr mühsam mit schmerzendem Steißbein hinkniete, sah er sie.

»Und es kann nicht sein, dass die Spuren schon älter sind? Von einem Spaziergänger?« Sofort wunderte sich Brook über seine eigene Formulierung. Aber was hätte er sagen sollen: Spazierfahrer?

»Möglich ist das, aber unwahrscheinlich«, sagte Frau Müller. »Leider ist hier, seit die Leiche entdeckt wurde, viel herumgetrampelt worden, bevor abgesperrt wurde. Zwar wird vom Fund der Leiche bis zum Eintreffen der Polizei im Park nicht viel Fußverkehr gewesen sein. Aber dem Vernehmen nach ist der Mann, der den Toten entdeckt hat, auf genau dem gleichen Weg aus dem Park gelaufen, um die Polizei zu rufen, wie die Spuren verlaufen. Und wir können die Spuren auf kompletter Länge verfolgen, vom Parkeingang an der Caspar-Voght-Straße bis hierher, etwa hundertfünfzig Meter. Zuletzt über das kurze Stück Gras hier vorn und dann bis an den Rand vom Schwimmbecken.«

Brook wunderte sich über diesen Ausdruck. Ein Schwimmbecken war das etwa dreißig mal zehn Meter große steinerne Becken mit dem knöcheltiefen Wasser nun nicht gerade. Außer vielleicht für Mückenlarven oder anderes Viehzeug.

Ihn schüttelte es. Wenn er Kinder hätte, die würde er ins Freibad mitnehmen, wo das Wasser ordentlich gechlort war. Eigene Kinder. Und schon war er mit den Gedanken wieder bei Thea Matthiesen. Er musste sich von ihrem Bild geradezu losreißen und schüttelte den Kopf.

»Stimmt was nicht?«, fragte die Frau mit der roten Brille, eher schnippisch als besorgt.

»Gibt es Anzeichen, dass der Rollstuhl, wenn es denn einer war, beladen war?«

»Darauf wäre ich als Nächstes gekommen, aber Sie sahen nicht so aus, als wollten Sie noch weiter zuhören.«

Brook blitzte die Frau vom Erkennungsdienst grimmig an. »Nun sagen Sie schon.«

»Die Reifenspuren, die zum Becken führen, sind tiefer als die, die wieder zur Caspar-Voght-Straße zurückführen.«

»Also wurde jemand oder etwas mitgebracht und abgeladen.«

»Ja. Es könnte natürlich auch umgekehrt sein. Ich bin kein Experte für Rollstühle, aber das Profil der Reifen würde ich so deuten, dass die tieferen Spuren zum Schwimmbecken hin gehen. Alles andere passt ja auch nicht so gut zu den augenscheinlichen Tatsachen.«

»Es sei denn, der Rollstuhl hat nichts mit der ganzen Sache zu tun«, gab Brook zu bedenken.

»Möglich wäre das. Aber auf irgendeine Weise muss der Tote ja hierherbefördert worden sein. Denn vor Ort hat man ihn ja nicht so zugerichtet, wenn ich den Doktor richtig verstanden habe. Und andere Spuren gibt es nicht, Schleifspuren oder so. Es sei denn, der Täter hat sein Opfer getragen, aber dann hätten wir sicherlich Fußspuren gefunden, die tiefer eingedrückt sind. Jemand, der sich siebzig, achtzig Kilo über die Schulter wirft, wiegt ja selber mindestens ebenso viel.«

»Und Fußspuren? Jemand muss den Rollstuhl schließlich geschoben haben.«

»Guter Punkt. Ja, zugehörige Fußspuren haben wir schon sichergestellt. Etwa Schuhgröße zweiundvierzig, Turnschuhe, schätze ich. Nichts wirklich Auffälliges. Bekommen Sie nachher im Bericht.«

Langsam nahm ein Bild in Brooks Kopf Gestalt an. Der Täter hatte sein ausgeweidetes Opfer in einen Rollstuhl gesetzt, vielleicht in eine Decke gewickelt und eine Mütze auf dem Kopf, und dann in den Park zum Planschbecken geschoben. Dann hatte er die nackte Leiche ins Wasser geworfen. Vielleicht um Spuren zu verwischen? Wasser war ein gutes Mittel gegen DNA-Spuren. Natürlich war das Wasser hier nicht tief und hatte gar nicht den ganzen Körper bedeckt. Möglicherweise hatte der Zeuge, der Radebergers Leichnam gefunden hatte, die letzten Spuren beseitigt, indem er den Körper im Wasser auf den Rücken gedreht hatte.

Doch wie war er mit dem Rollstuhl hierhergekommen? Und warum gerade hierher? Wohnte er in der Gegend? »Sie sagten, die Spuren gehen bis zur Straße da vorn.« Brook wies in Richtung Parkausgang. »Davor auf der Straße, haben Sie da etwas gefunden? Zum Beispiel Hinweise, ob der Täter mit einem Auto gekommen ist?«

»Leider Fehlanzeige. Wenn es geregnet hätte, matschig wäre oder so, vielleicht. Aber es ist ja seit Tagen trocken. Wenn es minimale Spuren auf dem Asphalt gegeben hat, dann hat sie der Wind weggeweht. Da parken überall Autos, und wer weiß, ob nicht jemand später in der Nacht noch nach Hause gekommen ist und sich dahin gestellt hat, wo vorher der Täter stand.«

»Und außerhalb vom Park? Sind da noch Spuren vom Rollstuhl?«

»Ein Kollege hat in der näheren Umgebung geguckt, aber nichts gefunden.«

Brook nickte und wandte sich ab. Er ging den Weg zur Straße und zurück, die Augen auf den Boden gerichtet, und versuchte, die Reifenspur zu verfolgen, wobei er natürlich darauf achtete, sie nicht noch weiter zu verwischen.

Als er wieder am Fundort der Leiche war, besprach er sich mit Hellkamp. Der hatte sich inzwischen mit den Kollegen unterhalten, die die Anwohner abgeklappert hatten. Es war viel zu tun, um den ganzen Park herum gab es alte backsteinerne Wohnblocks aus den dreißiger Jahren. Als die Spurensicherung ergeben hatte, dass die Spur zur Caspar-Voght-Straße führte, konnten sie ihren Wirkungsbereich zwar genauer eingrenzen, aber trotzdem waren es noch Dutzende Wohnungen, und Ergebnisse gab es bisher trotzdem keine. Zwischen elf Uhr abends und morgens um sechs schienen die meisten hier zu schlafen, auch in der Nacht zum Sonntag. Nachtleben gab es hier ohnehin keines, und wenn

Nachtschwärmer nach Hause kamen, dann offenbar zumeist mit der U-Bahn, die die ganze Nacht fuhr. Die Haltestelle lag jedoch auf der anderen Seite der am Park gelegenen Wohnblocks. Durch den Park kam nachts sicherlich so gut wie niemand. Und das musste der Mörder gewusst haben.

Immerhin war noch ein Detail aufgetaucht, das wichtig sein konnte: Mehrfach hatte man den Beamten in der Nachbarschaft erzählt, dass das Planschbecken erst in der vergangenen Woche mit Wasser gefüllt worden sei. Die Angaben widersprachen sich etwas, und am Sonntag konnte man auch nicht damit rechnen, Informationen von der Bezirksverwaltung oder dem Straßenbauamt zu bekommen, aber alles deutete darauf hin, dass das Becken bis Donnerstag trocken gewesen war.

Hellkamps Handy klingelte. Er sah darauf, raunte Brook »Lejeune!« zu und nahm den Anruf entgegen. Er hörte kurz zu und machte kurze, Zustimmung signalisierende Geräusche. Auf einmal weiteten sich seine Augen. »Was Sie nicht sagen!«

Er legte auf, wandte sich zu Brook und sagte: »Das erraten Sie nie!«

Brook sah ihn genervt an. Immer wieder machte Hellkamp das, inzwischen natürlich, um Brook zu provozieren. Zum Glück dauerte es nie lange, bis er weitererzählte.

»Lejeune hat zwar nicht viel über Atanas Sakaliew Dimitrow gefunden. Er hat sogar mit kyrillischen Buchstaben gesucht. Aber das ist nicht der Punkt. Er hat noch weitergesucht, nach diesem und jenem, und raten Sie mal, was er gefunden hat? Wer hier direkt vorn in der Caspar-Voght-Straße wohnt?«

»Der Papst? Keine Ahnung, sagen Sie schon.«

»Der Bulgare aus dem Krankenhaus. Dr. Voinow Mladenow.«

17

Während sie auf dem kurzen Fußweg zur Wohnung des bulgarischen Oberarztes waren, überlegte Brook, wie gut er zum bisher erarbeiteten Täterprofil passte. Immerhin schien es, als sei der Täter Bulgare, das passte natürlich. Wenn er sich richtig erinnerte, war die Frau des Arztes vor ein paar Jahren an Krebs gestorben, auch da gab es eine Übereinstimmung. Wollte er sich deswegen am Professor rächen? Hatte der etwas damit zu tun? Vielleicht ein Operationsfehler? Das mussten sie unbedingt überprüfen. Doch was war mit der Spur, die zur Organmafia führte?

Der Häuserblock, in dem Dr. Voinow Mladenow wohnte, machte einen ordentlichen Eindruck, aber von einem Oberarzt hatte Brook doch eine andere Behausung erwartet. Hellkamp klingelte, und fast sofort wurde der Summer betätigt. Bis in den zweiten Stock mussten sie steigen, natürlich ohne Fahrstuhl, und Brook nahm zerknirscht zur Kenntnis, wie Hellkamp ihn mit einer Mischung aus Mitleid und Ungeduld ansah, während er unter Schmerzen die Stufen erklomm.

Der Arzt stand in der geöffneten Tür. »Guten Morgen, die Herren. Ich dachte mir schon, dass Sie noch kommen. Schrecklich, die Geschichte.«

»Woher wissen Sie denn, was passiert ist?«, fragte Brook, ehrlich überrascht. Er spürte, wie ihm nach dem Treppensteigen vor Anstrengung das Blut im Gesicht stand. Er versuchte, langsamer zu atmen und sich nichts anmerken zu lassen.

»Vorhin waren zwei Polizisten hier, die mich gefragt haben, ob ich heute Nacht etwas Auffälliges gesehen habe. Unten am Park.«

Natürlich. Brook ärgerte sich. Das war doch klar gewesen. »Und, haben Sie?«

»Nein, das habe ich doch schon zu Protokoll gegeben. Aber kommen Sie doch herein!« Dr. Voinow Mladenow machte eine einladende Geste.

Sie folgten ihm durch einen kahlen Flur ins Wohnzimmer, das mit Ikea-Möbeln eingerichtet war. Sofa, Sessel, Couchtisch, Flachbildfernseher. Ein paar Zeitschriften. Keine Gardinen oder

Vorhänge an den Fenstern, kein Teppich auf dem hellen Laminat. Ein schmales Bücherregal, das zur Hälfte gefüllt war. Die ganze Einrichtung machte einen eher zweckmäßigen als gemütlichen Eindruck. An den Wänden hingen keine Bilder. Es wirkte, als sei der Hausherr gerade erst eingezogen. Oder er hatte eine Vorliebe fürs Minimalistische.

»Setzen Sie sich doch!« Der Arzt wies aufs Sofa. Sie nahmen Platz.

»Möchten Sie einen Kaffee?«

Brook machte eine abwehrende Geste. »Vielen Dank.« Auch Hellkamp schüttelte den Kopf.

Während Brook noch überlegte, was er als Erstes fragen sollte, ergriff der Oberarzt das Wort. »Sagen Sie, wer ist denn eigentlich gestorben? Ihre Kollegen sagten, es lag ein Toter unten im Park im Schwimmbecken. Aber da kann doch keiner ertrunken sein, das Wasser ist so flach. Oder war er betrunken?«

Schon wieder dieses Wort, *Schwimmbecken*. Als ob dort jemand schwimmen könnte.

Brook überlegte kurz, ob er direkt mit der Wahrheit herausrücken sollte, entschied sich aber dagegen. »Diese Information können wir im Moment noch nicht freigeben.«

Der Arzt wirkte überrascht. »Und was führt Sie dann zu mir?«

Brook ignorierte die Frage. »Sie wohnen allein hier?«

»Ja, natürlich. Entschuldigung, *natürlich* ist das nicht. Also: Ja.« Schon wieder hatte Brook das Gefühl, dass Dr. Voinow Mladenow ihm sympathisch war, genau wie beim ersten Gespräch. Er versuchte, das Gefühl so weit wie möglich zu verdrängen. Wenn er tatsächlich ein Verdächtiger war, konnte eine solche Voreingenommenheit nur schaden, das war Brook klar. Er musste sachlich bleiben.

»Und vorher?«

»Vorher war ich in Bulgarien.«

»Nein, ich meine, als Ihre Frau noch lebte. Die ist doch vor ein paar Jahren gestorben?«

»Vor drei Jahren, aber das war in Bulgarien.«

Das überraschte Brook. »Da waren Sie doch schon mehr als ein Jahr hier, und Ihre Frau ist in Bulgarien geblieben?«

»Ja, sie sollte nachkommen, aber es hat nicht gegangen.« Der Arzt hielt inne und korrigierte sich: »Verzeihung: Es hat nicht geklappt.« Eine Spur von Trauer war in seinem Blick zu erkennen.

»Wieso das?«

»Sie war auch Ärztin, wissen Sie. Ihr Gebiet war Radiologie. Sie hat zu Hause im Hospital gearbeitet, und sie war sehr fleißig und eine gute Ärztin.«

»Zu Hause, wo ist das?«

»In Sofia.«

Brook merkte auf. Sofia. War hier wieder eine Verbindung zum Fall? Andererseits lebten wahrscheinlich die meisten Bulgaren in der Hauptstadt.

»Wir haben hier nach einer passenden Stelle gesucht. Es gab aber wenige in Hamburg«, fuhr Dr. Voinow Mladenow fort. »In Altona hat sie sich beworben, aber sie wurde nicht genommen. Dann gab es eine freie Stelle in Frankfurt, aber das wurde auch nix. Und das wäre sowieso so weit, wir haben uns gegenseitig besucht, und ob man von Hamburg nach Sofia fliegt oder nach Frankfurt, das ist ja fast egal. Außerdem hat sie sich … wie sagt man? Sie tat sich schwer damit, Deutsch zu lernen. Sie hat Unterricht genommen, aber fremde Sprachen fielen ihr nicht leicht. Und in Deutschland kann man nicht arbeiten, wenn man nicht Deutsch kann.«

»Und ohne zu arbeiten —«, schlug Brook vor, aber der Arzt fiel ihm sofort ins Wort.

»Sie kennen meine Frau nicht! Ihr Beruf war für sie heilig. Sie wollte auch nichts anderes machen als Arzt sein. Wir dachten, wir werden schon eine Lösung finden. Ich hatte auch überlegt, zurückzugehen, aber hier verdiene ich viel mehr. Wir haben tollen Urlaub gemacht, das hätten wir uns zu Hause nie leisten können. Ich zahle hier nicht viel Miete, ich habe ihr jeden Monat tausend Euro überwiesen, davon hat die ganze Familie gelebt, auch mein Bruder.«

Der Arzt hielt inne und stand auf. Nach ein paar Sekunden kam er zurück, eine Schachtel Zigaretten und einen Aschenbecher in der Hand. Er öffnete das Fenster, setzte sich wieder und zündete sich eine Zigarette an.

»Dann ist sie krank geworden«, fuhr er fort. »Es ging alles ganz schnell. Nach einem halben Jahr war sie tot.«

»Sie war also in Bulgarien im Krankenhaus?«, hakte Brook nach. »Und dort ist sie auch gestorben?«

»Natürlich.«

Damit sah Brook das mögliche Motiv des Arztes sich in Luft auflösen. Theas Idee, dass Radeberger am Tod der Frau beteiligt gewesen war, erwies sich als Fehlschlag. Irgendwie war Brook aber ganz froh darüber.

»Ich habe unbezahlten Urlaub bekommen von der Klinik«, fuhr Dr. Voinow Mladenow fort. »Ein paar Monate sogar. Das war nicht einfach zu regeln, aber Professor Radeberger hat sich sehr für mich eingesetzt. Ach, übrigens«, er zog an seiner Zigarette, »ist er eigentlich wieder aufgetaucht?«

Brook und Hellkamp tauschten einen kurzen Blick. »Nein, leider nicht«, sagte Brook.

»Und das, was in der Zeitung stand? Dass ihm Organe entnommen worden sind und an Frau Nikolai geschickt wurden?«

»Tut mir leid, dazu kann ich Ihnen ebenfalls nichts sagen. Von uns, also von offizieller Seite aus hat die Morgenpost diese Informationen nicht erhalten. So viel ist sicher.« Brook merkte selbst, wie schwach das klang, und wie erwartet ließ sich der bulgarische Arzt nicht so einfach abspeisen.

»Aber es stimmt, oder? Und Sie dürfen es mir nicht sagen.« Mit wütendem Gesicht zog er an der Zigarette. Dann stieß er einen bulgarischen Fluch aus. »Ausgerechnet der Professor, das kann doch nicht sein!« Auf einmal hielt er inne und sah Brook mit aufgerissenen Augen an. »Der Tote im Park, das ist doch nicht etwa ...«

Brook blieb stumm.

Der Arzt starrte auf seine Zigarette und schüttelte den Kopf.

Eine halbe Minute lang herrschte Schweigen. Brook fiel gerade nichts ein, und er sah zu Hellkamp hinüber.

Der nickte und blätterte kurz in seinem Notizbuch. »Kennen Sie einen Mann mit Namen Atanas Dimitrow?«

»Wie bitte?« Dr. Voinow Mladenow sah von Brook zu Hellkamp. Er hatte Tränen in den Augen. »Natürlich.«

Die beiden Kommissare blickten einander überrascht an.
»Tatsächlich?« Brook rückte auf seinem Sitz etwas vor. Jetzt wurde es interessant.
»Das ist ein Fußballspieler. Von Litex Lowetsch. Der Sohn von Nikolai Dimitrow Džajić, der hat auch schon da gespielt, eine echte Legende. Der Vater, meine ich.«
Brook machte große Augen. Ein Treffer, endlich!
»Moment mal«, meldete sich Hellkamp. »Nach dem, was Sie uns erzählt haben, ist es doch mit der Namensgebung so, dass der Sohn den Namen des Vaters als ersten Nachnamen hat, oder?«
Der Oberarzt nickte.
»Aber wenn der Vater Nikolai Dimitrow Džajić hieß, dann muss der Sohn doch Nikolaiow Dimitrow heißen, oder? Atanas Nikolaiow Dimitrow?«
»Nicht ganz«, berichtigte der Arzt. »Nicht Nikolaiow, sondern Nikolaiew. Aber sonst haben Sie völlig recht.«
»Tja, dann ist es leider nicht der, den wir suchen.« Hellkamp seufzte und klappte sein Notizbuch zu. »Ein Fußballer wäre ja auch ... na ja.«

Zurück auf der Straße, fühlte Brook seine Kopfschmerzen und das flaue Gefühl im Magen zurückkehren. »Ich glaube nicht, dass wir bei Mladenow weiterkommen«, brummte er unzufrieden.
»Ich weiß nicht. Könnte doch durchaus sein, dass er uns etwas vorspielt. Dieser Wutausbruch auf einmal, das könnte auch inszeniert gewesen sein.«
»Ich bitte Sie. Er hatte Tränen in den Augen.«
»Auf jeden Fall soll Lejeune mal prüfen, ob das mit der Frau alles so stimmt. Aber selbst wenn nicht: Wer sagt denn, dass Radeberger persönlich Schuld am Tod seiner Frau haben muss? Vielleicht ist seine Rache viel umfassender?«
»Sie meinen, der Täter rächt sich an den Ärzten allgemein? Dass Radeberger nur ein Platzhalter für ihn war, sozusagen?«
»Klar, wer weiß.«
Brook schüttelte den Kopf. »Nein, das glaube ich nicht. Und der Kerl vom Überwachungsvideo ist er auch nicht. Der sieht ganz anders aus.«

»Er muss das Paket ja nicht selbst hingestellt haben.«
»Sie meinen, er hat einen Komplizen?
»Vielleicht sein Bruder? Den hat er doch erwähnt.«
»Ja, aber der wohnt doch offenbar in Bulgarien.« Brook schüttelte energisch den Kopf. Keine gute Idee, wie er gleich merkte, bei den Kopfschmerzen. »Nein, so kommen wir nicht weiter. Viel zu viele Spekulationen. Wir müssen uns im Krankenhaus umgucken, nach dem Kerl vom Phantombild, und ...«

Ihm fiel nichts weiter ein. In seinem Kopf war nur noch der Gedanke an seine Schmerzen und seine heiße Wanne zu Hause. Nichts und niemand würde ihn jetzt noch aufhalten können.

18

Der Montag begann mit Nieselregen und einer Nachricht von Dienststellenleiter Pöhlmann: Sofortiger Rapport in seinem Büro! Während Brook sich noch über das Wort »Rapport« wunderte, kam Hellkamp hereingestürmt. Er war selten nach Brook da und auch selten so stürmisch am Montagmorgen. Nach dem Grund dafür, dass Hellkamp es heute so eilig hatte, ja sogar ganz außer Atem war, musste Brook indes nicht lange suchen. Er kam direkt auf ihn zu und knallte ihm förmlich die Morgenpost auf den Schreibtisch.

In großen roten Lettern prangte auf der Titelseite die Schlagzeile: »Klinik-Arzt bestialisch ermordet«. Daneben sah man ein Foto von Professor Radeberger, im weißen Kittel und mit einem schwarzen Balken vor den Augen, und darunter stand, ein wenig kleiner als die Überschrift: »Die Spuren führen in den Ostblock. War es die Organmafia?«

»Das kann ja wohl nicht wahr sein!«, rief Brook.

Hellkamp seufzte. »Das kann man wohl sagen. Schon wieder.« Er schlug die Zeitung auf. Im Inneren gab es sogar ein Foto vom Planschbecken im Hammer Park. »Hier wurde die Leiche entdeckt« stand darüber.

Im Text gab es noch mehr Details, die eine erstaunliche Kenntnis des Ermittlungsstands verrieten:

Nach dem Skandal um die Manipulation bei der Organvergabe in Göttingen steht nun Hamburg im Mittelpunkt: Ist der Chef einer Hamburger Klinik Teil einer internationalen Verbrecherorganisation? Auf makabre Weise weist der Mörder von Prof. R., Chefarzt im Klinikum Dulsberg, darauf hin. Seine Organe sind vergangene Woche in sein eigenes Krankenhaus geschickt worden. Die Polizei tappt nach wie vor im Dunkeln, doch die Spur führt offenbar nach Bulgarien: Hat die Organmafia, die mit illegal entnommenen Spenderorganen handelt, die Finger im Spiel? Angeblich hat Prof. R. mehrere Reisen nach Sofia, der bulgarischen Hauptstadt, unternommen. Hat er dort illegale Operationen durchgeführt, für die sich ein Angehöriger eines der

Opfer jetzt gerächt hat? Angeblich hat der Professor zahlreiche Menschenleben auf dem Gewissen. Wir werden weiter über diesen grausigen Fall berichten.

»So ein Mist«, sagte Brook und ließ die Zeitung sinken. »Woher wissen die das alles bloß?«

»Das werden wir wohl als Nächstes herausfinden müssen.«

»Deshalb wahrscheinlich auch die Mail von Pöhlmann.« Brook wies auf seinen Bildschirm.

»Sollen wir hoch?«

»Erst einmal ich. Aber sofort.« Er stemmte sich vom Stuhl hoch und wies auf die Zeitung. »Na, die Morgenpost wird er wohl selbst haben.«

»Wo steckt Lejeune?«, erkundigte sich Hellkamp.

»Den habe ich gerade wieder ins Krankenhaus geschickt. Er soll sich die restlichen Videobänder ansehen, vom Freitag, ob er unseren Mann darauf findet, und außerdem weiter das Phantombild herumzeigen. Es kann doch nicht angehen, dass den dort niemand gesehen hat. Vielleicht sollten wir ihm helfen. Fahren Sie doch schon mal hin. Wer weiß, was der da treibt, dass es immer noch kein Ergebnis gibt.«

»Ich glaube schon, dass er sein Bestes gibt«, wandte Hellkamp ein.

»Kann ja sein.« Brook sah seinen Kollegen säuerlich an. »Ist nur die Frage, ob das reicht.«

Genau wie erwartet, war der Erste Polizeihauptkommissar außer sich. »Verrat! Verrat!«, scholl es Brook entgegen, als er das Büro seines Chefs betrat.

Brook verstand Pöhlmanns Ärger und war selbst alles andere als erfreut über diese Entwicklung, die ihren Ermittlungen nur schaden konnte. Sicherlich würde Pöhlmann jetzt eilig eine Pressekonferenz einberufen, um den Schaden zu begrenzen, und Brook selbst würde vielleicht noch am selben Tag einer Horde Journalisten gegenübersitzen, die ihm neugierige Fragen stellte, die er dann größtenteils mit »Kein Kommentar!« beantworten müsste.

Andererseits tat Pöhlmann gerade so, als sei das Ganze eine griechische Tragödie. Und es war ja nun nicht so, als sei jemand gestorben. Abgesehen von Professor Radeberger natürlich.

»Was für eine Sauerei!« Pöhlmann schimpfte weiter vor sich hin, nickte Brook dabei aber wenigstens kurz zu, um zu signalisieren, dass er ihn bemerkt hatte.

Als Pöhlmann sich so weit beruhigt hatte, dass er sich an seinen Schreibtisch setzte, nahm auch Brook widerstrebend Platz.

»Sie haben es sicher schon gesehen?« Er nahm die Morgenpost vom Schreibtisch und wedelte damit in der Luft herum.

Brook nickte.

»Und was sagen Sie dazu?«

Er zuckte die Achseln. Was sollte er dazu schon sagen? Sicher nicht »Verrat! Verrat!«. Brook musste sich zusammenreißen, um nicht zu grinsen. »Unerhört«, sagte er stattdessen im Brustton tiefster Überzeugung.

»Da stecken so viele Details drin, manches wusste ich ja nicht mal. Und alles vor unserer Pressekonferenz!«

Bingo. »Wann ist die denn?«

»Nachher, elf Uhr. In aller Eile angesetzt. Ich hasse es, wenn man mich so unter Druck setzt. Auch einen?« Pöhlmann griff in eine Glasschale, die bis oben hin voll war mit Kinder Schoko-Bons. Er nahm sich zwei Stück, wickelte sie blitzschnell aus und schob sie sich gleichzeitig in den Mund.

Brook sah ihm erstaunt zu, schüttelte aber den Kopf. »Nein, danke.« Er schielte hinunter auf seinen Bauch.

»Hab mit dem Rauchen aufgehört«, sagte Pöhlmann entschuldigend und wies auf die Süßigkeiten. »Und wenn ich nervös bin ... na ja. Irgendwas braucht man halt. Aber weiter im Text. Steht in dem Artikel irgendetwas drin, wovon Sie und Ihre Kollegen, die am Fall ›Niere‹ arbeiten, noch nichts wussten?«

Überrascht blickte Brook auf. Pöhlmann fand immer solch seltsame Bezeichnungen für laufende Fälle und für Sonderkommissionen. Fall »Niere«. Das wirkte auf Brook unfreiwillig komisch. Auch wenn es irgendwie passte.

»Also nein?«

Brook schüttelte den Kopf.

»Gut. Auf jeden Fall brauchen wir eine Mordkommission, jetzt, wo tatsächlich eine Leiche da ist.«

Wir ist gut, dachte Brook. *Ich* komme ganz gut zurecht so.

»Also, Sie, Hellkamp, dieser Lejeune, das klappt doch ganz gut, oder?«

»Jawohl«, bestätigte Brook.

»Dann belassen wir es erst mal dabei. Es ist nur von Vorteil, wenn wir nachher auf der PK der Presse mitteilen können, es ist eine Mordkommission gebildet worden. Soko ›Niere‹. Gut. Sie sind nachher dabei, hoffe ich?«

Brook wünschte sich nichts sehnlicher, als jetzt »Nein« sagen zu können, aber er fand einfach keinen plausiblen Grund. Und allzu oft hatte er seinen Chef bei diesen Gelegenheiten auch davor bewahren können, zu viel oder das Falsche zu erzählen. Da war er hundertprozentig sicher.

»Nächste Woche kommt Kriminalmeisterin Matthiesen wieder, wenn wir den Fall bis dahin nicht gelöst haben, sollte sie auch noch mit ins Team«, schlug Brook vor.

Pöhlmann sah ihn ein paar Sekunden stumm an. Dann stand er auf und ging wieder im Zimmer herum. »Brook, Brook, Brook ... Ihnen ist schon klar, dass wir uns um diese undichte Stelle hier im PK kümmern müssen, oder?«

Was hatte denn das jetzt damit zu tun? Oder hatte Pöhlmann seine Frage nicht gehört, war er mit den Gedanken bereits wieder woanders gewesen?

»Irgendjemand hat geplaudert, und das könnte die Ermittlung gefährden«, fuhr Pöhlmann fort, ohne auf eine Antwort zu warten. »Das können wir nicht hinnehmen. Das sind Dienstgeheimnisse.«

»Sicher«, bestätigte Brook, »aber wir wissen ja nicht, wer.«

Pöhlmann hielt in seinem Rundgang inne. Er ging zum Schreibtisch, nahm die Morgenpost in die Hand, legte sie aber gleich wieder hin. »Haben Sie gesehen, von wem der Artikel ist? Ich meine, wer den geschrieben hat? Unter dem Artikel steht das Kürzel. HPM gleich Hans-Peter Matthiesen. Und wissen Sie, wer das ist? Ich habe mich erkundigt. Der geschiedene Mann —«

»— von Thea Matthiesen«, beendete Brook den Satz. Er fühlte

sich, als habe ihm jemand in den Magen geboxt. Das konnte doch nicht wahr sein. Der war doch immer beim Abendblatt gewesen, wann hatte der denn zur Morgenpost gewechselt?

»Sie werden also meine Vorbehalte verstehen?«

Brook nickte wie betäubt.

»Ich weiß, dass Thea Matthiesen auf Fortbildung ist, ich weiß auch, dass Sie beide eine Beziehung haben. Ich frage Sie jetzt: Haben Sie mit Thea Matthiesen über Einzelheiten des Falls ›Niere‹ gesprochen?«

Blitzschnell überlegte Brook, ob er sie schützen sollte, ob er das konnte, aber zugleich fühlte er Eifersucht auf ihren Exmann und Wut auf Thea selbst in sich aufsteigen und musste sich beruhigen. Es war ja noch gar nicht klar, ob Thea überhaupt etwas mit dem Ganzen zu tun hatte. Vielleicht war Hans-Peter auch ein Stalker, der sich in ihren Computer hineinhackte?

»Ja, habe ich«, sagte Brook, fast automatisch. Es führte ja doch zu nichts, hier zu lügen, damit brachte er sie beide unter Umständen in noch größere Schwierigkeiten. Trotzdem glaubte er nicht daran, dass Thea ihren Exmann angerufen und ihm alle Details erzählt hatte. Warum hätte sie das tun sollen? Sie redete ja gar nicht mehr mit ihm.

Und wenn doch? Warum hatte Thea eigentlich nach der Scheidung nicht wieder ihren Mädchennamen angenommen? Lief da noch was? Was, wenn sie gar nicht auf Fortbildung war, sondern bei ihrem Ex im Bett? Brook rieb sich die Augen. Immer diese verdammten Zweifel an allem.

»Ich fürchte, dann ist der Fall klar. Ich darf annehmen, dass Sie sich dahinterklemmen, Brook?«

»Na klar.« Als hätte er nicht nebenbei noch einen Mordfall aufzuklären. »Aber ›klar‹ finde ich den Fall noch nicht.«

»Wenn Sie befangen sind, Brook, das kann ich gut verstehen. Dann bitte ich jemand anderen, sich darum zu kümmern.«

Und wen? Lejeune etwa? Oder die Flachpfeife Marquardt? Der würde sich freuen, Brook eins auswischen zu dürfen. »Nein, nein, ich mach das schon.«

»Umso besser. Dann bis kurz vor elf unten im Presseraum. Ach, und, Brook?«

»Hm?«

»Seien Sie mal ein bisschen freundlich zur Presse. Sie sind da immer so bärbeißig.«

»Hm.«

Die Pressekonferenz dauerte nicht allzu lange. Es waren diverse Journalisten da, aber leider war Hans-Peter Matthiesen nirgends zu sehen. Brook hätte ihn gern sofort zur Rede gestellt und gefragt, woher er seine Informationen hatte. Von Thea bestimmt nicht. Aber selbst wenn er anwesend gewesen wäre, hätte das sicherlich wenig Zweck gehabt – »Informantenschutz« hieß es bei solchen Gelegenheiten gern. Er würde an ihrem Ende der Geschichte ansetzen müssen. Seinem Impuls, Thea sofort anzurufen, war er nicht gefolgt; er hätte sie sicherlich ohnehin nicht erreicht.

Zurück im Büro, wartete die nächste unschöne Überraschung auf ihn, diesmal in weiblicher Gestalt. Eine etwa vierzigjährige Frau im strengen Business-Look saß am Tisch, als er das Zimmer betrat. Hochgesteckte Frisur, dickrandige Brille, dunkelroter Lippenstift. Schlank, groß, dunkelgrauer Hosenanzug. Sie hatte offenbar auf ihn gewartet.

Was zum Teufel …?

Eine Sekunde lang starrte Brook die Frau an. Sie indessen musterte ihn von oben bis unten, und ihr Gesichtsausdruck wirkte nicht so, als gefiele ihr, was sie sah.

Um die Situation zu erklären, kam Hellkamp durch die Tür. »Das ist Frau Brettschneyder, Brook. Frau Brettschneyder, Kommissar Brook.«

Die Frau erhob sich und streckte Brook die Hand entgegen mit den Worten: »Panacea Kliniken GmbH.«

Brook dämmerte, warum Frau Brettschneyder hier war. Panacea hieß die Firma, der seit der skandalösen Privatisierung der städtischen Krankenhäuser die meisten Hamburger Kliniken gehörten. Es war noch gar nicht so lange her, dass der Senat trotz eines Volksentscheids, der sich deutlich gegen den Verkauf ausgesprochen hatte, diese Privatisierung in die Wege geleitet hatte. Der große Gewinner hieß Panacea, nur ein paar wenige

Kliniken im Stadtgebiet gehörten anderen Trägern wie der Kirche.

»Sie können sich denken, weshalb ich hier bin?«

Brook konnte es sich natürlich denken. Aber so einfach wollte er es dieser Dame nicht machen. »Nein.«

»Wir sind der Träger des Klinikums Dulsberg, wie Ihnen sicher bekannt ist.«

»Ach was.«

Frau Brettschneyder sah Brook durchdringend an. »Setzen wir uns doch.« Sie nahm wieder Platz, aber Brook blieb stehen.

»Ich stehe eigentlich ganz gern«, sagte er betont liebenswürdig, »und allzu lang wird das hier ja wohl auch nicht dauern.« An sein Steißbein dachte er dabei auch, aber das musste wirklich niemand wissen.

»Wie Sie meinen«, sagte Frau Brettschneyder schnippisch. »Unser Angestellter Professor Radeberger ist getötet worden.«

Brook zuckte mit den Achseln. Das war nun wirklich nichts Neues.

»Und das erfahren wir heute früh aus der Morgenpost.«

Immer noch sagte Brook nichts. Er hätte auch beim besten Willen nicht gewusst, was.

»Und dann diese fatalen Anschuldigungen. Illegale Transplantationen? Sie werden verstehen, dass wir uns Sorgen machen.«

»Aha.«

»Nun, wenn der Chefarzt einer unserer Kliniken … Nicht dass da etwas am Konzern hängen bleibt. Sie wissen schon.«

Brook dauerte das hier alles zu lange. »Was wollen Sie denn nun von mir?«, brummte er in unfreundlichem Ton. »Ich habe noch genug richtige Arbeit zu tun.«

Die Dame im Hosenanzug stand auf und machte einen Schritt auf ihn zu. Sie nahm ihre Brille ab und sah Brook direkt in die Augen.

Unwillkürlich wich Brook ein Stück zurück. In diesen Augen war Feuer. Kaltes Feuer, so etwas in der Art.

»Jetzt hören Sie mir mal zu«, zischte Frau Brettschneyder, so leise, dass Hellkamp nebenan es sicherlich nicht mehr mitbekam. »Ich habe schon gemerkt, dass es Ihnen scheißegal zu sein scheint, was die Presse über den toten Professor ausposaunt. Aber uns ist das nicht egal. Wenn auch nur ein wenig von dem Dreck, mit dem Sie hier um sich werfen, auf der Panacea liegen bleibt, dann mache ich Sie persönlich dafür verantwortlich. Haben Sie mich verstanden?«

»Raus hier«, flüsterte Brook. »Verschwinden Sie.« Er schloss die Augen.

»Wie bitte? Sie wollen doch nicht etwa –«

Das war zu viel. Brook riss die Augen wieder auf und zugleich seinen Mund: »Ich will noch ganz andere Sachen«, brüllte er, »aber mich fragt auch keiner! Ich leite hier eine komplizierte Ermittlung, und dann kommen Sie mit Ihrem Pipifax! Den Mörder will ich schnappen, und dabei ist mir ganz egal, welcher Dreck auf wem liegen bleibt. Und jetzt raus!«

Man sah Frau Brettschneyder deutlich an, wie wenig sie es gewohnt war, dass jemand in dieser Art und Weise mit ihr umsprang. Sie wurde blass, griff nach ihrem Mantel und der Tasche, die auf einem der Stühle lagen, und verschwand kopfschüttelnd, aber mit weichen Knien auf den Flur.

Vorsichtig setzte Brook sich an den Schreibtisch. Endlich hatte er Zeit, den anliegenden Papierkram zu erledigen.

Etwas später unterbrach ihn das Telefon bei seiner Arbeit. Es war Dr. Mann, der aus seinem Büro im Institut für Rechtsmedizin aus anrief.

»Morgen, Brook. Ich hatte hier gerade Besuch von Radebergs Sekretärin, Frau Nikolai.«

An die hatte Brook gar nicht mehr gedacht. Klar, sie war ja vorgeladen worden, um den toten Professor zu identifizieren.

»Und?«

»Er ist es, sagt sie, kein Zweifel.«

»Aha.«

»Ja, aber es war alles andere als erfreulich. Sie hatte einen Nervenzusammenbruch, und ich habe sie in die Neurologische Abteilung hier am UKE begleitet.«

Auch das noch. »Wie geht es ihr?«

»Sie steht unter Schock. Hat sich wohl einiges angestaut die Tage über, und jetzt ist das Maß sozusagen voll.«

»Verständlich.«

»Sie ist krankgeschrieben worden und hat ein Beruhigungsmittel bekommen. Und ein paar Tabletten für zu Hause. Also wundern Sie sich nicht, wenn sie die nächsten Tage nicht im Büro ist.«

Als Brook seinen letzten Bericht verfasst hatte, gab es noch immer kein Lebenszeichen von Hellkamp und Lejeune, und so beschloss er, selbst zur Klinik zu fahren. Es müsste doch mit dem Teufel zugehen, wenn nicht irgendwer vom Personal den Mann in der dunklen Montur vom Überwachungsvideo gesehen hatte und ihnen nähere Angaben machen konnte, bevor sie mit einem Phantombild an die Presse gingen. Ihr Bild war zwar ganz gut, aber es ließ sie zum Beispiel kaum das ungefähre Alter schätzen, geschweige denn die Körpergröße. Dennoch: Dreimal war der Mann ins Krankenhaus gegangen, bis in den dritten Stock, und dreimal war er wieder verschwunden, ohne dass ihn jemand sah? Einmal am helllichten Tag? Und keiner hatte es mitbekommen? Das war wirklich erstaunlich, wenn es stimmte.

19

Zu seiner Freude fand Brook ganz in der Nähe des Eingangs der Klinik einen Parkplatz. Der Regen hatte wieder aufgehört, und hier und da zeigte sich zwischen den Wolken schon blauer Himmel.

Während er ausstieg und den Dienstwagen abschloss, überlegte er, ob er nicht einfach zur Notaufnahme gehen und sich untersuchen lassen sollte. Aber konnte man da einfach so hin? Es war Montagmittag, da hatten auch die Ärzte auf. Was, wenn sie ihn wieder fortschickten und sagten, er solle gefälligst zum Orthopäden gehen? Oder, noch schlimmer, was, wenn sie ihn einfach dabehielten, weil es schlimmer war, als er glaubte?

Es lief ihm kalt den Rücken hinunter, als er sich dem Eingang näherte, und während er noch am Abwägen war, fiel sein Blick auf einen Mann, der gerade das Krankenhaus verlassen hatte und zum Fahrradständer ging. Der Mann war um die dreißig, trug eine dunkelblaue Jeans, eine schwarze Jacke, einen schwarzen Rucksack und eine schwarze Baseballmütze, unter der kurze dunkle Haare hervorschauten.

Alles passte auf ihren Verdächtigen von den Videobändern.

Das Adrenalin im Blut ließ Brook die Schmerzen, die ihm das Gehen bereitete, vergessen. Was tat der Mann hier? Hatte er noch ein Organ abgeliefert? Wozu? Zog es ihn, wie viele Täter, an den Ort der Tat zurück? Aber hier in der Klinik war der Professor ja nicht ermordet worden. Oder doch? Noch hatten sie das schließlich nicht herausbekommen. Ob das eine Idee war, die es sich zu verfolgen lohnte?

Brook näherte sich dem Mann, der gerade dabei war, das Fahrradschloss zu lösen, und ihm den Rücken zuwandte. Er musste schnell handeln. Wie konnte und sollte er ihn ansprechen? Oder war der Täter gekommen, weil er entdeckt werden *wollte*? Hatte er deshalb so viele Hinweise hinterlassen? Damit man ihn festnahm? Den Gefallen würde er ihm gern tun.

Brook war nur noch ein paar Schritte entfernt. Er hatte sein Gesicht noch nicht aus der Nähe gesehen. Der Verdächtige hatte immerhin eine ganz markante Nase.

»Entschuldigung?« Etwas Besseres fiel ihm auf die Schnelle nicht ein. »Können Sie mir sagen —«

Während Brook sprach, hatte der Mann das Bügelschloss entfernt und an eine Haltevorrichtung am Rahmen des Fahrrads angebracht. Jetzt beugte er sich hoch und sah Brook direkt ins Gesicht.

Brook verstummte abrupt.

Es war ihr Mann, kein Zweifel. Bartstoppeln, halblange dunkle Koteletten. Und vor allem die Raubvogelnase mit der breiten Nasenwurzel, die einen leichten Bogen beschrieb und zur Spitze hin schmaler wurde.

»Was ist denn?« Der Mann sah Brook ungeduldig an.

In diesem Moment passierte es. Keiner von beiden sagte ein Wort, und Brook war sich sicher, dass er auch keine Miene verzog. Und doch musste der andere etwas in seinem Blick gesehen haben, was er ganz richtig deutete, denn auf einmal schob er sein Fahrrad an Brook vorbei, sprang drauf und trat in die Pedale.

»Halt!«, schrie Brook mangels Alternativen, »Polizei! Bleiben Sie stehen!« Doch der Verdächtige hörte nicht auf ihn.

Brook hastete, so gut er konnte, zurück zu seinem Auto, sprang hinein und landete so schmerzhaft auf dem Steißbein, dass er unkontrolliert laut fluchte. Verdammt, warum war Hellkamp nicht bei ihm? Er hasste das Autofahren, zumal in der Stadt. Und wenn es etwas gab, von dem er froh war, dass es in Fernsehkrimis deutlich häufiger auftrat als in seinem Dienstalltag, dann waren es Verfolgungsjagden. Aber wenn er jetzt nach seinem Handy griff, um Hellkamp zu informieren oder Verstärkung anzufordern, dann war der Radfahrer weg.

Insgeheim wünschte sich ein Teil von ihm, sein Dienst-Passat möge nicht anspringen, auch wenn sie vielleicht nie wieder eine so gute Gelegenheit bekämen, den Verdächtigen zu schnappen. Dann blieben ihm aber wenigstens der Nervenkitzel und das Fahren mit überhöhter Geschwindigkeit im Stadtverkehr erspart. Doch natürlich tat ihm der VW diesen Gefallen nicht.

Etwa hundert Meter vor ihm verließ der Mann auf seinem Rennrad gerade den großen Parkplatz des Krankenhauses und bog nach links auf die Straße Auf dem Königslande ein; besser gesagt: Er jagte zwischen zwei fahrenden Autos hindurch auf die rechte Fahrbahnseite und fuhr dort weiter. Brook gab Gas und war wenige Sekunden später ebenfalls an der zweispurigen Straße, die weiter hinten in ein Wohngebiet führte. Brook sah den Fahrradfahrer links von sich davonrasen. Von beiden Seiten kamen Autos. Er schaltete die Sirene ein, jetzt war es sowieso egal, der Mann wusste, dass er hinter ihm her war. Das Blaulicht aufs Dach zu setzen, dafür war jetzt keine Zeit. Aber die Autos würden schon hören, dass sie ihn durchlassen mussten.

Zum Glück ließ der Verkehr jetzt nach, und Brook kam bis auf ein paar Meter an den Verdächtigen heran. Doch auf einmal versperrte ihm ein Lieferwagen den Weg, der einfach auf der Fahrbahn vor ihm stehen blieb. Brook sah gerade noch die Bremslichter und konnte ausweichen und links am Wagen vorbeiziehen. Von vorn jedoch kam wieder ein Auto, das glücklicherweise ebenfalls bremste und gerade genug Platz ließ, dass Brooks Passat hindurchpasste. Leider hatte er sich mit der Breite seines Autos etwas verrechnet und schrammte beim Überholen mit seinem rechten Außenspiegel an der Seite des Lieferwagens entlang.

Egal, das war jetzt nicht wichtig.

Vor ihm der Fahrradfahrer, der jetzt wieder links abbog, in eine kleine Stichstraße. Die Fahrer der entgegenkommenden Autos dachten gar nicht daran, zu bremsen, damit Brook links abbiegen konnte. Hörten die denn seine verdammte Sirene nicht?

Endlich war Platz, und Brook gab Gas. Der Radfahrer war bereits am Ende der Straße angekommen, und Brook sah, dass er diesmal rechts abbog. Zwei Sekunden später kam Brook an der Einmündung in die Walddörferstraße an. Hier wurde der Verkehr noch dichter. Brook bog rechts ab und schnitt dabei einen Fiat, der scharf bremste. Doch der Fahrradfahrer war fort. Ein paar Meter weiter war eine Kreuzung; da Brook den Verdächtigen weiter vorn nicht sah, konnte er nur rechts oder links abgebogen sein.

Gut, dass Brook sich hier auskannte. Nach rechts ging als Einbahnstraße die Lesserstraße ab, die in einem Bogen fast wieder zur Straße Auf dem Königslande führte. Nach links führte die Wendemuthstraße, die ein paar hundert Meter weiter auf die

B 75 führte, die hier Wandsbek durchschnitt und aus der Stadt hinausführte.

Hätte er ein Auto verfolgt, dann hätte er ziemlich sicher sein können, dass es diese Route wählte – auf die Schnellstraße, auf der die Wahrscheinlichkeit, einem Verfolger zu entkommen, im Zweifelsfall größer war. Aber er verfolgte jemanden auf einem Fahrrad, und das änderte alles. Die beste Strategie für seinen Verdächtigen wäre es, sich eine Stelle auszusuchen, wo Brook mit dem Auto nicht hinterherkam. Fußgängerzone, Park, so etwas in der Art. Gut für Brook, dass es das hier nicht gab. Dagegen, dass das Fahrrad an der Kreuzung rechts abgebogen war, sprach jedoch, dass er damit beinahe im Kreis fahren würde. Und das widersprach der Psychologie des Verfolgten, das wusste Brook ebenfalls sehr gut. Wer unerwartet verfolgt wurde, der suchte stets den direkten Weg fort von dem, der hinter ihm her war. Im Kreis fuhr dabei nur selten jemand.

All das schoss Brook durch den Kopf, während er auf die Kreuzung zuhielt und das Steuer nach rechts herumriss, in die Wendemuthstraße hinein. Und tatsächlich: Da war der Verdächtige wieder. Er fuhr jetzt rechts auf dem Bürgersteig, der hier für Fahrräder freigegeben war und den eine Reihe parkender Autos von der Straße trennte. Es dauerte nur vier Sekunden, bis Brook mit dem Unbekannten gleichauf war. Er ließ mit einem Knopfdruck die Scheibe an der Beifahrerseite hinunter und schrie dem Mann auf dem Fahrrad, der neben ihm strampelte und starr geradeaus blickte, durch den Lärm seiner Sirene hindurch zu: »Bleiben Sie stehen, Polizei!«

Der Mann schüttelte einfach nur den Kopf und trat weiter in die Pedale. Brook wollte gerade wütend werden, als er wieder nach vorn blickte und gerade noch sah, dass vor ihm ein Auto auf der Fahrbahn stand, das rechts blinkte und offenbar gerade in eine freie Lücke einparken wollte. Überholen war nicht möglich, von vorn kam ununterbrochen Gegenverkehr.

Der Fahrradfahrer war nun wieder zwanzig Meter vor ihm. Dreißig.

»Scheiße, verdammte!« Brook holte das mobile Blaulicht hinter dem Beifahrersitz hervor. Auf die Schmerzen, die ihm die Verrenkung einbrachte, achtete er schon gar nicht mehr. Er ließ seine Scheibe hinunter und platzierte das eingeschaltete Blaulicht auf dem Autodach. Sofort ließ die Bewegung der links aus der Gegenrichtung an ihm vorbeifahrenden Autos nach. Nur leider machte niemand Anstalten, rechts ranzufahren, um ihn durchzulassen. Ihm blieb nichts übrig, als den Opel, der vor ihm immer noch am Einparken war und sich in der zusätzlichen Aufregung, die das Blaulicht beim Fahrer auszulösen schien, dermaßen schwertat, dass das Fahrzeug nun zur Hälfte auf der Straße stand. Egal, bevor der Verdächtige verschwunden war, musste Brook hinterher. Er trat aufs Gas und fuhr zwischen dem Einparker und der Autoschlange hindurch. Es quietschte, knallte und schepperte, während Brooks VW den Kotflügel des Opels demolierte, ihn dadurch aber erfolgreich zur Seite schob. Leider blieb sein linker Außenspiegel am Spiegel eines Mercedes hängen, der auf der Gegenfahrbahn stand. Doch das Manöver war erfolgreich, und das allein zählte. Jetzt galt es, aufzuholen.

Der Fahrradfahrer war am HVV-Busdepot vorbeigefahren und bog nun rechts auf einen Sandweg ein, der nur für Fußgänger und Fahrradfahrer zugelassen war und an der Flussböschung der Wandse entlangführte, die dem Stadtteil Wandsbek ihren Namen gab. Brook sah, dass sich der Mann auf dem Rennrad beim Abbiegen offenbar ein wenig in der Geschwindigkeit verschätzt hatte: Sein Hinterrad glitt im hellen Sand in der Kurve unter ihm weg. Einen Augenblick lang hoffte Brook, der Mann würde stürzen, und die Verfolgungsjagd hätte ein Ende. Aber er brachte sein Rad wieder unter Kontrolle und fuhr weiter. Was für ein Teufelskerl! Und was für eine Kondition!

Brook bog auf den schmalen Weg ein, der für Autos natürlich gänzlich ungeeignet war. Er trat aufs Gas, und die Räder drehten erst im Sand durch, bis sie Halt fanden und der Passat einen Satz nach vorn machte.

In dreißig Metern Entfernung sah er, wie ein paar Spaziergänger, von seiner Sirene aufgeschreckt, nach rechts an die Seite flüchteten, bevor der Radfahrer in irrem Tempo an ihnen vorbeisauste. Brook trat das Gaspedal durch, dann schaltete er schon einen Gang höher.

Nur ein paar Sekunden würde Brook brauchen, um das Rad einzuholen. Und dann? Was sollte er tun? Von selbst schien der Mann nicht aufzugeben. Was Brook anging, so war das nicht weniger als ein Schuldeingeständnis. Sollte er ihn mit seinem Auto rammen? Das war natürlich gegen jede Vorschrift und konnte fatale Folgen haben, aber irgendwie musste er den Mann ja stoppen.

Brooks Wagen war jetzt nur noch wenige Handbreit vom Hinterrad des Rennrads entfernt. Der Verdächtige fuhr unvermindert schnell und schien sich gar nicht darum zu kümmern, dass jemand hinter ihm her war. Brook musste eine Entscheidung fällen, und zwar schnell, bevor sie zwanzig Meter weiter die vierspurige Nordschleswiger Straße erreichten. Doch in dem Moment, als er beschloss, dass er den Schutz der Allgemeinheit vor einem des Mordes Verdächtigen höher einschätzte als dessen Unversehrtheit, und Gas gab, scherte der Radfahrer auf einmal aus und fuhr auf die grüne Böschung links neben dem Weg, wo es zum Bach hinunterging.

Brook riss instinktiv das Lenkrad herum, doch er hatte sich verschätzt. Auf dem feuchten Gras griffen die Vorderreifen nicht im gleichen Maße wie auf dem Sand. Im Bruchteil einer Sekunde jagte alles, was sein Körper an Adrenalin produzieren konnte, durch seine Blutbahn, als er merkte, wie er die Kontrolle über sein Auto verlor. Aus dem Augenwinkel sah er noch, wie der Radfahrer weiterfuhr, ohne sich umzudrehen. Dann drehte sich sein Fahrzeug um die eigene Achse, und er hörte einen dumpfen Knall, noch bevor er den Schmerz in seiner Schulter spürte und der Airbag in sein Gesicht explodierte.

Als Brook sich durch die Beifahrertür nach draußen gekämpft hatte, sank er ins Gras auf die Knie. Sein Herz raste, und sein Atem pfiff. Er schloss kurz die Augen, dann zog er sich mühselig an der Autotür hoch und besah sich die Lage. Der Passat war schräg seitlich mit dem Kotflügel an einem Baum gelandet, der über das Ufer der Wandse ragte. Er betastete seine Schulter, die den Schlag abgefangen hatte. Sein Arm ließ sich noch bewegen. Sein linkes Knie schien auch etwas abbekommen zu haben, wahrscheinlich geprellt. Sonst schien es ihm gut zu gehen, nur dass sein Kopf etwas brummte. Und sein Steißbein pochte, natürlich.

Mist, verdammter Bockmist. Jetzt war der Kerl natürlich auf und davon.

Da erst hörte er aufgeregte Stimmen von der großen Straße her, an der der Fuß- und Fahrradweg weiter vorn endete. Aufgeregtes Rufen, und von rechts eilte offenbar ein Passant herbei. Wohin dieser lief, konnte Brook nicht sehen, denn zwischen ihm und dem, was da geschah, lagen ein paar Büsche, die auf der rechten Seite den Weg begrenzten. Dahinter befand sich der breitere Fußweg längs der Hauptstraße.

Er verdrängte seine Schmerzen und humpelte in Richtung der Stimmen. Die Spuren waren unverkennbar: Sein Radfahrer war hier durch die Büsche gefahren.

Und als er die Büsche hinter sich ließ, sah Brook, was dort für Aufregung sorgte – und konnte sein Glück kaum fassen: Dort saß der Verdächtige, gut zwei Meter hinter seinem Fahrrad, das an einem von fünf halbhohen rot-weiß gestreiften Begrenzungspfählen hängen geblieben war. Wahrscheinlich hatte der Mann durch das Gebüsch abkürzen wollen und die metallenen Pfähle nicht gesehen. Er selbst war dann auf das Pflaster des Gehwegs gefallen, vielleicht hatte er sich abgerollt, und nun saß er an dem Metallgeländer, hinter dem auf vier Spuren die Autos entlangfuhren, und hielt sich sein rechtes Bein, während sich mehrere Personen mit bedauernder Miene um ihn scharten. Erstaunlich, dass ihm nicht mehr passiert war. Vielleicht hatte er ganz einfach Glück gehabt.

Brook kam näher, und als der Mann ihn erkannte, rappelte er sich auf und hinkte davon. Erstaunt sahen die Passanten, wie Brook hinterherhinkte. Im Gehen zog er seinen Dienstausweis aus der Tasche und rief: »Kriminalpolizei! Halten Sie den Mann auf, er ist festgenommen.«

Keiner der Umstehenden hörte auf ihn, aber das war zum Glück auch nicht notwendig, denn der Flüchtende schien größere Probleme mit seinem Bein zu haben als Brook, und so holte er ihn nach ein paar Metern ein und stieß ihn an, sodass er hinfiel. Ein Schmerzensschrei entfuhr dem Mann, als er auf seinem offenbar verletzten Bein landete.

Brook suchte nach seinem Handy, um Verstärkung zu holen, doch da hörte er auch schon ein Martinshorn.

Das war verdammt schnell. Aber vielleicht galt es auch gar nicht dem Verunfallten, sondern seiner wilden Fahrt durch Wandsbek, bei der ja immerhin mehrere Pkws zu Schaden gekommen waren. Vor allem sein eigener.

20

Die Personalien des Mannes waren schnell festgestellt: Er hieß Adrian Cărăuleanu, war achtundzwanzig Jahre alt und rumänischer Staatsangehöriger. Dass er kein Bulgare war, war schon einmal ärgerlich; dass er aber auch noch sehr gut Deutsch sprach, passte genauso wenig zum Bild, das sie bislang vom Täter hatten. Dennoch gab es keinen Zweifel: Dies war der Mann, der auf den Überwachungsbildern des Krankenhauses zu sehen gewesen war.

Die ärztliche Behandlung des Verdächtigen hatte nicht lange gedauert, er hatte sich nur das Knie geprellt, und das Erste, was er nun im Vernehmungszimmer von sich gab, war die Bitte um einen Aschenbecher. Hellkamp holte einen und brachte zwei Becher Kaffee mit.

Der Verdächtige rauchte Marlboro ohne Steuerbanderole, wie Brook auffiel, Schwarzmarkt-Zigaretten. Aber das war sicherlich das kleinste Problem von Adrian Cărăuleanu.

»So, Herr ...«, begann Brook, brach aber sofort wieder ab, weil er keine Lust hatte, zu versuchen, den Nachnamen des Verdächtigen, der auf dem Zettel vor ihm stand, auszusprechen. »Ich höre.«

»Was hören Sie?«

»Erzählen Sie mal.«

»Ich weiß nicht, was Sie von mir wollen.«

Brook seufzte gespielt. »Immerhin haben Sie die Flucht ergriffen, als ich Sie vorm Krankenhaus angesprochen habe.«

Der Mann antwortete nicht sofort. Er schien sich gut zu überlegen, was er sagen sollte. Dann nahm er einen langen Zug von seiner Zigarette und sah Brook direkt in die Augen: »Wissen Sie, wenn Sie schon erlebt hätten, was ich in Hamburg erlebt habe ... nur weil meine Haut dunkler ist. Mich haben mal da vorn an der U-Bahn ein paar Jugendliche angesprochen, ob ich eine Zigarette für sie hab, und weil ich keine hatte, haben die mich zusammengeschlagen. Einfach so.«

Brook blickte ihn überrascht an. »Sie wollen doch nicht behaupten, dass ich so aussah, als wollte ich Sie zusammenschlagen?«

»Da frage ich doch nicht lange. Wissen Sie, ich bin kein aggressiver Mensch, ich gehe Ärger lieber aus dem Weg.« Cărăuleanu drückte seine Zigarette gründlich im Aschenbecher aus. »Und Sie sahen auch irgendwie seltsam aus«, fügte er hinzu. »Sagen Sie, haben Sie Schmerzen?«

Verwundert sah Brook zu Hellkamp, aber der verzog keine Miene. Sah man ihm seine Schmerzen so deutlich an? Oder war das nur ein Ablenkungsmanöver? Immerhin hatte jeder dritte Deutsche Rückenschmerzen. Vielleicht so eine Art Jahrmarktstrick, wie die Wahrsagerin, die einem erzählt, dass man in Zukunft eine weite Reise unternehmen würde. Was ebenfalls auf die meisten Menschen zutraf – je nachdem, wie man »weit« definierte.

»Immerhin habe ich hinterhergerufen, dass ich von der Polizei bin«, fuhr Brook ungerührt fort.

»Wirklich?« Der Mann sah Brook verdutzt an. »Das habe ich gar nicht mitbekommen. Wenn ich gewusst hätte, dass Sie von der Polizei sind, wäre ich doch nicht abgehauen. Dass Sie ›Polizei‹ gerufen haben, das hab ich gehört. Aber ich dachte, Sie rufen nach der Polizei.«

»Warum hätte ich das tun sollen?«

»Wissen Sie, wenn Sie schon erlebt hätten, was ich in Hamburg erlebt habe. Nur weil meine Haut dunkler ist.«

Offenbar ein gut auswendig gelernter Satz. Und so dunkel war seine Haut auch gar nicht, wie Brook feststellte.

»Und was dachten Sie, als ich Sie mit dem Auto verfolgt habe?«

»Dass Sie das waren, habe ich doch gar nicht mitbekommen. Ich dachte, da ist irgend so ein Verrückter hinter mir her.«

Brook blickte zu Hellkamp hinüber, der seltsam abwesend wirkte. Er hatte seinen Notizblock vor sich liegen, aber noch kein Wort geschrieben. Stattdessen starrte er auf den Tisch und schien mit den Gedanken ganz woanders zu sein.

»Sie waren in der Nacht von Dienstag auf Mittwoch im Krankenhaus«, sagte Brook, fast beiläufig. »Was haben Sie dort gemacht?«

Einen kurzen Moment lang sah Cărăuleanu ihn verdutzt an. Doch er fing sich sofort wieder. »Da müssen Sie mich verwechseln.«

»Wir haben Sie auf den Bändern der Überwachungskameras.«

Der unsichere Ausdruck kehrte ins Gesicht des Mannes zurück. Dann drückte er seine heruntergebrannte Zigarette im Aschenbecher aus und seufzte. »Da wird man also auch schon gefilmt? Das kann ja wohl nicht wahr sein.«

Der Verdächtige wirkte noch immer viel zu ruhig für Brooks Geschmack. Konnte er sich so gut verstellen?

»Also, weiter im Text. Sie waren Dienstagnacht im Krankenhaus. Was haben Sie da gemacht?«

Cărăuleanu zündete sich eine neue Zigarette an. »Ich habe meine Freundin besucht.«

»Ihre Freundin?«, fragte Brook überrascht.

»Ja, sie hatte am Mittwoch Geburtstag, und ich wollte mit ihr reinfeiern. Und um die Zeit haben die das da nicht so gern, dass man zu Besuch kommt.«

»Ach so, deshalb haben Sie sich also heimlich reingeschlichen.«

»Genau.«

»Weswegen liegt Ihre Freundin denn im Krankenhaus?«

»Blinddarm.«

»Ach, Blinddarm? Na, so was«, flötete Brook. Er stand auf. Ein wenig zu abrupt, denn gleich spürte er sein Steißbein. Verdammt noch mal, hörte das denn niemals auf? Er musste tief einatmen, und als er sich wieder an den Verdächtigen wandte, schaltete er unwillkürlich in eine schärfere Tonart. »Ihnen ist ja wohl klar, dass wir das ganz einfach nachprüfen können?«

Der Mann auf der anderen Seite des Tischs zuckte die Schultern. »Gerne doch! Sie heißt —«

Brook ließ den Mann nicht ausreden. Seine Faust sauste auf den Tisch nieder. »Schluss mit dem Theater!«, brüllte er. »Wir wissen genau, was Sie getan haben. Und je eher Sie gestehen, desto besser für Sie.«

Ganz so dramatisch hatte Brook nicht klingen wollen, doch er spürte, wie seine Konzentration nachließ. Seine Schulter tat weh und sein Nacken auch. Wahrscheinlich hatte er den Autounfall vorhin doch nicht so spurlos weggesteckt, wie er sich hatte einreden wollen. Von seinen Schmerzen im verlängerten Rücken ganz zu schweigen.

Kurz: Sie mussten ein Ergebnis haben. Und das hieß: ein Geständnis.

Adrian Cărăuleanu dachte aber gar nicht daran, zu gestehen. Er sah Brook fassungslos an. Und Hellkamp wollte sich offenbar immer noch nicht am Verhör beteiligen. Brook setzte sich mühsam auf den harten Stahlrohrstuhl.

»Ich habe meine Freundin besucht«, sagte Cărăuleanu trotzig. »Was anderes können Sie mir ...« Er brach ab, drückte die Zigarette aus und zündete sich sofort die nächste an. »Ich meine, das ist alles. Fragen Sie sie doch!«

»Geben Sie sich keine Mühe.« Brook versuchte, seiner Stimme einen ruhigen, beiläufigen Klang zu geben, was leider nicht ganz klappte. »Wir haben genügend Indizien gegen Sie. Es wäre wirklich besser, wenn Sie von sich aus alles erzählen.«

»Aber ...« Der Mann sprach nicht weiter. Er schien seine Situation zu überdenken.

Brook betrachtete das Gesicht des Verdächtigen genau. Das wolltest du doch. Du hast so viele Hinweise zurückgelassen, dass wir dich früher oder später schnappen mussten. Du hast uns das Motiv geliefert, auf Zetteln mit kyrillischen Buchstaben. Und jetzt bist du hier, um dich für deine Rache zu verantworten. Also spuck's endlich aus.

»Dass ich im Krankenhaus war, gebe ich doch zu. Aber was anderes habe ich nicht gemacht.«

»Und am nächsten Tag? Und am Freitag? Und heute?«

»Meine Freundin liegt im Krankenhaus, das habe ich doch schon gesagt.«

»Eine Woche lang? Mit Blinddarm? Da ist man doch heute nach drei, vier Tagen wieder zu Hause.«

Cărăuleanu sah Brook direkt in die Augen. »Es gab Komplikationen.«

»In der Tat. Und zwar, dass Sie gar keine Freundin haben. Ihre Freundin hat nämlich der Professor auf dem Gewissen. Oder Ihre Frau, das ist mir völlig egal.«

Jetzt entglitten dem Verdächtigen vollends die Gesichtszüge. »Wovon reden Sie eigentlich?«

»Wovon ich rede?«, brüllte Brook. »Davon, dass Sie Professor Radeberger entführt haben, ihm seine Organe rausgeschnitten haben und ihn dann haben verbluten lassen!«

»Das ist ein Scherz, oder?« Die Zigarette brannte in seiner Hand weiter, aber er dachte offenbar nicht mehr daran, an ihr zu ziehen.

»Das ist alles andere als ein Scherz. Sie waren vor Ort, an allen betreffenden Tagen.«

Cărăuleanu schüttelte den Kopf. »Wie, an allen Tagen? Ist der an mehreren Tagen … umgebracht worden? Wer soll das überhaupt sein?«

Brook atmete tief ein und aus. Er konnte nicht mehr. Allmählich begann sein ganzer Körper zu schmerzen. Warum packte der Typ nicht endlich aus? Er schloss die Augen. Ein paar Sekunden war es still.

»Sind Sie verheiratet?«, meldete sich Hellkamp auf einmal zu Wort.

Brook öffnete die Augen wieder und sah seinen Kollegen überrascht an. Was sollte das denn jetzt?

Cărăuleanu schüttelte den Kopf.

»Auch nicht schon mal verheiratet gewesen?«

Wieder negativ.

»Hatten Sie mal eine Freundin, die gestorben ist?«

»Nein, nein —«

»Schreibt man Rumänisch eigentlich mit kyrillischen Buchstaben?«

»Wie?« Cărăuleanu sah mit jedem Moment verwirrter aus. »Nein, unsere Sprache ist doch keine slawische Sprache.«

»Sondern stammt vom Lateinischen ab«, ergänzte Hellkamp.

»Kann schon sein.«

»Und sprechen Sie Bulgarisch?«

»Hä?«

»Bulgarisch. Können Sie Bulgarisch lesen und schreiben? Beziehungsweise sprechen?«

»Nein, wieso —«

Unvermittelt stand Hellkamp auf. »Ich glaub, ich hab's!«, sagte er zu Brook, der die Welt nicht mehr verstand, und verschwand auf den Flur. »Bin gleich wieder da«, hörte man ihn noch rufen, bevor der uniformierte Beamte, der die Tür bewachte, diese hinter ihm wieder schloss.

Der Verdächtige sah Brook fragend an, doch der war genauso unschlüssig, was Hellkamps Verhalten zu bedeuten hatte.

Dafür wusste er genau, was sein Kollege mit seinen Fragen bezweckt hatte.

Natürlich konnte es sein, dass er ihnen hier einfach nur das Blaue vom Himmel herunterlog, aber langsam glaubte Brook nicht mehr daran.

Das hier war nicht ihr Mann.

Er war höchstens ein Bote. Jemand, der die grausigen Pakete für den eigentlichen Mörder überbracht hatte. Sicherlich für eine Stange Geld.

So oder so, der eigentliche Täter war nicht mehr weit entfernt.

Bis Hellkamp zurückkam, sagte keiner ein Wort. Brook schloss die Augen wieder und atmete gegen den Schmerz an. Er hörte, wie Cărăuleanu sich eine neue Zigarette anzündete.

Endlich wurde die Tür geöffnet, und der Kriminalkommissar erschien mit einer Mappe in der Hand. Er setzte sich, öffnete den Pappdeckel, und es kam ein einzelnes Blatt Papier zum Vorschein, das er über den Tisch hielt, dem Verdächtigen vor die Nase.

»Das sind Sie, oder?«

Cărăuleanu starrte fassungslos auf das Blatt. Dann sank er im Stuhl zusammen und rief: »Fuck! Scheiß Kameras!« Er vergrub das Gesicht in den Händen und stöhnte. »So 'ne Scheiße.«

Hellkamp ließ das Blatt Papier sinken und schob es Brook hinüber, der es an sich riss. Durfte er jetzt endlich einmal erfahren, was hier vor sich ging?

Es war ein Polizeibericht mit einem Foto, das zweifelsohne den Mann zeigte, der vor ihnen saß. Er hatte sogar dasselbe an. Das Bild war ziemlich pixelig; es stammte ebenfalls von einer Überwachungskamera, aber nicht aus dem Krankenhaus. Dies war ein Foto, das aus einem EC-Automaten heraus aufgenommen worden war.

Brook überflog nur die fett gedruckten Überschriften. Es ging um Diebstahl im Krankenhaus, diesmal jedoch nicht im Klinikum Dulsberg, sondern im Krankenhaus Eilbek. Nach dem Mann auf dem Foto wurde gefahndet. Er hatte aus Krankenzimmern diverse Wertgegenstände und Portemonnaies geklaut, und wieder waren Leute so unvorsichtig gewesen, die PIN ihrer EC-Karte auf einem Zettel zu vermerken, der sich mit der Karte zusammen in der Geldbörse befand. Der Gesuchte hatte mit solchen Karten mehrfach Geld abgehoben, und jedes Mal war er dabei gefilmt worden. Dies hier war sicherlich die Aufnahme, bei der unter der tief in die Stirn gezogenen Baseballmütze am meisten vom Gesicht zu erkennen war.

»Scheiße, Mann, okay«, meldete sich Cărăuleanu. »Klar, das bin ich auf dem Foto. Ich dachte, ich hab die Mütze weit genug ins Gesicht gezogen. Fuck, dass aber auch überall Kameras sind. Scheiß Überwachungsstaat!«

»Das heißt, Sie geben zu, dass Sie im Krankenhaus Wertsachen gestohlen haben?« Brook sah den Mann, der ihm gegenübersaß, scharf an.

Der nahm einen Zug an seiner Zigarette und starrte den Aschenbecher an. »Aus der Kiste komm ich jetzt wohl nicht mehr raus, oder?«

Brook nickte. »Auch im Krankenhaus Dulsberg?«

Sein Gegenüber sah auf, atmete tief ein und sagte: »Was soll's, Sie wissen es doch eh schon. Ja, auch AK Dulsberg.«

»Und ganz nebenbei haben Sie ein paar Pakete abgeliefert.«

»Hä, was? Was für Pakete?«

»Mit einzelnen Körperteilen des Professors drin.«

Jetzt wurde Cărăuleanu laut. »Wovon reden Sie eigentlich? Ich hab ein paar Sachen mitgehen lassen, okay. Wenn die Leute zu dämlich sind, das ordentlich wegzuschließen … Aber ich hab nichts mit irgend 'nem Professor zu tun. Oder Körperteilen. Oder Paketen.«

»Und wieso das Krankenhaus Dulsberg?«

»Das hab ich Ihnen doch schon gesagt. Da liegt meine Freundin.«

Brook sah den jungen Mann erstaunt an. »Sie bleiben also bei Ihrer seltsamen Geschichte?«

»Wieso Geschichte? Das stimmt! Prüfen Sie das doch nach. Sie liegt auf Station C, Zimmer 207. Und sie hatte Mittwoch Geburtstag.« Als er bemerkte, wie skeptisch Brook ihn immer noch ansah, fügte er hinzu: »Ich geb ja zu, dass ich geklaut hab, als ich da war. Die Gelegenheit war so günstig. Und in den nächsten

Tagen auch. Da passt echt keiner auf. Aber ich hab doch nichts mit 'nem Mord zu tun!«

Brook bemerkte, dass die Augen des Mannes feucht wurden.

Eine halbe Stunde später war der geständige Cărăuleanu wieder auf freiem Fuß, er würde sicherlich eine Bewährungsstrafe bekommen, und die Ermittler hatten die Gewissheit, dass seine Freundin tatsächlich seit einer Woche in der Klinik lag wegen ihres Blinddarms. So verrückt der Zufall auch war, Brook begann zu akzeptieren, dass sie aufs falsche Pferd gesetzt hatten.

Lejeune wurde aus dem Krankenhaus zurückbeordert. Seine Befragung dort konnte er nun einstellen. Bis er kam und sie gemeinsam beratschlagen konnten, wie weiter vorzugehen sei, machten sie aber erst einmal Kaffeepause.

»Wow, haben Sie das gesehen?« Hellkamp blätterte gerade in einer Autozeitschrift und wartete gar nicht ab, ob Brook zuhören wollte oder nicht. »In Dubai«, er biss von seinem Brötchen ab, kaute kurz und sprach mit vollem Mund weiter, »in Dubai hat die Polizei jetzt Lamborghinis als Streifenwagen, weil so viele Scheichs mit ihren Superschlitten auf der Autobahn zu schnell fahren und sie sonst nicht hinterherkommen. Also, damit sie die einholen können, meine ich. Außerdem Mercedes SLS, mit Flügeltüren, und … hier: Aston Martin One-77. Wow, das wär was für mich, siebenhundertsechzig PS! Wobei, da hätte ich doch lieber einen alten Aston Martin DB5. Sie wissen schon, das silberne James-Bond-Auto.«

»Hm«, brummte Brook. Die Einlassungen seines Kollegen interessierten ihn nicht wirklich. Für Autos hatte er sich nie groß begeistern können. Genauso wenig wie für Fußball. Für James Bond schon eher, aber eigentlich nur, wenn ihn Sean Connery spielte.

Ein Bild von einem Mann! Der, der jetzt durch die Tür kam, war für Brook das genaue Gegenteil: Kriminalmeister Lejeune grüßte und trat zögerlich ein. »Sie wollten mich sprechen, Herr Hauptkommissar?«

Brook blickte ihn demonstrativ nicht an. »Setzen«, befahl er und rief: »Hellkamp! Rüberkommen!«

Er ärgerte sich über sich selbst. Eigentlich hatte er vor die Tür gehen und Thea anrufen wollen. Die Geschichte mit ihrem Exmann, der ihre Ermittlungsergebnisse in der Morgenpost veröffentlicht hatte, wurmte ihn immer mehr, je öfter er daran dachte. Er konnte sich beim besten Willen nicht vorstellen, dass sie etwas damit zu tun hatte. Sie würde ihn sicher nicht anlügen, wenn er sie direkt darauf ansprach. Vielleicht hatte der Kerl sie so geschickt ausgefragt, dass sie gar nicht gemerkt hatte, was sie ausplauderte? Oder steckte doch mehr dahinter? Sex mit dem Ex? Brook durfte gar nicht daran denken. Sofort schrillten bei ihm alle Alarmglocken. Sicherlich war der Matthiesen zehn Jahre jünger als er. Ein netter Kerl. Witzig, charmant. Kein Miesepeter mit Schmerzen im Hintern. Ach, Scheiße.

Brook hing immer noch seinen Gedanken nach, als sie eine halbe Minute später alle drei am Tisch saßen, und so herrschte für einen Moment ratlose Stille. Dann ergriff Hellkamp das Wort.

»Ich finde, Lejeune, Sie sollten Ihre Notizen zu den Überwachungsvideos noch einmal durchgehen. Vielleicht finden Sie ja doch noch etwas Auffälliges. Der Täter muss doch irgendwie ins Krankenhaus rein- und wieder rausgekommen sein. Da kann doch —«

»Allerdings«, unterbrach ihn Brook, »wenn wir ihn auf den Bändern oder Dateien oder was auch immer nicht finden, dann könnte das auch bedeuten, dass er sich sehr gut auskennt in der Klinik.«

»Was ein Hinweis darauf sein könnte, dass seine Frau hier im Krankenhaus gestorben ist.«

»Das stimmt«, bestätigte Brook, »da könnte man auch ansetzen. Alle Todesfälle der letzten Jahre durchgehen. Ob wir da Verbindungen nach Bulgarien finden.«

»Oder er hat alles vorher sehr gut ausgekundschaftet.«

»Vielleicht kann Lejeune mal die Leute an der Information fragen, ob in der letzten Zeit jemand nach dem Zimmer des Professors gefragt hat.« Brook blickte demonstrativ an Lejeune vorbei. »Kann ja sein, dass sich der eine oder andere erinnert.«

»Das habe ich bereits getan, Herr Hauptkommissar«, vermeldete der Kriminalmeister.

Brook sah ihn erstaunt an, machte aber sofort wieder ein grimmiges Gesicht. »Und? Kein Ergebnis, nehme ich an.«

»Ganz recht, negativ.«

»Na toll.«

»Mir kam aber noch eine andere Idee.«

Brook verdrehte die Augen. Hellkamp blitzte ihn wütend an und sagte aufmunternd zu Lejeune: »Na, denn schießen Sie mal los.«

»Mit dem Rollstuhl im Hammer Park. Kann es nicht sein – das soll jetzt nicht irgendwelche gesellschaftlichen Randgruppen abwerten, ich habe nur gedacht, man soll ja doch in alle Richtungen Überlegungen anstellen, nicht wahr –«

»Auf den Punkt, Mann!«, blaffte Brook dazwischen.

»Ja, natürlich, ich bitte um Entschuldigung. Also, könnte es nicht sein, dass der Täter körperbehindert ist?«

Brook und Hellkamp sahen Lejeune erstaunt an.

»Ich meine«, fuhr dieser fort, »es kann doch sein, dass der Täter im Rollstuhl sitzt und selbst dahingerollt ist, zum Fundort.«

»Und die Leiche?«, wollte Brook wissen. »Die hat hinten geschoben, oder was?«

»Nein, die hatte der Täter auf dem … Ach so, wegen der Fußspuren hinterm Rollstuhl.«

Brook nickte bedächtig und sah irritiert Hellkamp an, der feixte.

»Äh, Sie haben recht, Herr Hauptkommissar, daran hatte ich gar nicht gedacht.« Lejeunes Kopf war mit einem Schlag puterrot.

»Ich finde, was wir bisher vernachlässigt haben, das ist der Organhandel«, warf Hellkamp ein und knisterte mit einem Blatt Papier herum. »Dr. Mann hat zu dem Thema noch was gefaxt, hatte er ja auch angekündigt. Soll ich mal vorlesen?«

Brook nickte.

»Das sind offenbar die aktuellen Marktpreise für schwarz gehandelte Organe. Niere: vierundzwanzigtausend Euro, Augenhornhaut: vierundzwanzigtausend Euro, Leber: neunzigtausend Euro, Herz: einhundertzwanzigtausend Euro, Bauchspeicheldrüse: einhundertzwanzigtausend Euro und Lunge: einhundertdreißigtausend Euro.« Er pfiff durch die Zähne. »'ne ganze Menge Knete. Aber auch ganz schöne Unterschiede im Preis.«

»Sicherlich richtet sich das nach Angebot und Nachfrage«, warf Lejeune zögerlich ein, als niemand anderer etwas sagte.

»Und hat er sonst noch irgendwelche Erkenntnisse?«, fragte Brook.

»Ein bisschen was steht hier noch ... Es gibt international organisierte Banden, die illegale Transplantationen vornehmen. Ein paar Länder führt er auf, Indien, China, Russland, Ukraine, Rumänien, Moldawien.«

»Bulgarien ist nicht dabei?«

»Nein, nicht explizit.«

»Seltsam.«

Hellkamp zuckte die Achseln. »Na ja, das heißt ja nicht, dass das da nicht auch gemacht wird. Sicherlich findet so was Ähnliches in allen ärmeren Ländern in Europa statt.«

»Noch was?«

»Ja, er hat hier was zum Ablauf, das hat er offenbar irgendwo rauskopiert ... Die Spender erhalten fünfhundert bis zweitausend Euro für eine Niere, das sind für viele ein bis zwei Jahresgehälter. Aber die meisten sterben an den Folgen der Organentnahme.«

»Das passt ja zu unserem Fall«, sagte Lejeune.

Hellkamp nickte und las weiter. »Hier steht noch was zu den Empfängern, das sind zumeist reiche Westeuropäer, Amerikaner und Saudis.«

»Spenderniere, okay«, sagte Brook. »Aber eine Leber, ein Herz, das kann ja keiner spenden. Dafür wird doch wohl jemand umgebracht.«

»Klar.«

»Übrigens«, meldete Lejeune sich zu Wort, »wird auch ein Empfänger eines illegalen Spenderorgans in Deutschland bestraft, mit bis zu fünf Jahren Haft.«

»Holla!« Hellkamp machte große Augen. »Das hätte ich nicht gedacht.«

»Jaja, das ist ja alles sehr interessant«, brummte Brook, »aber wir sollten doch den Fokus auf Radeberger richten. Wir wollen seinen Mörder finden und nicht die Organmafia bekämpfen. Schließlich ist der Täter, wie es aussieht, nicht Mitglied der Organmafia, sondern ihr Opfer.«

»Richtig«, stimmte Hellkamp ihm zu, »aber wenn es tatsächlich so ist, dass der Professor mit diesen Leuten zusammengearbeitet hat, dann ist das unsere beste Spur. Wenn es ein Racheakt ist, müssen wir herausfinden, für wen sich der Täter an Radeberger rächt.«

»Was ich nur seltsam finde«, gab Lejeune zu bedenken, »die Spender stammen ja zumeist aus ganz armen Verhältnissen. Und trotzdem hat der Mörder so viel Zeit und Geld, dass er von Bulgarien nach Deutschland reist und hier so eine komplizierte Tat inszeniert?«

»Na ja, wenn die Familie Geld für die Niere bekommen hat, dann ist ja welches da«, meinte Hellkamp.

»Ich weiß nicht«, sagte Brook. »Wenn wir den Zetteln bei den Organen glauben, dann geht es hier doch um eine Rache nach dem Motto: Auge um Auge, Zahn um Zahn. Und das heißt doch, dass die Frau nicht nur eine Niere gespendet hat, sondern dass man sie umgebracht und ihr alle anderen Organe auch noch rausgeschnitten hat.«

»Also noch ein Mord.«

»Entschuldigung, meine Herren«, sagte Lejeune, »ich wollte eigentlich auf etwas anderes hinaus. Ich meine, der Täter setzt so viel Energie in seine Taten, zumal wenn er aus armen Verhältnissen kommt, vielleicht ging es ihm gar nicht nur darum, den Professor umzubringen. Vielleicht wollte er vor allem öffentlich machen, in welche Machenschaften er verstrickt war, der Herr Professor.«

»Kann schon sein«, gab Brook zu, »aber das hilft uns jetzt nicht weiter.« Er wandte sich an Hellkamp. »Ich würde sagen, Sie und Lejeune durchforsten morgen früh noch einmal im Krankenhaus die Akten in Frau Nikolais Büro und in der Verwaltung und sehen nach, ob Sie noch irgendwelche Hinweise auf Bulgarien oder so finden. Und außerdem sollten wir uns seine Kontoauszüge angucken. Denn umsonst wird er wohl kaum den Organtransplanteur gespielt haben. Und in der Bulgarien-Mail stand doch etwas von zwanzigtausend Euro.«

Hellkamp sah ihn skeptisch an. »Na, er wird wohl kaum so unvorsichtig gewesen sein, das Geld in bar auf sein Konto einzuzahlen.«

»Wer weiß? Sind schon ganz andere Sachen vorgekommen. Kann ja auch sein, dass es da ganz offizielle Honorare gibt, von einer Scheinfirma oder so.«

»Und was machen Sie, Brook?«

»Ich habe morgen früh einen Termin. Ich schlage vor, wir treffen uns um vierzehn Uhr wieder hier in meinem Büro.«

Brook war klar, dass Hellkamp dachte, er würde endlich zum Orthopäden gehen. Sollte er doch.

Kaum hatte Brook die Tür seiner Wohnung in Rahlstedt hinter sich geschlossen, klingelte das Telefon. Es war Thea.

»Hey, Brook! Schon zu Hause?« Sie klang fröhlich.

»Ja, gerade reingekommen.«

»Na, na, na, nicht so grummelig. Ich weiß, wir wollten später telefonieren, aber wir wollen gleich mit den Kollegen hier noch ein Bier trinken gehen, und da dachte ich, ich rufe jetzt schon an.«

»Hm.« Brook ärgerte sich. Über sie, darüber, dass sie Spaß hatte und er nicht; über sich selbst, dass er schon wieder eifersüchtig wurde; und darüber, dass er jetzt keine Zeit mehr hatte, sich zu überlegen, wie er die Sache mit ihrem Exmann ansprechen sollte.

»Und, wie war dein Tag?«, fragte sie.

»Wenig erfreulich. Jemand hatte —« Er berichtete im Telegrammstil, was passiert war, und kam schnell an den Punkt, dass irgendjemand der Morgenpost Ermittlungsgeheimnisse verraten hatte. »Und rate mal, wer den Artikel geschrieben hat?«

»Pfff ... keine Ahnung.«

»Dein Ex.«

»Hans-Peter? Ich denke, der ist beim Abendblatt? Was macht der denn bei der Morgenpost?«

»Das frage ich dich.« Das klang unfreundlicher, als Brook beabsichtigt hatte. Aber er konnte den Gedanken, dass sie Dienstgeheimnisse ausplauderte, ebenso wenig ertragen wie den Gedanken, dass sie noch so engen Kontakt mit ihrem Ex hatte.

Thea blieb stumm.

»Hast du denn in letzter Zeit mal mit ihm geredet?« Sobald er die Frage gestellt hatte, wurde Brook bewusst, wie ungeschickt er vorgegangen war.

»Moment mal, Brook. Du glaubst doch nicht etwa, dass *ich* Hans-Peter irgendwas von dem erzählt habe, was ... Also, das ist echt ein starkes Stück.«

»Irgendjemand muss es ja gewesen sein«, gab Brook trotzig zurück. Schon wieder ein Fehler.

»Ey, du bist doch nicht mehr zu retten.«

»Also warst du es nicht?«

»Nein, verdammte Scheiße.«

»Na, dann ist doch alles wunderbar«, gab er sarkastisch zurück.

»Und was willst du da jetzt machen?«

»Morgen fahre ich zur Redaktion der Morgenpost und stelle ihn zur Rede.«

»Das wirst du nicht tun!«, sagte sie scharf.

»Das *muss* ich tun, Thea. Stell dir mal vor, es ist gar keine undichte Stelle bei uns, sondern der Informant ist jemand anderes, jemand, der etwas mit dem Fall zu tun hat? Vielleicht hat der Matthiesen ja selbst seine Finger mit im Spiel.«

Am anderen Ende der Leitung blieb es ungewohnt still.

»Thea, bist du noch dran?«

Auf einmal klickte es in der Leitung. Brook durchfuhr es siedend heiß. Wird mein Telefon abgehört? Ist das des Rätsels Lösung?

Aber es war nur Thea, die aufgelegt hatte.

Brook ließ das schnurlose Telefon sinken und saß wie betäubt im Sessel.

Er hatte nicht einmal die wilde Verfolgungsjagd erwähnt. Vielleicht hätte er das sogar als Ausrede für seine Steißbeinschmerzen benutzen können. Eine Verfolgungsjagd war auf jeden Fall besser, als im eigenen Badezimmer ungeschickt auf den dicken Hintern gefallen zu sein. Andererseits hätte sie sich wieder nur Sorgen gemacht, wenn sie gehört hätte, dass er mit dem Auto am Baum gelandet war, auch wenn alles gut gegangen war. Aber wenn *sie* sich keine Sorgen um ihn machen sollte, wer dann?

21

Das Redaktionsgebäude der Morgenpost lag im Stadtteil Bahrenfeld, vom Hamburger Stadtzentrum etwa ebenso weit entfernt wie Brooks Dienststelle und für Brook, zumindest an diesem Morgen, am anderen Ende der Welt. Er fuhr allein, aus naheliegenden Gründen nahm er Hellkamp nicht mit – außer ihm und Pöhlmann musste niemand von dem Verdacht wissen, dass Thea Dienstgeheimnisse an die Presse verraten hatte. Ein Verdacht, den Brook bis zum Mittag zu entkräften hoffte.

Erst als er bereits auf dem Weg war, fiel ihm ein, dass ihm gar nicht klar war, was für Arbeitszeiten so ein Journalist überhaupt hatte. War der morgens um neun im Büro? Brook war zeitig losgefahren, aber er hatte wenig Hoffnung, schnell durch den Verkehr der Rushhour zu kommen. Er hatte sogar überlegt, mit der S-Bahn zu fahren, aber die Überlegung beim Gedanken an die überfüllten öffentlichen Verkehrsmittel gleich wieder verworfen. Zumal er auch noch hätte den Bus nehmen müssen – für Brook eine regelrechte Horrorvorstellung.

Die Zeitungsredaktion lag in einem imposanten Backsteinbau aus den dreißiger Jahren. Auf seine Frage nach Hans-Peter Matthiesen schickte eine junge Dame am Infotresen Brook in den ersten Stock.

Brook ärgerte sich, dass es nicht wenigstens der zweite war. Auch heute, am Mittwoch, tat ihm sein Steißbein unverändert weh, zumal nach einer Dreiviertelstunde auf dem Autositz, und in den ersten Stock konnte er einfach nicht mit dem Fahrstuhl fahren, ohne an Autorität einzubüßen. Und genau die brauchte er jetzt. Als Ermittler und als neuer Freund der Exfrau von Hans-Peter Matthiesen.

Nach langsamem, beschwerlichem Aufstieg fand er sich in einem Großraumbüro wieder. Ein kleines, abgeschiedenes Büro hätte ihm für seine Zwecke besser gepasst, aber das war jetzt auch egal. Er atmete gegen den Schmerz, was half, und schon kam jemand auf ihn zu, um zu erfahren, was der offenbar Fremde hier suchte beziehungsweise zu wem er wollte.

»Hans-Peter Matthiesen«, sagte Brook knapp.

Sein Gegenüber drehte sich um und krähte lauthals: »Hey, Eytsch-Pi, da ist einer, der dich sprechen will.«

Oh mein Gott. Brook hoffte um Hans-Peter Matthiesens willen, dass dies nur ein scherzhaft gemeinter Spitzname war und er sich nicht tatsächlich von seinen Kollegen so ansprechen ließ.

Der Mann, der wenige Sekunden später auf ihn zukam, entsprach in keinster Weise dem Bild, das Brook sich von ihm gemacht hatte. Er hatte einen kleinen, untersetzten Bürokratentyp mit Bart und dicker Brille erwartet, ein bisschen schleimig oder verschlagen vielleicht. Gut, eigentlich hatte er so einen Typen nicht erwartet, sondern er hatte *gehofft*, dass Matthiesen so aussah. Immerhin musste Thea ihn mit diesem Mann vergleichen, in jeder Hinsicht. Da konnte sie gar nicht anders.

Und wenn Brook ehrlich war, zog er hier, was das Äußerliche betraf, in jeder Hinsicht den Kürzeren. Hans-Peter Matthiesen war groß, schlank, gepflegt und unerhört gut aussehend. Dunkle kurze Haare, angedeuteter Bartschatten, ein sicherlich teures Sakko. Das Wort »Dressman« kam Brook in den Sinn, das, davon war er überzeugt, spätestens seit Thea auf die Welt gekommen war, niemand mehr benutzt hatte. Verdammter Mist.

Das Einzige, an das Brook sich innerlich klammern konnte, um nicht sofort einen Eifersuchtsanfall zu erleiden, war der Spitzname. Matthiesen machte nicht den Eindruck, als sei »Eytsch-Pi« ein scherzhaftes Anhängsel.

Er lächelte nicht, und als der Mann, der ihn herbeigerufen hatte, auf Brook zeigte und noch einmal anhob: »Eytsch-Pi, das hier ist ... ja, weiß ich eigentlich auch nicht«, zeigte er ebenfalls keinerlei Regung.

»Kriminalhauptkommissar Brook«, stellte Brook sich vor und streckte die Hand aus. Matthiesen packte sie mit festem Griff, vielleicht ein wenig fester als nötig.

Es war eine Binsenweisheit, dass man einem unbekannte Personen innerhalb der ersten fünfzehn Sekunden des Kennenlernens in alle möglichen Schubladen steckte. Mit dem Händedruck war es ähnlich. Zwar teilte Brook das übertrieben feste Zupacken von Matthiesen nicht sofort alles mit, was er über ihn wissen musste, aber immerhin ließ es sich in ein paar wenige Richtungen interpretieren – von überspielter Unsicherheit oder Schuldgefühl bis hin zu unterdrückter Homosexualität. Interpretationen, die sich im Fortgang ihrer Begegnung eventuell eingrenzen ließen.

»Brook, natürlich.« Matthiesen schien keineswegs überrascht, ihn zu sehen.

»Wieso ist das ›natürlich‹?«

»Sie leiten doch die Ermittlungen im Fall Radeberger, oder nicht?«

Brook musste sich kurz selbst daran erinnern, dass dieser Mann sicherlich komplett auf dem Laufenden war, was ihre Ermittlung anging, und dass er eben deshalb hier war. »Können wir irgendwo ungestört reden?«

»Hm, schwierig … Worum geht es denn?«

Das wissen Sie ganz genau, Sie Armleuchter!

»Das würde ich gern unter vier Augen –«

»Verstehe. Kommen Sie mit.«

Brook folgte dem Mann und starrte auf dessen Schultern, in der Hoffnung, wenigstens ein paar Schuppen zu entdecken. Fehlanzeige.

Anstatt einen geschlossenen Raum aufzusuchen, steuerte Matthiesen inmitten des Großraumbüros einen Schreibtisch an, drehte sich um und lehnte sich lässig gegen die Tischplatte. Einen Platz bot er Brook nicht an.

Arschloch, gottverdammtes Arschloch.

»Schießen Sie los!«, sagte »Eytsch-Pi« süffisant.

Brook starrte ihn an. »Ist das Ihr Ernst?«

Sein Gegenüber breitete die Arme aus. Wie einer, der Wolle hält, ging es Brook durch den Kopf.

»Wieso? Ich habe nichts zu verbergen.«

»Na gut, Sie haben es so gewollt.«

Eigentlich ein cleverer Schachzug. So konnte Brook ihm kaum eine Szene machen, ohne dass es am nächsten Tag in der zweitauflagenstärksten Hamburger Tageszeitung stand.

Doch Matthiesen ahnte nicht, wie wenig Brook das inzwischen interessierte.

»Sie haben Dienstgeheimnisse veröffentlicht. Woher haben Sie diese Informationen?«

»Aber, aber, Herr Brook – es war doch *Herr* Brook, oder? Nicht Dr. Brook oder so?«

Brook blieb stumm.

»Sie wissen doch genau, *Herr* Brook, dass ich diese Informationen nicht preisgeben kann.«

Brook packte Matthiesen am Revers und schlug seinen Kopf mehrmals auf die Tischplatte, bis Blut floss und der Unsympath als Häufchen Elend vor ihm hockte und seine kaputte Nase hielt.

Natürlich nur in Brooks Phantasie.

In Wirklichkeit atmete er tief ein und aus und sagte dann, so leise, dass es, wie er hoffte, nur sein Gegenüber vernahm: »Hören Sie mal zu. Ich sage Ihnen das nur einmal. Ich scheiße auf Ihren Informantenschutz. Ein Mensch ist brutal ermordet worden. Wir wollen den Täter finden. Korrigiere: Wir *werden* den Täter finden. Und wenn Sie uns verraten, woher Sie die Informationen haben, die Sie abgedruckt haben, dann finden wir ihn vielleicht schneller. Bevor noch ein Mensch dran glauben muss.«

Matthiesen lachte höhnisch. »Ich weiß ja nicht, was Sie geraucht haben, Brook, aber –«

In diesem Moment brannte bei Brook eine Sicherung durch. »Das werden Sie noch bereuen«, zischte er. Dann hob er die Stimme und rief: »›Morgenpost behindert die Arbeit der Polizei.‹ Wie wäre das als Schlagzeile morgen? Und Hans-Peter Matthiesen macht sich höchstpersönlich der Mittäterschaft bei einem brutalen Mord schuldig.«

Ganz kurz war es still in dem großen Raum, aber bereits nach ein, zwei Sekunden setzten das hektische Gemurmel und das Geklapper der Tastaturen wieder ein.

»Tut mir leid, Brook, da sind Sie hier auf verlorenem Posten. Wir haben schon ganz andere Klippen umschifft. Und an unsere Auflage müssen wir auch denken. Außerdem hat die Öffentlichkeit ein Recht, informiert zu werden. Denken Sie mal darüber nach.«

Enttäuschung packte Brook. Aber immerhin war es einigermaßen tröstlich, dass er langsam dahinterkam, woran die Ehe von Thea und diesem Arschloch hier in die Brüche gegangen war.

»Dann verraten Sie mir wenigstens eins«, seufzte Brook. »Wissen Sie das alles von Thea?«

»Thea?« Matthiesen machte große Augen. »Was hat die denn damit zu tun?«

Brook betrachtete Matthiesen genau, fand aber keine der typischen Anzeichen für Verstellung. Er schien ehrlich überrascht.

»Ist die etwa ... die ist doch gar nicht Teil Ihrer Ermittlungsgruppe, oder?«

Brook schüttelte den Kopf. Natürlich hatte Thea nichts ausgeplaudert. Aber konnte ihm das an dieser Stelle schon reichen? Gleichzeitig eröffnete Matthiesens verdutztes Gesicht Brook die Möglichkeit, das Gespräch in eine andere Richtung zu lenken.

»Thea Matthiesen arbeitet in meiner Dienststelle. Und wenn der Exmann einer Mitarbeiterin geheime Ermittlungsergebnisse veröffentlicht, dann fällt der Verdacht natürlich auf wen? Genau.«

Das erste Mal im Verlauf ihrer Begegnung schien Matthiesen unsicher. »Das ... das wollte ich natürlich nicht. Ich ... Na ja, verstehen kann man das ...«

»Ganz recht. Also?«

»Ich ... ich kann Ihnen wirklich nicht ... Kommen Sie mal mit.«

Brook folgte Matthiesen unter interessierten Blicken der Kolleginnen und Kollegen zurück ins Treppenhaus. Dort schloss er hinter ihnen die Tür und zündete sich eine Zigarette an.

»Hören Sie, Brook, das habe ich natürlich nicht gewollt. Ich habe schon so lange nichts mehr von Thea gehört ... Natürlich hat sie mir nichts verraten. Aber ich kann Ihnen unmöglich sagen ... Mein Gott.«

»Das ist ja schön und gut«, warf Brook ein, »hilft mir aber nicht wirklich weiter.« Er hatte jetzt Oberwasser, aber dennoch das Gefühl, als müsste er seine Position noch ausbauen. Warum also nicht die Wahrheit ein bisschen aufpeppen? »Gegen Thea Matthiesen ist ein Disziplinarverfahren eröffnet worden, und wenn wir beide hier nicht weiterkommen, sieht es leider so aus, als ob sie dauerhaft vom Dienst suspendiert wird.«

Sein Gegenüber wurde blass und zog lange an seiner Zigarette.

»Das ist besonders ärgerlich«, fuhr Brook fort, »weil sie derzeit auf einem Lehrgang ist und danach zur Kriminalobermeisterin befördert wird. Beziehungsweise befördert werden würde, wenn man sie nicht entlassen müsste.«

»Also gut.« Matthiesen sah ihn ernst an.

Gleich würden sie wissen, wer der Maulwurf war. Jetzt würde der Journalist auspacken.

War es Lejeune?

Warum nicht? Dann war der ein für alle Mal weg vom Fenster.

Doch statt einen Namen zu nennen, sagte Matthiesen: »Wir haben anonyme Briefe bekommen.«

Brook stutzte. »Anonyme Briefe?«

»Genau. Ohne Absender.«

»Mit der Post?«

»Nein, einfach in den Briefkasten geworfen. Auf jeden Fall waren keine Briefmarken drauf.«

»Die bräuchte ich dann bitte.«

Matthiesen sah Brook an, als hätte dieser nicht alle Tassen im Schrank. »Wenn ich Ihnen die einfach so aushändige, komme *ich* in Teufels Küche.«

Brook kannte sich im Presserecht nicht gut aus, aber Matthiesen wirkte immerhin so, als sei er ernsthaft, ja geradezu existenziell besorgt.

Natürlich. Thea hatte nichts, absolut nichts mit alledem zu tun. Aber würde diese vage Aussage Pöhlmann davon überzeugen, dass dem so war? Dabei passte natürlich alles zusammen. Brook musste an Lejeunes Worte am Abend zuvor denken. Wenn der Mörder es vor allem darauf anlegte, dass die Welt erfuhr, welche Machenschaften Professor Radeberger trieb, war es doch nur folgerichtig, dass er selbst die Zeitung informiert hatte. Stichwort: Organmafia. Und selbstverständlich mit einem anonymen Brief.

»Aber Sie drucken doch nicht einfach Informationen aus irgendwelchen Briefen ab, ohne sich abzusichern, dass das auch stimmt, was da drinsteht.«

»Nein, natürlich nicht. Aber das war relativ einfach. Zum Beispiel beim Toten im Hammer Park. Im Brief war genau beschrieben, was da gefunden werden würde. Außerdem haben wir ja auch unsere Quellen.«

Also doch ein Maulwurf. Aber dessen Namen würde er bestimmt nicht auch noch erfahren. Am Wichtigsten war ohnehin, dass Thea aus der Schusslinie war.

»So, dann mal Butter bei die Fische«, sagte Brook eindringlich. »Ich brauche diese Briefe. Wie viele sind es?«

»Zwei Stück. Aber das ist unmöglich.«

»Pah! Nichts ist unmöglich.« Brook überlegte kurz. »Allein schon wegen der Fingerabdrücke.«

»Das bringt eh nichts, die haben so viele Leute angefasst, bis die bei mir gelandet sind.«

Da mochte er ausnahmsweise recht haben. Aber Brook hatte noch eine andere Idee. »Wie wäre es denn, wenn Sie mir die Briefe einscannen und zumailen? Das müsste fürs Erste eigentlich reichen.«

»Meinen Sie?«

Jetzt hatte er ihn, das spürte Brook. »Ja, sicher. Ich setze mich dann persönlich dafür ein, dass die Vorwürfe gegen Thea Matthiesen fallengelassen werden. Es sei denn …«

Matthiesen hob die Augenbrauen. »Es sei denn …?«

»Es sei denn, die Briefe tragen Theas Handschrift.«

»Keine Sorge«, gab Matthiesen erleichtert zurück. »Die kenne ich doch.«

»Dann ist es ja gut.« Brook holte eine Visitenkarte aus der Innentasche seiner Jacke. »Hier, an diese Adresse schicken Sie die Scans. Wenn Sie schnell genug sind, kann ich sicherlich etwas machen.«

Matthiesen wirkte wie betäubt. »Okay, so machen wir's. Aber das wird bei Ihnen alles intern behandelt?«

»Sicher.«

Auf der Rückfahrt kämpften in Brook zwei Gefühle. Einerseits triumphierte er, dass er Hans-Peter Matthiesen in seine Schranken verwiesen hatte und ein weiteres Puzzleteil in diesem verworrenen Fall ergattert hatte. Höchstwahrscheinlich mit der Handschrift des Täters darauf. Andererseits war da die Eifersucht, die wieder zurückkehrte. Hans-Peter Matthiesen war bereit, einen solchen Schritt zu unternehmen, und zwar einzig und allein, weil er Angst um seine Exfrau und ihre Karriere hatte.

War da doch noch mehr zwischen den beiden, als sie zugaben? Und dass er und Thea zusammen waren, hatte sie ihm gegenüber offenbar auch nicht erwähnt. Vielleicht stimmte es ja doch, dass sie seit Längerem keinen Kontakt mehr hatten.

22

Zur selben Zeit parkte Hellkamp vor einem kleinen Einfamilienhaus im Stadtteil Duvenstedt, das einsam inmitten von Feldern und Pferdeweiden lag, kurz vor der Hamburger Stadtgrenze.

Hier also wohnte Frau Nikolai.

Es hatte ganz schön gedauert von Wandsbek Markt bis hier heraus, über eine halbe Stunde hatte er für die zwanzig Kilometer gebraucht. Das Haus lag etwas abseits der Straße, zwischen Bäumen, am Rande eines großen Feldes. Hellkamp ging die Auffahrt hinauf. Frau Nikolais Wagen stand vorm Haus. Jedenfalls glaubte Hellkamp, dass es ihr Wagen war, ein schwarzer VW Lupo.

Er blieb stehen und lauschte. Hier hörte man kaum Straßenlärm, stattdessen zwitschernde Vögel, und irgendwo wieherte ein Pferd. Hamburg ist manchmal doch wirklich idyllisch, ging es ihm durch den Kopf.

Er klingelte.

»Ich komme schon«, hörte er Frau Nikolai drinnen nach wenigen Sekunden flöten, offenbar auf dem Weg zur Tür. Richtig fröhlich klang das. Als sie die Haustür öffnete, sah Hellkamp, dass er sich getäuscht haben musste. Sie sah ihn an mit einem Gesichtsausdruck, als habe ihr jemand eine Ohrfeige gegeben.

»Guten Tag, Herr Kommissar«, sagte sie höflich. Sie klang erschöpft und sah auch ziemlich blass aus. »Kommen Sie doch herein.«

Hellkamp folgte ihr in einen gemütlich eingerichteten Raum, dessen Blickfang ein großer Orientteppich war.

Sie bemerkte seinen Blick. »Den hab ich damals mitgebracht, ich war für meine frühere Firma zehn Jahre lang in Oman.«

Hellkamp wusste gar nicht genau, wo das lag, aber es klang nach Tausendundeiner Nacht. »Wo haben Sie denn früher gearbeitet?«

»Och, bei einer Import-Export-Firma, unten im Hafen, aber die gibt es gar nicht mehr.«

»Und dann haben Sie im Krankenhaus angefangen?«

Sie nickte. »Erst ganz normal in der Verwaltung und dann seit zwei Jahren im Chefsekretariat.«

»Aha.«

Sie wies auf ein großes Sofa, das mit dem Rücken zum Flur mitten im Raum stand. »Nehmen Sie doch Platz. Ich wollte gerade einen Kaffee machen. Sie trinken doch sicher einen, oder?«

»Gern.« Hellkamp ließ sich nieder und versank fast in den weichen Sofakissen, rappelte sich wieder hoch und versuchte, seinen Schwerpunkt so weit wie möglich vorn auf die Kante zu verlagern. Das klappte jedoch nicht so recht, und schließlich gab er auf und ließ sich wieder nach hinten sinken.

Auf dem Couchtisch lagen eine Brigitte und ein Stern, überall standen Töpfe mit Pflanzen, die gepflegt wirkten, auf einer Anrichte stand ein Blumenstrauß in einer Vase.

Alles sehr sauber, ordentlich, vielleicht ein bisschen trutschig, aber das passte irgendwie auch wieder.

Hellkamp hatte eigentlich nichts anderes erwartet – er hatte überhaupt nichts erwartet. Allzu oft war es vorgekommen, dass Zeugen, Angehörige oder Verdächtige, die einen vollkommen ordentlichen Eindruck machten, tatsächlich wie die Messies hausten, und verwahrlost aussehende Gestalten lebten in einer pieksauberen Wohnung. Natürlich war er froh, dass es hier nicht so aussah oder roch, dass man gleich wieder wegwollte.

Frau Nikolai war zurück mit dem Kaffee, einer altmodischen Kanne, zwei Tassen mit Untertassen, Zuckerdose, Milchkännchen und einem Tellerchen mit Keksen auf einem Tablett.

Nachdem sie Hellkamp eingeschenkt hatte, nahm sie auf einem Sessel Platz, der im rechten Winkel zum Sofa am Couchtisch stand.

»Was führt Sie denn jetzt zu mir, Herr Kommissar?« Frau Nikolai sah ihn aufmerksam an.

»Ich wollte eigentlich nur nach dem Rechten sehen. Also, sehen, wie es Ihnen geht. Das muss ja alles ein wahnsinniger Schock gewesen sein.«

Sie wandte ihren Blick ab und rieb sich die Augen. »Jaja ... Das ist nett von Ihnen, aber es geht schon.«

»Es tat mir auch leid, dass wir gestern nicht dabei sein konnten, als Sie ... Ich meine, als Sie die ... als Sie Herrn Radeberger identifiziert haben.«

»Professor Radeberger.«
»Wie bitte?«
Frau Nikolai sah ihm direkt in die Augen. Darin lag nun etwas anderes, sie sah nicht mehr so verletzlich aus, eher schon fast ein wenig aggressiv. »Sie haben ›Herr Radeberger‹ gesagt. Aber der Herr Professor war nun einmal Professor, und das ist ein Titel, nicht wahr? Da sagt man ›Professor Radeberger‹.«

Ihre Augen glänzten, und Hellkamp erwartete fast, dass sie zu weinen begann. Aber sie hatte sich offenbar unter Kontrolle.

»Verstehe, entschuldigen Sie«, sagte er, und er meinte es ernst. Er hatte schon fast so etwas wie Hochachtung vor dieser Frau, wenn man bedachte, was sie durchgemacht hatte. Auch wenn es nur ihr Chef gewesen war, den man brutal ermordet hatte, und nicht ihr Ehemann. Obwohl – vielleicht war da ja doch mehr zwischen den beiden gewesen? Sie hatten das schon einmal angedacht, erinnerte er sich, aber nicht weiterverfolgt.

Aber das konnte er sie natürlich nicht einfach so fragen.

»Wie geht es Ihnen denn jetzt?«

»Ach, ganz gut.« Sie erzählte, sie habe sich mehrmals mit Frau Dr. Döring getroffen, der Psychologin, und sie werde sicherlich nächste Woche wieder zur Arbeit gehen. Eine Frau Brettschneyder vom Panacea-Konzern habe sie besucht, erzählte sie, und ihr mitgeteilt, dass sie bereits einen Nachfolger für Professor Radeberger organisiert hätten, der am Montag anfange.

»Ich finde das ja etwas pietätlos«, sagte sie in verschwörerischem Tonfall, so als könne sie jemand belauschen. »Andererseits muss die Klinik natürlich weiterlaufen, ich meine, ohne Chefarzt geht das ja alles gar nicht.«

»Na, da haben Sie sicher erst mal wieder alle Hände voll zu tun.« Hellkamp nippte am Kaffee, den er alles andere als lecker fand. Er kannte sich nicht gut mit Kaffee aus, aber es war weder die Krönung noch der Kaffee, den sie auf der Arbeit hatten.

»Aber Sie doch auch, oder? Sind Sie da eigentlich schon fertig mit Ihren Untersuchungen? Wie läuft die Ermittlung denn eigentlich?«

»Ach ja, es geht so.« Jetzt war der Punkt gekommen, an dem Hellkamp doch noch sein Notizbuch und seinen Kugelschreiber

herausholen musste. »Ein paar Fragen habe ich in diesem Zusammenhang leider noch, Frau Nikolai.«
»Das war ja eigentlich klar.«
»Was meinen Sie?«
»Dass Sie nicht nur aus Höflichkeit vorbeigekommen sind.« Sie sah ihn freundlich an. »Ist ja auch ein ganzes Stück hier raus. Was haben Sie denn nun auf dem Herzen?«
»Nur ganz allgemein erst einmal, Sie sind ja nicht verheiratet.«
»Nein.«
»Waren Sie denn schon einmal verheiratet?«
»Nein.« Sie wandte den Blick von ihm ab und sah an ihm vorbei, ins Leere. »Das hat sich nie ergeben.«
Da war doch etwas. War es doch der Professor? Die Frage nach ihrem Familienstand hatte sie nicht aus dem Konzept gebracht, aber ihr Blick hatte sich verändert. Die Frage war natürlich, ob es sie weiterbrachte, wenn sie herausfanden, ob Frau Nikolai mit ihrem Vorgesetzten ein Verhältnis gehabt hatte.
Allerdings konnte sich Hellkamp des Gedankens nicht erwehren, dass er, wenn er an Radebergers Stelle gewesen wäre, doch wohl eher eine knackige Dreißigjährige eingestellt hätte, um mit ihr eine Affäre anzufangen, als Frau Nikolai. Man wusste halt nie, wo die Liebe hinfiel.
»Ich muss noch einmal kurz auf Freitag zurückkommen«, sagte Hellkamp.
»Gern.«
»Sie haben die dritte Pappschachtel ja wieder vor der Tür Ihres Sekretariats gefunden?«
Frau Nikolai nickte.
»Als Sie raus- oder reingingen?«
»Ich war drinnen. Ich weiß schon gar nicht mehr, was ich da tat, ich glaube, ich habe ein bisschen Ordnung beim Professor gemacht.«
»Und die Tür war zu.«
»Ja, ich schließe die Tür in der Regel.«
»Und gab es einen Anlass, dass Sie rausgegangen sind?«
»Den gab es. Ich musste auf die Toilette.«
»Und da lag das Päckchen.«

Sie nickte.

»Trotzdem verstehe ich dann eines nicht – warum haben Sie die Schachtel denn dann aufgehoben?«

Sie sah ihn nachdenklich an. Es dauerte einen Augenblick, bis sie antwortete. »Ich weiß nicht, das lief irgendwie so automatisch ab ... Ich wusste gar nicht richtig, was geschah, da hatte ich sie schon in der Hand.«

»Aber Sie hätten doch wissen müssen, dass —«

Hellkamp brach ab. Er hatte schon immer ein Problem damit gehabt, Frauen weinen zu sehen, und Frau Nikolai sah aus, als würde sie gleich damit anfangen. »Ich verstehe schon«, sagte er besänftigend. »Kein Problem.«

Wieder etwas abgehakt. Es war wohl einfach eine Übersprunghandlung gewesen, oder wie die Psychologen das auch immer nannten.

Er klappte sein Notizbuch zu.

»Auf jeden Fall können Sie ja von Glück sagen, dass wir gerade in der Nähe waren und Ihnen die Schachtel abnehmen konnten.«

Sie sah ihn dankbar an und nickte. »Noch Kaffee?«

»Nein, danke, ich ... der treibt bei mir immer so schrecklich.«

Frau Nikolai zog die Augenbrauen hoch, und er war sich sicher, wenn er kein Kriminalkommissar gewesen wäre, hätte sie missbilligend den Kopf geschüttelt.

23

Als Brook in seinem Büro den Rechner hochgefahren hatte, fand er sofort »Eytsch-Pi« Matthiesens E-Mail, von einem privaten Mail-Account mit Phantasienamen aus gesendet.

Den Anhang bildeten vier JPEG-Dokumente, zwei mit jeweils einer Seite mit ungelenken Großbuchstaben darauf sowie zwei Briefumschläge.

Als Erstes schickte er Pöhlmann eine E-Mail, die erklärte, sie hätten die Informationsquelle der Morgenpost, und Thea Matthiesen habe nichts damit zu tun. Die anonymen Briefe hängte er an, auch wenn er sicher war, dass Pöhlmann sie gar nicht lesen würde. Dazu hatte er sicherlich zu viel zu tun. Dann trommelte er Hellkamp und Lejeune zusammen, die er zunächst über seine unverhoffte Entdeckung staunen ließ, bevor sie sich die ausgedruckten Texte vornahmen.

Sie waren in ziemlich fehlerhaftem Deutsch verfasst. Im ersten Brief hieß es sinngemäß, Professor Radeberger vom Klinikum Dulsberg sei getötet worden, weil er ein Verbrecher sei. Er sei am Montagmorgen entführt worden, und nun würden seine Organe eines nach dem anderen in Pakete verpackt in sein Krankenhaus geschickt werden.

Von persönlicher Rache stand dort nichts.

Das war im zweiten Brief ganz anders. Dort stand, der Professor habe mehrmals in Sofia illegal Organe entfernt, für den Markt in Westeuropa. Viele Menschen seien seinetwegen gestorben. »Meine Ehefrau.« Dieser Satz oder Halbsatz stach allein deswegen heraus, weil es das erste Mal war, dass der Absender im deutschen Text über sich selbst sprach. »Meine Ehefrau.«

Weiter hieß es, der Professor habe nun seine gerechte Strafe erhalten und sei heute Morgen tot ins »SCHWIMMBAD« im Park in Hamm geworfen worden.

Hier war der Verfasser des Briefs wieder in einen allgemeinen Tonfall verfallen.

Der zweite Brief war bei der Zeitung offensichtlich am Sonntag in den Briefkasten geworfen worden – rechtzeitig, um es noch in die Montagsausgabe zu schaffen.

»Das Original haben Sie nicht bekommen?« Hellkamp klang enttäuscht, berechtigterweise, wie Brook zugeben musste.

»Sie könnten mal beim Staatsanwalt anklopfen. Anordnung zur Herausgabe von Beweismitteln, so etwas in der Art müsste eigentlich drin sein.«

»Mach ich.«

»Entschuldigung, Herr Hauptkommissar«, ließ sich Lejeune vernehmen, »Sie haben sich sicherlich erkundigt, ob der Briefkasten bei der Morgenpost kameraüberwacht ist? Ich meine, wenn der Täter die Briefe persönlich eingeworfen hat, bekommen wir vielleicht ein Bild von ihm.«

Brook sah den jungen Kollegen überrascht an. Daran hatte er nicht gedacht. Heute musste man wohl überall damit rechnen, dass man gefilmt wurde – wie bei vielen Technologien war es Fluch und Segen zugleich. »Ausgezeichnete Idee, Lejeune. Sie fahren da gleich noch einmal hin und erkundigen sich. Wenn es Bilder gibt, können Sie die gleich prüfen. Und außerdem könnten Sie sich umhorchen, ob irgendjemand den Briefeinwerfer gesehen hat.«

»Brook, schauen Sie mal hier«, schaltete sich Hellkamp wieder ein.

Lejeune hatte sich bereits erheben wollen und presste die Hand auf die Tischplatte, war aber nun in der Bewegung erstarrt und schien unschlüssig, ob er das, was Hellkamp offenbar entdeckt hatte, auch noch sehen dürfte oder nicht. Zumal Hellkamp ja nur Brook angesprochen hatte.

Brook, der zwischen seinen Kollegen saß, drehte sich demonstrativ zu Hellkamp und damit Lejeune den Rücken zu, sodass der Kriminalmeister den Ausdruck, auf den Hellkamp zeigte, nicht mehr sehen konnte. Er erhob sich und verließ das Büro.

Hellkamp sah Lejeune kurz nach, blickte dann zu Brook, seufzte und sah wieder auf das Blatt Papier. »Hier unten, haben Sie das gesehen?«

Ganz am unteren Rand des zweiten Briefs war etwas zu sehen, das aussah wie ein Teil eines Wortes. Offenbar stand es so weit am unteren Rand der Seite, dass es durchs Ausdrucken abgeschnitten worden war.

»Machen Sie noch mal die Datei auf dem Rechner auf.«
Ein paar Klicks, und das PDF offenbarte, was dort stand:

FRAGEN ATANAS D

»Atanas. Den Namen kennen wir doch«, sagte Hellkamp. »Atanas Sakaliew Dimitrow? Und was für ›Fragen‹?«
»Vielleicht soll das heißen: Fragen Sie Atanas De-Punkt.«
»Kann sein. Kann sogar gut sein. Leider ist der nicht aufzuspüren.«
Die beiden Männer sahen einander ratlos an.
Wieder passte alles zusammen. Die Briefe sprachen eine klare Sprache: Es war tatsächlich so, wie sie vermutet hatten – es ging dem Täter darum, die Öffentlichkeit darüber zu informieren, dass der Mann, den er getötet hatte, Professor Radeberger, ein Verbrecher war.
Und doch waren sie immer noch nicht weiter, was ihre Suche nach dem Täter betraf.
Es klopfte am Türrahmen.
»Tag, Herr Pöhlmann«, begrüßte Hellkamp ihren Chef munter. »Wie stehen die Aktien?«
Der Dienststellenleiter nickte den Kommissaren kurz zu, dann schloss er die Tür hinter sich und auch die Tür zu Hellkamps Büro, die wie immer offen stand. Er setzte sich an den runden Tisch und erwartete offensichtlich, dass Brook und Hellkamp sich zu ihm setzten.
Brook gab sich große Mühe, seine Schmerzen zu verbergen, als er aufstand und sich an den Tisch setzte. Beim Hinsetzen verzog er dennoch das Gesicht, aber glücklicherweise lenkte Hellkamp Pöhlmann mit ein paar nichtssagenden Phrasen ab. Der sah ihn verständnislos an. Offenbar gab es wichtigere Themen zu besprechen.
Pöhlmann wandte sich an Brook. »Wie läuft die Ermittlung?«
Brook berichtete kurz, wie der Stand der Dinge war und was in den zwei Briefen stand. Dass sie nicht die Originale besaßen – oder besser: noch nicht –, verschwieg er wohlweislich.
Der Dienststellenleiter hörte zu und nickte zwischendurch.

Man sah ihm aber an, dass er selbst etwas loswerden wollte. Und das tat er auch bei der ersten Gelegenheit.

»Ich habe gerade einen Anruf vom LKA bekommen«, eröffnete er den zwei Kommissaren. »Man ist hellhörig geworden wegen dieser Organhandel-Geschichte, von der in der Morgenpost stand. Es gibt dort seit vielen Jahren eine Sonderkommission zu diesem Problembereich.«

»Ja, der Organhandel scheint eine zentrale Rolle bei alldem zu spielen«, bestätigte Hellkamp.

»Unsere beste Annahme ist derzeit«, stellte Brook fest, »dass der Täter Professor Radeberger zur Rechenschaft gezogen hat, für irgendetwas, das mit der Frau des Täters zu tun hat. So viel geht aus den Zetteln hervor, die er hinterlassen hat, also denen in den Schachteln und den Briefen. Wir können nicht ausschließen, dass dies mit Radebergers Beruf als Chirurg zu tun hat. Und die entnommenen Organe sind ein Hinweis auf den illegalen Organhandel, da sie allesamt dort angeboten werden.«

»Aber die haben wir doch sichergestellt«, warf Pöhlmann mit fragendem Gesichtsausdruck ein.

Brook war einen Moment verwirrt, ahnte dann aber das Missverständnis. »Ich meine ja nicht nur die, die in den Schachteln waren. Die anderen sind Radeberger ja auch noch entnommen worden, bevor man die Leiche entsorgt hat. Und Augenhornhaut, Nieren, Leber, Herz, Bauchspeicheldrüse, das wird alles als Spenderorgane verkauft.«

Pöhlmann nickte konzentriert.

»Weiter im Text«, fuhr Brook fort. »Der Täter hat sich bis spätestens Sonntagnacht in Hamburg befunden, ob er immer noch hier ist oder überhaupt in Deutschland, wissen wir nicht. Es gibt Grund zur Annahme, dass er Bulgare ist und nicht in Deutschland lebt, wegen eben dieser Mitteilungen. Die waren an eine deutsche Öffentlichkeit gerichtet, aber auf Bulgarisch verfasst. Das lässt vermuten, dass der Täter nicht besonders gut Deutsch spricht. Was die weiteren Anhaltspunkte betrifft, so hat alles mit Bulgarien zu tun: Wir haben den Namen einer bulgarischen Kontaktperson – zumindest ist der Name bulgarischer Herkunft, und die dazugehörige Mailadresse ist eine bulgarische. Dann kennen wir den Namen eines Hotels in Sofia, in dem Radeberger mindestens zweimal letztes Jahr abgestiegen ist. Außerdem sind die Nachrichten in diesen Schachteln auf Bulgarisch verfasst. Außerdem wissen wir, dass die Tinte aus einem Kugelschreiber stammt, wie er im Ostblock verwendet wird, ebenfalls ein deutlicher Hinweis auf Bulgarien.«

Pöhlmann sah erst Hellkamp, dann Brook ernst an. »Glauben Sie denn, dass diese Kontaktperson, wie war der Name noch …?«

»Atanas Sakaliew Dimitrow«, antwortete Hellkamp.

Brook staunte. Da hätte er erst nachgucken müssen.

»Also, dass dieser Dimitrow der Täter ist?«

»Das nicht«, gab Brook zu. »Aber er ist die einzige Verbindung zwischen Radeberger und Bulgarien, die wir haben. Hier kommen wir derzeit nicht weiter. Und wenn das Ganze tatsächlich etwas mit dem illegalen Organhandel zu tun hat, und momentan ist das der greifbarste Hinweis, dann …«

Brook sprach nicht weiter. Gerade wurde ihm die Konsequenz seiner Worte klar, und die gefiel ihm gar nicht.

Es war Hellkamp, der nach ein paar Sekunden Brooks Gedanken zu Ende führte: »Wenn die Organmafia dahintersteckt, dann sollten wir nach Sofia fahren, um weiter zu ermitteln.«

Brook vergrub sein Gesicht in den Händen und stöhnte leise. Er wusste, dass Hellkamp recht hatte. Aber nichts konnte ihn weniger reizen, als eine Reise in eine fremde Stadt im ehemaligen Ostblock, wo er niemanden kannte, die Sprache nicht sprach und nicht einmal die Schrift zu lesen vermochte. Um dort dann irgendetwas herauszufinden, am besten noch in Zusammenarbeit mit der dortigen Polizei, die, wenn überhaupt, nur Englisch sprach, das nicht zu Brooks größten Stärken gehörte. Vielleicht sollte er sich schon einmal überlegen, wie man den Begriff »Organhandel« vermittelte, wenn man sich mit Händen und Füßen verständlich machen wollte.

Pöhlmann sah die beiden Kommissare nachdenklich an.

»Ich glaube nicht«, fuhr Hellkamp nachdrücklich fort, »dass wir hier weiterkommen können, ohne dass wir wenigstens versuchen, herauszufinden, wer dieser Dimitrow ist, mit dem sich Radeberger da unten getroffen hat. Radebergers Mörder ist mit Sicherheit bulgarischer Staatsangehöriger, und er muss in irgendeiner Beziehung zu den Dingen stehen, die Radeberger und Dimitrow da ausgeheckt haben.«

»Wahrscheinlich haben Sie recht. Aber vielleicht wäre es besser, gar nicht in offizieller Funktion hinzufahren«, gab Pöhlmann zu bedenken. »Mit der Polizei dort könnte man doch später immer noch reden. Und bevor man das jetzt alles offiziell macht, mit Europol und so, könnte man doch mal einfach so runterfahren und nach dem Rechten sehen.«

Brook blickte seinen Vorgesetzten finster an. Das hatte ihm gerade noch gefehlt. Aber was war schon zu erwarten von einem Menschen, der immer *man* sagte, wenn er *Sie, ich* oder *wir* meinte?

Am Erstaunlichsten fand Brook aber, wie offensichtlich Pöhlmann auf einmal gegen Vorschriften zu verstoßen bereit war, wenn es darum ging, bergeweise Papierkram zu vermeiden. Papierkram, der dann ausnahmsweise einmal – Stichwort: Europol – auf ihn selbst zukäme.

Dennoch musste Brook zugeben, dass es immer wahrscheinlicher würde, dass das LKA ihnen den Fall Radeberger wegnahm, je »offizieller« sie wurden, was gemeinsame Ermittlungen mit den bulgarischen Behörden anging. Wenn es sich bewahrheiten sollte, dass sie es mit Organisierter Kriminalität zu tun hatten, würde das noch früh genug der Fall sein. Und so gern Brook einen Kriminalfall ohne viel kleinteilige Ermittlungsarbeit und ohne unnötigen Aufwand abschloss, so hasste er es doch, eine einmal begonnene Aufgabe nicht selbst zu Ende führen zu dürfen.

»Na gut, in drei Teufels Namen.« Brook stieß einen langen Seufzer aus. »Fahren wir also nach Sofia. Solange ich mich da nicht als Arzt ausgeben muss ...«

»Das ist eine ausgezeichnete Idee!« Pöhlmann strahlte. »Natürlich! Professor Brook! Sie sind ebenfalls Chirurg, ein Kollege von Radeberger! Und Hellkamp Ihr Assistent. Wenn sich das herumspricht, kommt man vielleicht von selbst auf Sie zu.«

»Immerhin ist Radeberger weg vom Fenster, und es kann doch sein, dass die Brüder da unten jetzt einen neuen Kontaktmann suchen.« Hellkamp war anzusehen, wie begeistert er von der Idee war, *undercover* im Ausland zu ermitteln. »Im besten Fall gelingt es uns, sogar mit den Organmafiosi zu sprechen und ein paar Namen von Opfern zu erfahren.«

Brook war unwohl dabei. Sicherlich hatte Hellkamp recht, die Idee war im Moment die beste. So viele Opfer gab es da unten sicherlich nicht, vielleicht war dies wirklich die beste Chance, die sie hatten, den Namen der Frau zu erfahren, die Radeberger um ihrer Organe willen getötet hatte und deren Mann sich nun an ihm gerächt hatte.

Doch machten sie nicht so auf gewisse Weise gemeinsame Sache mit diesen Verbrechern? Immerhin waren die doch an allem schuld, wenn man es genau nahm. Und am Ende kamen sie noch ungeschoren davon, während ein Mann ins Gefängnis wanderte, der eigentlich das Opfer war?

Aber Brook wusste, dass er so nicht denken durfte. Es war nicht seine Aufgabe, Schuld zuzuweisen, sondern einen Fall zu lösen, und zwar nicht den Fall eines Organmafiaopfers, sondern den Fall eines ermordeten Chefarztes. Ob ihm das nun gefiel oder nicht.

Pöhlmann schien von solchen Gedanken völlig unberührt. »Und wann wollen Sie fahren?«

»Ich würde sagen, so bald wie möglich.« Hellkamp strahlte. »Mal sehen, ob wir für morgen früh noch einen Flug bekommen.«

»Und wann kommen Sie wieder, Freitag?«

»Das wird sicher reichen. Ich buche mal für Freitag früh den Rückflug.«

»Das wäre mir ganz recht, schon wegen der Reisekosten. Das müssen wir ja alles irgendwie verbuchen.«

Brook grunzte. Ihm blieb nichts übrig, als sich in sein Schicksal zu fügen. Wie aufs Stichwort pochte in seinem Steißbein der Schmerz. Warum hatte er sich bloß nicht krankschreiben lassen?

Er hatte keine große Lust, mit Thea Matthiesen zu telefonieren, als er abends nach Hause kam. Andererseits hatte er noch weniger Lust, sich Sorgen darum zu machen, wie es um ihre Beziehung stand. Und das würde zweifellos geschehen, wenn er nicht mit ihr sprach.

Schließlich gab er sich einen Ruck und rief sie an. Es piepte nur zwei Mal, dann war sie dran.

»Hallo, Thea«, sagte Brook. Mehr fiel ihm nicht ein.

Das war aber auch nicht nötig, Thea hatte genug zu sagen.

»Hey, Brook. Gib dir gar nicht erst Mühe, auf Schönwetter zu machen.«

»Wie —«

»Ich habe mit Hans-Peter telefoniert, okay?«

»Aha.«

»Nichts aha. Er wollte nicht so richtig raus mit der Sprache, aber dann hat er mir alles erzählt. Wie unmöglich du dich aufgeführt hast.«

»Ich mich … aufgeführt?«

»Ganz genau, du hast ihn vor der ganzen Mannschaft lächerlich gemacht.«

»Moment mal.« Brook hatte sich vorgenommen, nicht wütend zu werden. Das schien nicht zu klappen. »Ich habe hier einen Mordfall aufzuklären. Da ist mir scheißegal, ob ich irgendwen irgendwo lächerlich mache.«

»Aber Hans-Peter ist nun mal nicht irgendwer.«

»Für mich schon.«

»So siehst du das also?«

»Ja, ganz recht. Und darüber muss ich auch nicht diskutieren.«

Wütend knallte Brook den Hörer auf die Gabel. Sofort fühlte er sich hundsmiserabel. Der einzige Grund, warum er nicht sofort noch einmal anrief und Thea um Verzeihung bat, war, dass er Angst hatte, sie könnte es ihm als Schwäche auslegen – was es natürlich auch war. Und dass sie diese Schwäche abstoßen würde.

So blieb ihm nichts übrig, als sich über sich selbst zu ärgern. Und seinen Koffer für die Reise nach Sofia zu packen.

Hans-Peter hatte sie gesagt. Und sie hatten telefoniert. Vielleicht das erste Mal seit Langem. Was, wenn sie sich daran erinnerte, was sie früher an ihm gemocht hatte? Wenn sie sich träfen, sie sich erneut in ihn verliebte? Und alles nur, weil er, Brook, unbedingt auf den Putz hatte hauen müssen.

Nein, das stimmte so nicht. Eigentlich, weil jemand Professor Radeberger entführt und zerstückelt hatte. Und das, weil der

Professor die Frau des Mörders auf dem Gewissen hat. Mal was anderes, dass die Leiche an allem Unheil schuld ist.

Aber war es überhaupt richtig, was sie taten? Hatte der Mörder nicht aus ganz nachvollziehbaren, vielleicht sogar ehrbaren Motiven heraus gehandelt? Brook überlegte, wie er sich fühlen würde, wenn jemand damals Anna …

Er schüttelte den Kopf, um den Gedanken loszuwerden. Konnte ja sein, dass der Professor, wenn es denn offizielle Maßstäbe gab, das größere Schwein war. Aber sie mussten einen Mord aufklären. Und ganz egal, wie gut motiviert ein solcher Racheakt war, es blieb Mord. Und nicht nur Mord, schließlich war Radeberger geradezu ausgeweidet worden. Auch wenn das symbolhaft darauf hinweisen sollte, dass er mit der Organmafia unter einer Decke steckte – das musste man erst einmal bringen. Dazu gehörte eine ganz bestimmte psychische Disposition.

Warum hatte der Täter Radeberger nicht einfach angezeigt?

24

Mittwoch, acht Uhr fünfundfünfzig, Flughafen Fuhlsbüttel. Die große Halle in Terminal 2. Brook schwitzte. Eine der Rollen an seinem Rollkoffer war nicht in Ordnung. Sie schleifte, und er hatte beim Ziehen einiges an Kraft aufbringen müssen, um den Koffer mit dem Ausziehgriff immer wieder auszurichten. Natürlich hatte er das erst gemerkt, als er vor die Wohnungstür trat, und da hatte das Taxi bereits seit fünf Minuten auf ihn gewartet.

Ihm war so warm, dass er den Schweiß vom Nacken unter dem Hemd seinen Rücken hinunterlaufen spürte. Ob er den Mantel ausziehen sollte? Nicht dass er sich dann verkühlte.

Er war noch immer am Überlegen, als er eine Stimme hinter sich hörte.

»Herr Hauptkommissar!«

Brook erkannte ihn, noch bevor er sich umdrehte. Es war Lejeune.

»Was machen Sie denn hier?«, fauchte Brook ihn an.

»Dienststellenleiter Pöhlmann hat gesagt —«

»Ich weiß, wer Pöhlmann ist.«

»Wie? Äh, ja, natürlich. Also, Dienststellenleiter Pöhlmann hat gesagt, ich soll an Kommissar Hellkamps Stelle fahren, weil er etwas Wichtiges zu tun hat. Also, Kommissar Hellkamp, meine ich.« Der junge Mann war ganz außer Atem. Offensichtlich war er gerannt.

Brook atmete tief ein und aus. Das durfte doch alles gar nicht wahr sein!

»Was soll das heißen?«

»Also, Kommissar Hellkamp war gestern Abend noch bei Dienst… bei Herrn Pöhlmann im Büro zu einer Unterredung, und als er wiederkam, sagte er, ich solle zu ihm, also zu Herrn Pöhlmann ins Büro kommen, und dann sagte jener, ich solle anstelle von Kommissar Hellkamp mit Ihnen nach Sofia fliegen, das Ticket würde gerade umgebucht, auf meinen Namen.«

»Und warum?«

»Damit ich fliegen kann anstelle von Kommissar Hellkamp, da muss schließlich der richtige Name auf dem Ticket stehen.«

»Das weiß ich auch, verdammt. Warum Hellkamp zu Hause bleibt und Sie mitkommen, das will ich wissen!«

»Tja, da bin ich leider überfragt.« Lejeune zuckte mit den Schultern.

»Jetzt hören Sie mal gut zu«, zischte Brook. »Sie nehmen jetzt schön Ihre Siebensachen und verschwinden. Wenn Hellkamp in Hamburg bleiben soll, dann fliege ich eben allein.«

Lejeune machte große Augen. Es war förmlich zu spüren, wie er all seinen Mut zusammennahm, als er schließlich sagte: »Nein, Herr Hauptkommissar!«

»Wie bitte?«

»Es war eine dienstliche Anweisung, und außerdem habe ich bereits eingecheckt. Und was passiert, wenn ein Koffer ohne Passagier reisen soll, brauche ich Ihnen sicher nicht zu erklären.«

»Hm.« Brook betrachtete Lejeune. Eine so deutliche Ansage wie dieses »Nein« hatte er ihm gar nicht zugetraut. Das machte ihn zwar nicht sympathischer, aber Brook musste zugeben, dass es ihm besser gefiel als der übliche speichelleckerische Ton. Außerdem wusste er natürlich, dass Lejeune recht hatte. Eingecheckt war eingecheckt. Er staunte nur, dass der Kriminalmeister es bereits geschafft hatte, seinen Koffer aufzugeben, während er, Brook, noch vor der großen Anzeigetafel stand, um herauszufinden, an welchen Schalter er jetzt zu gehen hatte.

Schon bei der Zwischenlandung in Wien merkte Brook, wie ihm sein geprelltes Steißbein immer noch zu schaffen machte. Als er sich aus dem Sitz hievte, in dem er anderthalb Stunden regungslos verharrt hatte, durchzuckte ihn ein so starker Schmerz, dass er beinahe den Halt verloren hätte. Seine Augen füllten sich mit Tränen, und er atmete tief ein. Zum Glück hatte Lejeune nichts davon mitbekommen; er saß weiter vorn. Da Lejeune vor ihm eingecheckt hatte, hatten sie keine Plätze nebeneinander bekommen, und Brook war sicher, dass Lejeune sich darüber insgeheim genauso freute wie er selbst. So konnte er in aller Ruhe die ZEIT lesen, die am Flughafen für die Reisenden bereitgelegen hatte.

Als sie in Wien landeten, beobachtete Brook, wie Lejeune sofort, als das Zeichen mit dem Sicherheitsgurt erlosch, aufsprang.

Eine Viertelstunde stand er im Gang in einer Menschenschlange, bis endlich die Türen geöffnet wurden. Brook hatte noch nie verstanden, warum die Leute das taten. Um schnell draußen zu sein? Die meisten würden eh nachher am Gepäckband warten oder wie er und Lejeune auf ihren Weiterflug. Brook hatte vor allem deshalb einen Fensterplatz gewählt, damit er in aller Ruhe sitzen bleiben konnte, bis man die Maschine tatsächlich verlassen durfte. Und um nicht aufstehen zu müssen, wenn neben ihm jemand auf die Toilette musste.

Der Weiterflug nach Sofia dauerte noch einmal zweieinhalb Stunden, und das Resultat war für Brooks verlängerte Wirbelsäule das gleiche. Einen Moment lang durchzuckte Brook der Gedanke, es könne doch etwas Schlimmeres als eine Prellung sein. Was, wenn er diese Schmerzen nie wieder loswürde? Er versuchte, an etwas anderes zu denken. Es half ja im Moment ohnehin nichts. Und wenigstens war die größte Tortur jetzt erst einmal geschafft.

Doch sogleich wartete die nächste Widrigkeit – als er das Flugzeug verließ und über das Rollfeld zum Flughafenbus ging, wurde Brook klar, dass er vollkommen falsch angezogen war. Er begann sofort zu schwitzen und lockerte den Knoten seiner Krawatte. Hier schien bereits der Sommer begonnen zu haben. Im Bus wartete Lejeune auf ihn. Erst jetzt fiel Brook auf, dass Lejeune schlauer gewesen war als er: Der Kriminalmeister trug eine dünne Jacke, ein helles Freizeithemd und eine luftige Leinenhose. Brook hätte nur allzu gern die Jacke ausgezogen und zu seinem Mantel über den Arm gehängt; vielleicht sogar die Krawatte abgebunden. Aber er hatte das Gefühl, dass er sich dann vor Lejeune eine Blöße erlauben würde. So ertrug er stoisch die Hitze.

Auf dem Rollfeld drängelten sie sich in einen immer voller werdenden Flughafenbus. Jetzt schien Lejeune auch aufzufallen, wie warm sein Vorgesetzter angezogen war.

»Sie sind aber dick eingepackt, wenn Sie mir die Bemerkung gestatten, Herr Hauptkommissar.«

Brook funkelte ihn wütend an. Nicht nur, weil er ihm die

Bemerkung eben nicht gestattete, sondern auch, weil sie hier inkognito waren, vor allem was ihren Beruf betraf.

Lejeune verstand seinen Blick nicht. »Wir sind hier immerhin fast auf demselben Breitengrad wie Barcelona«, fügte er erklärend hinzu.

Erst als sie ausgestiegen waren und zur Passkontrolle gingen, konnte Brook den Kriminalmeister zur Seite nehmen.

»Sie Idiot«, zischte er, »wir sind doch gar nicht als Kriminaler hier, sondern als Ärzte. Haben Sie das vergessen?«

»Natürlich nicht, aber ich dachte —«

»Sie dachten, Sie dachten. Davon kann ich mir nichts kaufen. Wir haben doch keine Ahnung, wen wir hier suchen. Kann doch sein, dass einer der Kontaktleute mit uns im Flugzeug saß.«

»Das ist aber sehr unwahrscheinlich, Herr Haupt—«

»Mir ist scheißegal, wie unwahrscheinlich das ist«, schnaubte Brook. »Mit Wahrscheinlichkeitsrechnung hat noch keiner einen Fall gelöst. Wissen Sie, wie unwahrscheinlich es ist, ermordet zu werden? Und trotzdem wird in Hamburg alle drei Tage einer umgebracht.«

Lejeune nickte ehrfürchtig.

»Also, wie heißen Sie?«

»Dr. Lejeune«, sagte er leise.

»Und ich?«

»Professor Brook.«

»Verstanden?«

»Jawohl, Herr Professor.«

Professor. Das klang gar nicht so schlecht, zumindest aus Lejeunes Mund. Brook überlegte, ob er sich nicht auch zu Hause von seinem jungen Kollegen so anreden lassen konnte. Das stellte immerhin schön die Hierarchie zwischen ihnen klar.

Als sie ihr Gepäck eingesammelt hatten, suchte Brook zunächst einen Geldautomaten, bei dem er achthundert Lew abhob. Knapp vierhundert Euro sollten wohl reichen für die paar Tage. Dann kaufte er eine große Flasche Wasser an einem Kiosk, und schließlich machten sie sich auf in Richtung Ausgang. Brook hatte schon den Zettel mit der Adresse des Hotels, in dem Radeberger abgestiegen war, griffbereit, in lateinischer und in kyrillischer Schrift. Man konnte ja nie wissen.

Vor dem Flughafen war alles voller Menschen, Autos und gelben Taxen.

»Da habe ich irgendwann mal etwas gelesen«, meldete sich Lejeune, »Stichwort: Taxen am Flughafen in Sofia.«

Brook wartete einen Moment, aber sein Kollege schien mit seinen Ausführungen zu Ende zu sein. »Ich habe nicht den ganzen Tag Zeit, hier herumzustehen und darauf zu warten, dass Sie sich an etwas erinnern. Hier ist doch alles voll mit Taxis. Da, das nehmen wir!«

Ein gelb lackierter alter Renault 12 mit umlaufendem schwarz-weiß-kariertem Band hielt an, an der Seite ein großes blaues Logo mit kyrillischen Buchstaben.

Brook setzte sich auf den Beifahrersitz, Lejeune stieg hinten ein, während der Fahrer das Gepäck im Kofferraum verstaute. Dann nahm auch der Fahrer Platz und sah die beiden erwartungsvoll an. Brook hielt ihm den Zettel hin. »*This address please.*«

Der Fahrer blickte kurz darauf, dann nickte er Brook zu. »*Да, знам го хотела. До там се пътува тридесет минути.*« Er sah die zwei Fahrgäste erwartungsvoll an. Brook sah zu Lejeune, der zuckte die Schultern.

»Okay?«, fragte Brook auf gut Glück. Konnten die hier kein Englisch?

»*Okay*«, bestätigte der Taxifahrer und gab Gas.

Die Fahrt dauerte länger als gedacht. Wesentlich länger. Mehrmals unterwegs hatte Brook das Gefühl, als käme ihm die Umgebung bekannt vor, als seien sie gerade schon einmal hier gewesen. Es sah halt alles irgendwie gleich aus, umso mehr, als sie die Innenstadt hinter sich ließen und in eine Gegend kamen, die aussah wie ein Gewerbe- oder Industriegebiet.

Nach einer halben Stunde erreichten sie ihr Ziel und bogen auf eine Auffahrt ein.

Brook sah sich um. Hier wurde offenbar gebaut, wenn auch nicht im Moment, aber ein paar Baubuden zeugten davon. Rings um sie herum sah es eher trostlos aus. Außer ihrem Hotel stand an der Straße nur ein einsamer zwölfstöckiger Plattenbau-

Wohnblock mit quadratischem Grundriss. Ein größerer Komplex, ebenfalls in Plattenbauweise und sicherlich noch aus den siebziger Jahren übrig geblieben, war etwa hundert Meter weiter zu sehen, hinter ein paar schmalen Bäumen. Am Horizont sah man weitere solcher Bauten, nur größer und zahlreicher. Eine Art Schlafstadt. Hätte sich Radeberger nicht ein schönes Hotel im Stadtzentrum aussuchen können?

Aber vielleicht war genau das der Punkt. Hier war man komplett ab vom Schuss, und wenn man sich mit Leuten traf, die zu einer kriminellen Vereinigung gehörten, war diese Abgeschiedenheit garantiert von Vorteil.

Das Hotel, das ein großes Schild mit der Aufschrift *Персеполис* zierte, war neueren Datums, wie Brook erleichtert feststellte. Es sah sogar modern aus. Sie fuhren die Auffahrt hinunter, an einer ganzen Reihe Autos vorbei, die dort abgestellt waren, allesamt mit bulgarischen Kennzeichen. Das Hotel schien ziemlich beliebt zu sein. Aber vielleicht waren das auch die Wagen der Angestellten. Es waren auf jeden Fall nicht gerade Wagen der Oberklasse.

Der Wagen hielt direkt vor dem Eingang, zu dessen Seiten zwei Fahnenmasten standen. Eine bulgarische und eine Europaflagge wehten im warmen Südwind.

Erst jetzt fiel Brook auf, dass das Armaturenbrett gar keinen Taxameter aufwies.

»*Това струва сто петдесет и седем лева*«, deklamierte der Taxifahrer. Brook sah ihn verständnislos an. Der Fahrer zuckte die Achseln, griff neben sich in die Ablage und zog einen Taschenrechner hervor. Er tippte eine Zahl ein und hielt ihn Brook hin.

»175« stand dort.

Das konnte unmöglich richtig sein. Er wies auf die Zahl und sah den Fahrer an. »*One hundred seventy-five?*«

Sein Gegenüber nickte freundlich.

»Lew?«

Der Mann nickte immer noch.

»Das sind ja fast neunzig Euro!«

Der Fahrer grinste breit. »*Please pay.*« So viel Englisch konnte er offenbar.

Brook seufzte und holte sein Portemonnaie hervor. Dank

seines Einkaufs im Flughafen hatte er das Geld passend. Trinkgeld konnte bei solchen Preisen niemand erwarten.

»Aber dann will ich wenigstens eine Quittung. Quittung?«

Der Fahrer hob verständnislos die Arme.

»Quittung … Lejeune, was heißt denn ›Quittung‹ auf Englisch?«

»Ich weiß nicht genau, Herr Haupt… Herr Professor. *Receipt* vielleicht?«

Brook wiederholte das Wort und machte eine Handbewegung, als ob er etwas aufschriebe.

Da schien der Groschen endlich gefallen. Er nickte und holte einen Quittungsblock aus der Innentasche seiner Jacke.

Brook steckte die Quittung ein, und sie stiegen aus. Der Fahrer holte ihre Koffer aus dem Kofferraum und verabschiedete sich mit einem herzlichen »*Благодаря Ви!*«.

Sie betraten die Lobby. Sie war zweckmäßig eingerichtet, ein paar Kunstledersessel um niedrige Tische, an der Wand hing ein kleinformatiger Flachbildfernseher, auf dem ohne Ton ein Nachrichtensender zu sehen war.

Das Spiel konnte beginnen.

»*Professor Brook and Doctor Lejeune*«, stellte Brook sich vor und zückte seinen Pass. »*We booked two rooms.*«

»*Oh, oh, oh*«, stöhnte ihnen der Portier, ein schmächtiger junger Mann von etwa fünfundzwanzig Jahren, entgegen und blickte an Brook vorbei durch die offenen Türen, hinter denen gerade das Taxi abfuhr. Dann sah er Brook an. »*You took wrong taxi!*«

Falsches Taxi? Was sollte das denn heißen?

»*There is big problem on airport with taxi*«, fuhr er fort, »*bad taxi copy look of good taxi but drive for too much money.*«

»Genau«, entfuhr es Lejeune, »das war's! Zu dumm, dass ich nicht darauf gekommen bin, Herr … Professor. Taxen, die das Aussehen der offiziellen Taxis imitieren, um —«

»So viel habe ich auch mitbekommen, vielen Dank«, unterbrach ihn Brook.

Gut, das erklärte den erstaunlich hohen Fahrpreis. Aber immerhin hatte Brook eine Quittung. Wobei … Er zog den Zettel, den der Fahrer ihm gegeben hatte, aus der Tasche und betrachtete ihn. Es war offenbar nur eine Seite eines handelsüblichen Quittungsblocks, aber es war kein Unternehmensstempel darauf, geschweige denn eine Signatur. Somit brachte sie ihm überhaupt nichts. Er seufzte. Das fing ja gut an.

Brook und Lejeune füllten jeder ein Anmeldeformular aus, und der Portier händigte ihnen Schlüsselkarten aus.

»Please«, sagte Brook noch zum Portier, »*if anybody asks for us, let us know. Or for Professor Radeberger.*«

Der junge Mann sah ihn fragend an. »*Who is Professor Radeberger?*«

»*He was a guest here in April and November. Do you remember?*«

Aber der Portier konnte sich nicht an Radeberger erinnern. Das war auch kein Wunder, erzählte er, denn er habe erst vor zwei Wochen hier im Hotel angefangen. Und natürlich kannte er auch keinen Atanas Sakaliew Dimitrow. Für eine Befragung fiel er also aus.

Immerhin, so sagte er, hätte der Chefportier am Donnerstag wieder eine Schicht, der sei schon länger im Haus.

Brook bat den jungen Portier dennoch, wenn irgendjemand nach Professor Radeberger oder einem deutschen Arzt fragte, ihm sofort Bescheid zu sagen. Oder wenn sich jemand namens Sakaliew Dimitrow meldete. Das könne er auch gern seinen Kolleginnen und Kollegen sagen.

Der Portier versprach, dies zu tun, und notierte die Namen, die Brook ihm genannt hatte.

Mehr konnten sie vorerst wahrscheinlich nicht tun.

Sie bezogen ihre Zimmer. Brook musste zugeben, dass er schon schlechter gehaust hatte. Das Bett war nicht allzu weich, und es gab sogar eine Badewanne. Sein Steißbein schmerzte nach wie vor, vor allem jetzt nach der langen Fahrt im schlecht gefederten Taxi. Er nahm sich vor, so schnell wie möglich die Linderung durch ein heißes Wannenbad zu suchen.

25

Hellkamp hatte sich vorgenommen, die Zeit, in der seine Kollegen fort waren, so gewinnbringend zu nutzen wie möglich. Er wollte alle Unterlagen noch einmal durchgehen, einen weiteren Zwischenbericht für Pöhlmann verfassen und sich noch einmal in Radebergers Büro umsehen, denn die Klinikleitung drängte darauf, dass es so schnell wie möglich freigegeben wurde. Immerhin musste ein neuer Chefarzt ins Büro einziehen, und Pöhlmann hatte der Panacea offenbar mitgeteilt, dass sie bis zum Wochenende mit dem Büro durch seien.

So stand es in einer E-Mail von Pöhlmann, die Hellkamp gerade las. Woher er diese Weisheit wohl nahm? Wahrscheinlich hatte er recht, dort würde nicht mehr viel zu holen sein. Aber trotzdem war es eigentlich eine Überschreitung seiner Kompetenz. Wenn Brook hier wäre, der würde ausflippen. Hellkamp lächelte.

Den ganzen Vormittag brauchte er für den Bericht an Pöhlmann, inklusive einiger Kaffeepausen. Erst nach dem Besuch der Kantine am Mittag konnte er sich daranmachen, ihre bisherigen Ermittlungsergebnisse auf lose Enden hin zu prüfen – Punkte, an denen sie nicht weitergekommen waren, die sie im Zuge der Entdeckung der Leiche und der Aufregung um den Aspekt Organmafia vielleicht auch irgendwie vergessen hatten. Er nahm sein schwarzes Notizbuch und blätterte in seinen Aufzeichnungen.

Da war einmal die Tatsache, dass Frau Nikolai am Montagabend Licht in Radebergers Haus gesehen hatte, zu einem Zeitpunkt, als er wahrscheinlich schon entführt worden war. Auf jeden Fall war es am Abend des Tages gewesen, an dem er unentschuldigt der Arbeit ferngeblieben war. Was noch nie vorgekommen war.

Dann war da Radebergers Autoschlüssel, der verschwunden war, obwohl er irgendwann zwischen Freitagabend und seiner Entführung sein Auto vom Krankenhausparkplatz nach Hause gefahren hatte. Es war natürlich möglich, dass er den Schlüssel bei sich gehabt hatte, als er entführt worden war. Doch wieso? Wann hatte die Entführung stattgefunden? Das war auch noch eine der offenen Fragen.

Hellkamp dachte nach. Was, wenn er entführt worden war, als er vor der Haustür in sein Auto einsteigen wollte? Aber hätte dann nicht irgendjemand etwas sehen müssen? Oder als er das Auto vom Krankenhaus hatte holen wollen? Aber wieso sollte sich dann jemand die Mühe gemacht haben, das Auto zu ihm nach Hause zu fahren?

Dafür konnte es nur eine Erklärung geben. Der Entführer wollte, dass es zunächst so aussah, als sei alles normal, alles wie immer. Zumindest bis die Pappschachteln in der Klinik auftauchten.

Das war der nächste Punkt: dass Lejeune auf den Überwachungsvideos keinen Verdächtigen gefunden hatte. Irgendjemand hatte diese Schachteln doch abgeliefert. Zwei über Nacht, da wussten sie gar nicht genau, wann, eine am Freitagnachmittag, während des laufenden Betriebs. Das war vielleicht sogar schlauer gewesen, schließlich war das Krankenhaus am Nachmittag voller Mitarbeiter und Besucher, da konnte man leichter untertauchen. Wieso dann aber die zwei anderen Päckchen über Nacht?

Wollte der Täter sichergehen, dass sie auf eine bestimmte Art und Weise gefunden wurden?

Frau Nikolai. Sie war morgens die Erste in ihrem Büro, von den Reinigungskräften abgesehen, die die Schachteln ja offenbar gar nicht beachtet hatten. Hatte der Täter sie im Visier?

Vielleicht war sie es ja selbst? Hellkamp schüttelte den Kopf. Ja, genau. Das war natürlich Quatsch.

Wobei … wenn er genau darüber nachdachte, ergab einiges Sinn, wenn er annahm, dass … Aber das brachte ihn nicht weiter. Was war denn mit Dr. Voinow Mladenow? Hatte Frau Nikolai nicht so eine Andeutung gemacht, dass er mit dem Professor Krach gehabt hatte? Hellkamp konnte sich nicht genau erinnern. Er blätterte in seinem Notizbuch zum Gespräch mit der Sekretärin, aber da fand er nichts in diese Richtung. Beim Gespräch mit dem Oberarzt selbst hatte er nicht viele Notizen gemacht. Immerhin stand dort, dass seine Frau gestorben war. Mit dem Professor hatte das allerdings nichts zu tun. Angeblich. Das hatten sie eigentlich noch überprüfen wollen – es konnte ja sein, dass er sie angeschwindelt hatte. Wobei der Doktor sicherlich wusste oder zumindest einschätzen konnte, wie viel sie von dem, was er ihnen erzählte, überprüfen konnten. Da war Hellkamp sich ziemlich sicher.

Allerdings war es schon ein ziemlich großer Zufall, dass ein Bulgare in Radebergers unmittelbarer Nähe arbeitete, während er Kontakte zur bulgarischen Organmafia hatte. Der noch dazu in unmittelbarer Nähe des Fundorts der Leiche wohnte. Vielleicht war das der springende Punkt – dass Voinow Mladenow ebenfalls zur Mafia gehörte? Und dass der Täter das wusste? Es konnte doch sein, dass der Bulgare den Kontakt zur illegalen Organ-Szene überhaupt erst hergestellt hatte. Denn wie kam ein deutscher Arzt, sogar ein Chefarzt, sonst mit solchen Kriminellen in Kontakt? Sprach man ihn einfach so an, im Urlaub?

Ein weiteres Detail, das ihnen vollkommen unklar war. Aber mit etwas Glück erfuhr Brook gerade am eigenen Leib, in der Rolle eines deutschen Arztes in Sofia, wie ein solcher Kontakt zustande kam.

26

Brook saß schon seit drei Stunden in der Hotelhalle, mit einem Buch, das er nicht sonderlich spannend fand, und einer deutschen Zeitung, deren interessante Rubriken er mittlerweile ausgelesen hatte. Er wartete, ob etwas passieren würde. Brook hatte dem Portier noch einmal klargemacht, dass sie Ärzte aus Deutschland seien, und falls sie jemand kontaktieren wollte oder nach Radeberger fragte: Sie seien hier und gesprächsbereit.

Der Portier hatte etwas befremdlich reagiert, aber Brook war sich sicher, dass dies eine gute Strategie war. Wenn Radeberger immer hier abgestiegen war, dann gab es sicherlich irgendeine Art von Verbindung des Organisierten Verbrechens zum Haus hier. Und vielleicht sprach sich ihre Anwesenheit dann schneller herum, als sie dachten.

Immerhin musste er nicht auch noch Lejeunes Anblick ertragen. Er hatte ihn in die Stadt geschickt, damit er herausfand, ob es hier in Sofia oder sonst wo in Bulgarien einen Atanas Sakaliew Dimitrow gab und wenn ja, wo. Brook hätte keine Ahnung gehabt, wo er da anfangen sollte. Beim Einwohnermeldeamt? Gab es so etwas hier? Das sicherlich, aber wie hieß es, und wo fand man es? So etwas stand sicherlich nicht im Reiseführer. Umso gespannter war er, ob Lejeune etwas herausfand. Immerhin wollte er es nach eigenem Bekunden mit vierzig Jahren bis zum Polizeipräsidenten geschafft haben. Da konnte man schon einmal ein bisschen Einsatz verlangen.

Brook nahm wieder sein Abendblatt und schlug es mit einem Seufzer auf. Den Sportteil hatte er noch nicht gelesen. Der interessierte ihn auch nicht. HSV, St. Pauli, das war ihm alles ziemlich egal. Er musste an einen Fall denken, bei dem ein Mann und seine Ehefrau einander schwer verletzt hatten, weil sie sich um ein Fußballspiel gestritten hatten. St. Pauli war damals in der Ersten Liga und hatte gegen den HSV ganz knapp verloren. Das war schon über zehn Jahre her. Im Winter war es gewesen, das wusste Brook noch, denn die Frau hatte dem Mann im Streit einen Schürhaken vom Kamin in den

Oberschenkel gerammt. Der Mann hatte die Frau am Ende vom Balkon geworfen. Zum Glück wohnten sie in einem Einfamilienhaus, und der Balkon war im ersten Stock. Trotzdem hatte der Sturz schlimme Folgen gehabt. Er versuchte, sich daran zu erinnern, was das Ende vom Lied gewesen war. Querschnittsgelähmt? Er wusste es nicht mehr. Ob er sich auch einen Wirbel angebrochen hatte? Dass sein Steißbein immer noch wehtat, war doch nicht normal.

Eine junge Frau betrat das Hotel. Brook beobachtete sie über seine Zeitung hinweg. Ob hier alle Frauen so herumliefen? Es war ein wenig klischeehaft, fand Brook – kurzer Rock, halbhohe Stiefel. Das Gesicht stark geschminkt. Sie ging zum Portier und unterhielt sich mit ihm. Zwischendrin, so bemerkte Brook, nickte der Portier ein paarmal in seine Richtung. Sollte die Warterei tatsächlich ein Ende haben?

Die Frau kam lächelnd auf ihn zu und setzte sich an seinen Tisch. Brook schätzte sie auf höchstens Mitte zwanzig, auch wenn ihr Make-up sie älter machte. Er hatte die Situation mehrmals im Kopf durchgespielt – aber immer war die Kontaktperson der Organmafia ein wild blickender Mann mit dunklen Augen und Stoppelbart gewesen. Auch er konnte sich nicht von seinen Stereotypen frei machen.

»*Hello*«, begrüßte sie ihn.

»*Hello?*«, gab er zurück.

»*You Professor Brook? Germany?*«

»*Yes. And you are?*«

»*Какво?*«

»*Your name?*«

»*Ah! Rumjana. Do you have light?*« Sie zog eine Schachtel Zigaretten aus der Tasche. Tatsächlich standen auf ein paar der anderen Tische Aschenbecher. Offenbar nahm man es hier mit dem Nichtraucherschutz nicht so genau.

Brook stutzte. Was, wenn das ein Code war? So eine Phrase, auf die er, als Teil der Verbrechervereinigung, auf eine bestimmte Art und Weise zu antworten hatte?

»*Sorry, I don't*«, sagte er wahrheitsgemäß.

»*Is okay.*« Sie holte selbst ein Feuerzeug aus der Tasche.

Also doch ein Code? Denn Feuer hatte sie ja selbst. Aber vielleicht hatte er instinktiv – beziehungsweise zufällig – die richtige Antwort geliefert. Für einen Arzt war das ja eigentlich auch die passende.

Die Frau grinste ihn breit an, während sie einen Zug von ihrer Zigarette nahm. Ansonsten sagte sie nichts.

»*You want to go to room, have fun? Just fifty Euro.*«

Endlich fiel bei Brook der Groschen. Er hätte aber auch früher darauf kommen können, dass das Mädchen eine Prostituierte war. Hotellobbys und -bars waren in Osteuropa der bevorzugte Umschlagplatz für körperliche Dienstleistungen, sozusagen.

Fünfzig Euro. Immerhin war das nur halb so teuer wie das verdammte Taxi.

»*For two hundred I stay all night with you, baby.*«

Brook winkte ab. »*Sorry, I am waiting for somebody.*«

»*Oh. No have fun?*«

Er schüttelte den Kopf.

Die Frau machte ein enttäuschtes Gesicht. »*Who you wait for?*«

Die Frage überraschte Brook. Was ging sie das an? Andererseits, vielleicht kannte sie Radebergers Kontaktmann ja? Er war in Sachen Prostitution im Ostblock nicht allzu bewandert, aber sicherlich gab es hier genauso viele Verbindungen zur Organisierten Kriminalität wie in Westeuropa. Und wer sagte denn, dass ihr Atanas nicht in mehreren schmutzigen Geschäften seine Finger hatte?

Brook ließ die Zeitung sinken und beugte sich in ihre Richtung. »*Atanas Dimitrow*«, sagte er langsam und achtete dabei auf das Gesicht der jungen Frau.

Sofort weiteten sich ihre Augen. Volltreffer. Sie kannte den Mann.

»*Atanas Dimitrow?*«, fragte sie aufgeregt. »*You meet him?*«

»*Do you know him?*«, fragte Brook zurück.

»*Of course, everybody know! He famous football player!*«

Brook schloss die Augen. Scheiße, schon wieder war er in die Falle mit den zwei Nachnamen getappt. »*Sorry, no. I am looking for Atanas Sakaliew Dimitrow, not the football player.*«

Enttäuschung machte sich auf dem Gesicht des Mädchens

breit, das offenbar einen Moment lang hatte hoffen können, dass in ihrem wahrscheinlich nicht allzu rosigen Leben etwas Positives, Aufregendes geschah.

Als die junge Frau wieder fort war, ging das Warten weiter. Erst als es draußen dunkel wurde, kam Lejeune zurück.

27

Den Donnerstagvormittag verbrachte Hellkamp in der Klinik Dulsberg, wo er das Büro von Professor Radeberger ein letztes Mal untersuchte, allerdings ohne irgendetwas zu finden, was sie weiterbrachte. Gegen vierzehn Uhr fuhr er ins PK 37 zurück und ging in die Kantine. Beim Essen dachte er weiter über den Fall nach, und ihm fiel ein Aspekt ein, dem er gar nicht weiter nachgegangen war. Bei den amerikanischen Filmen hieß es ja immer so schön *»follow the money«*, und Anfang der Woche hatte er Brook versprochen, Radebergers Konten zu überprüfen.

Als er in sein Büro zurückgekehrt war, kam er jedoch nicht dazu. Das Display des Telefons kündete von fünf Anrufen in Abwesenheit. Eine Berliner Nummer, die Hellkamp gar nichts sagte. Bevor er aber zurückrufen konnte, klingelte das Telefon.

Am anderen Ende der Leitung war ein Mann, der sagte, er habe schon mehrfach versucht anzurufen, und sein Name sei Bojadschiew Bakardschiew. Hellkamp verstand zunächst irgendetwas mit »Bacardi« und war leicht verwirrt, aber es stellte sich schnell heraus, dass der Anrufer Bulgare war, und zwar Übersetzer für slawische Sprachen.

»Ein Kollege hat mir von Ihrem Fall erzählt. Er ist Dolmetscher, er hat für Sie diese Mitteilungen übersetzt, die in Schachteln waren.«

Hellkamp staunte. Das klappte ja gut mit der Geheimhaltung. Er machte sich eine dahingehende Notiz. »Und Sie haben auch etwas beizusteuern? Hat er etwas falsch übersetzt?«

»Nein, nein. Ich habe die Texte übersetzt.«

»Wie bitte?«

»Na, ich war das, ich habe die Texte übersetzt.«

»Verstehe ich nicht. Das war doch Ihr Kollege, da war ich persönlich mit dabei. Haben Sie ihm geholfen, oder —«

»Entschuldigen Sie, Herr Kommissar, das ist ein Missverständnis. Ich habe diese Texte aus der deutschen Sprache in die bulgarische übersetzt.«

Es dauerte ein paar Augenblicke, bis Hellkamp die Tragweite dieser Aussage bewusst wurde.

»Sind Sie noch dran?«, fragte der Anrufer.
»Ja, natürlich. Entschuldigung. Sie haben diese Texte vom Deutschen ins Bulgarische übersetzt? Alle drei?«
»Ja.«
»Kam Ihnen das nicht seltsam vor, also inhaltlich, meine ich?«
»Nein, der Kunde sagte, er sei Schriftsteller und bräuchte diese Sätze für sein Buch.«
»Aha.«
»Ich habe hier vor mir auf dem Rechner die Anfrage. Ich sehe gerade darauf.«
»Die Anfrage?«
»Ja, zur Übersetzung. Ich habe damals eine E-Mail bekommen mit der Bitte, diese Sätze zu übersetzen. Das war schon im Februar.«
»Können Sie mir die rüberschicken? Beziehungsweise weiterleiten, mit Anhang?«
Zehn Sekunden später war die E-Mail schon in Hellkamps Postfach. Er überflog sie kurz und öffnete den Anhang. Das Word-Dokument enthielt nur drei Sätze:

Dieses war der erste Streich, und der zweite folgt sogleich.
Der Professor hat mein Leben kaputt gemacht, und jetzt mache ich seins kaputt.
Der Professor teilt das Schicksal meiner Frau.

Dann sah er sich die E-Mail selbst an. Auftraggeber war ein gewisser Volker Schmidt mit einer Hotmail-Adresse. Eine Postadresse hatte er auch angegeben, in Wuppertal.
»Und das haben Sie dann übersetzt?«
»Ja.«
»Den genauen Wortlaut wusste Ihr Kollege aber sicherlich nicht mehr, oder?«
»Na ja, ungefähr.«
»Sagen Sie, haben Sie ein Fax?«
»Ja, habe ich.«
»Ich kann so schlecht die bulgarischen Buchstaben in die Mail eintippen, ich faxe Ihnen mal eben die Sätze rüber, dann wissen wir ganz genau, ob das alles hinhaut.«

Der Übersetzer war einverstanden, Hellkamp kopierte die bulgarischen Texte, faxte sie zum Übersetzer, und zwei Minuten später war klar: Der Mann, der die Schachteln in Radebergers Büro gebracht hatte, war mit Sicherheit *kein* Bulgare.

Hellkamp telefonierte noch einmal mit Bojadschiew Bakardschiew und musste feststellen, dass die Spur hier leider auch wieder endete.

Der Übersetzer erzählte, dass er auf seiner Rechnung von fünfzehn Euro plus Mehrwertsteuer sitzen geblieben war. Der Auftraggeber, der angebliche Volker Schmidt, hatte seine Leistung erhalten, aber er hatte sie nicht bezahlt. E-Mails an seine Absenderadresse bei Hotmail erbrachten nur Fehlermeldungen, eine schriftliche Mahnung war mit dem Vermerk, der Empfänger sei unter der angegebenen Anschrift nicht zu ermitteln, zurückgekommen. Volker Schmidt war sicherlich ein Pseudonym. Und kein allzu geschicktes, wie Hellkamp fand.

Nach dem Gespräch versuchte Hellkamp, die neuen Erkenntnisse in das Schema einzubauen, das sie bisher vom Fall Radeberger konstruiert hatten, aber es wollte ihm nicht gelingen. Am besten war es wohl, wenn er erst einmal Brook informierte.

28

»Wie, was? Übersetzt? Na klar wurden die übersetzt. ... Sagen Sie das noch einmal. ... Das gibt es doch nicht.«

Als Brook sein Handy endlich wieder zusammenklappte, sah ihn Lejeune bereits voller Ungeduld an, sagte aber keinen Ton. Brook seufzte. Wenn er etwas von ihm wollte, konnte er es ihm doch sagen. Immer dieses Getue. Das gehörte auch zu diesem unterwürfigen Gehabe. Das stand ihm echt bis hier.

Er beschloss, Lejeune einfach zu ignorieren, und der schien das zu akzeptieren, was Brook *noch* wütender machte. »Möchten Sie etwas sagen?«

»Entschuldigen Sie, Herr Professor, wenn es keine Umstände macht, vielleicht sollte ich auch wissen, was Herr ... Dr. Hellkamp gesagt hat. Das war er doch, oder?«

Brook nickte. »Das erzähle ich Ihnen später. Wollen wir einen kleinen Spaziergang machen?«

Sie verließen das Hotel und gingen die Straße hinunter in Richtung der großen Plattenbauten, hinter denen bald die Sonne untergehen würde. Noch tauchte sie die Straße in ein warmes gelbes Licht. Außer ihnen war kein Mensch unterwegs, und Brook erzählte Lejeune von Hellkamps Entdeckung.

Lejeune staunte. »Und was bedeutet das für uns?«

»Tja.« Brook zuckte die Achseln. »Wenn der Täter Deutscher ist, dann ist anzunehmen, dass seine Frau ebenfalls Deutsche war und die Spur gar nicht nach Sofia führt.«

Lejeune nickte. »Sie meinen, die bulgarische Organmafia könnte genauso in Deutschland tätig sein, wenn sie schon mit deutschen Ärzten zusammenarbeitet?«

»Genau. Denkbar ist das zumindest.«

»Dann befindet sich Atanas Sakaliew Dimitrow ja vielleicht gar nicht hier in Sofia. Sondern in Hamburg.«

»Na gut, nicht unbedingt in Hamburg«, wandte Brook ein, »vielleicht auch in Berlin oder so. Aber das verrät uns ja immer noch nicht, warum der Täter diese Botschaften unbedingt auf Bulgarisch hinterlassen wollte.«

»Ein Hinweis auf die bulgarischen Organhändler, würde ich

tippen. Denn dass Radeberger mit denen unter einer Decke steckt, ist doch ziemlich klar, oder?«

Sie gingen noch ein Stück weiter, diskutierten und fassten die Ermittlungsergebnisse für sich zusammen, kamen aber zu keinem Ergebnis. Und als Brook schon fast umdrehen wollte, standen auf einmal vier Männer vor ihnen, die wie aus dem Nichts aufgetaucht waren.

»*Ей, ченге!*«, sagte einer der Männer, die Brook finster anblickten. Brook hatte keine Ahnung, was das hieß, aber es klang alles andere als freundlich. »*Иди си вкъщи, където ти е мястото!*«

Brook sah noch, wie eine der zwei weiter hinten stehenden Gestalten Lejeune wegschubste, der hintenüber aufs Gras fiel. Dann blitzte etwas, und er erkannte, dass der Mann, der vor ihm stand, einen Schlagring angelegt hatte. Die Erkenntnis dauerte nur eine Millisekunde, da kam die Faust schon angesaust, und um Brook wurde alles schwarz.

Er hatte ein leises Piepen im Ohr, als er wieder zu sich kam. Zu seinem großen Erstaunen beugte sich Lejeune über ihn, eine Pistole in der Hand.

»Donnerwetter, Lejeune! Wo haben Sie die denn her?«

Lejeune saß auf den Knien, stützte seine Hände auf die Schenkel und atmete schwer.

»Die hier?« Er zog die Pistole wieder aus dem Hosenbund und reichte sie Brook.

Sie fühlte sich erstaunlich leicht an.

»Aus einem Spielzeugladen in der Stadt. Ich dachte mir, so ganz unbewaffnet gegen die Mafia ...« Lejeune grinste. »Auf jeden Fall sind die ganz schnell abgehauen, als sie die Knarre gesehen haben.«

Jetzt musste auch Brook schmunzeln. »Das hätte ich Ihnen gar nicht ... Danke, Lejeune.«

Er nahm das Stofftaschentuch, das Lejeune ihm hinhielt, und drückte es an seine Schläfe. Ein kurzer Schmerz, die Wunde war tiefer, als er gedacht hatte. Jetzt bloß nicht ins Krankenhaus müssen. Bloß nichts nähen lassen.

»Ich glaube nicht, dass das genäht werden muss«, sagte Lejeune. »Das wird schon gleich aufhören.«

Konnte der Kerl Gedanken lesen? Brook wollte schon zu einer gehässigen Antwort ansetzen, aber er verkniff es sich. Immerhin hatte Lejeune ihm vielleicht gerade das Leben gerettet.

Lejeune setzte sich neben ihn und lehnte sich an die kühle Häuserwand. Nach ein paar Sekunden der Stille sah er Brook an und fragte ihn mit fester Stimme: »Warum mögen Sie mich nicht, Brook?«

Brook sah ihn überrascht an. Dann schüttelte er den Kopf und schloss die Augen. Auch das noch.

»Brook!« Lejeune stieß ihm mit dem Ellbogen in die Seite. »Beantworten Sie meine Frage.«

Brook atmete laut und tief ein und aus, ohne die Augen zu öffnen. »Vielleicht weil Sie so dämliche Fragen stellen. Wie jetzt gerade.«

»Verdammte Scheiße, Brook!«

Brook sah Lejeune überrascht an. Der war aufgesprungen und sah so wütend aus, wie er ihn noch nie gesehen hatte.

»Was soll ich denn machen? Sie behandeln mich immer wie einen Zehnjährigen, auch vor anderen Kollegen. Sie schneiden mir das Wort ab, nehmen mich überhaupt nicht ernst, und Sie reden schlecht über mich. Hinter meinem Rücken.«

Der Hauptkommissar rappelte sich auf. Verwundert stellte er fest, dass Lejeune und er gleich groß waren. Er hatte immer das Gefühl, dass Lejeune einen halben Kopf kleiner war als er. Oder sollte er durch seinen Gefühlsausbruch fünfzehn Zentimeter gewachsen sein? Brook staunte einen Moment lang über seinen seltsamen Gedanken.

Gleichzeitig kochte die Wut in ihm hoch. Er war eben noch zusammengeschlagen worden, und jetzt musste er sich von Lejeune maßregeln lassen? Ausgerechnet von dem? »Hören Sie mal zu«, fauchte er seinen jungen Kollegen an. »Ich bin wirklich nicht —«

»Nein, jetzt hören Sie mir mal zu«, fiel Lejeune ihm ins Wort. Seine Augen blitzten. »Mensch, Brook, meinen Sie, mir macht das Spaß, dass Sie ständig auf mich runtergucken? Ihre Sticheleien immer? Dass Sie glauben, ich kann nix und tu nix? Verdammt noch mal! Wie soll ich mich denn verhalten, dass Ihnen das passt?«

Brook blickte ihn mit großen Augen an. »Na«, sagte er nach kurzer Pause, »das ist doch schon mal ein Anfang.«

»*Was* ist ein Anfang?« Lejeune wischte sich mit dem Ärmel etwas Speichel vom Mundwinkel.

»Dass Sie mal aus sich rauskommen, Lejeune. Sie sind immer so steif, als hätten Sie 'nen Stock im Arsch. Sehen Sie, genau den Blick jetzt, den hab ich erwartet. Man traut sich ja kaum, seine Meinung zu sagen, weil man sofort erwartet, dass Sie darauf schnippisch reagieren mit Ihren Fremdwörtern und Zitaten und dem ganzen Schnickschnack. Sie tun immer so vornehm.«

Lejeune machte große Augen. »Ich, vornehm?«

»Na klar, jedermann weiß, dass Sie Polizeipräsident werden wollen, bevor Sie vierzig sind.«

»Hä? Moment mal, was ist denn das für 'n Quatsch?« Er sah ehrlich erstaunt aus.

»Stimmt das etwa nicht?«

»Nee, ja, ich mein, keine Ahnung. Nicht wirklich. Und wenn, würde ich das sicher nicht rumtratschen. Ich will doch nur meine Arbeit machen. Wer hat denn das gesagt?«

Brook zuckte die Schultern. »Weiß nicht, alle. Das ist halt so was, das weiß man eben über Sie.«

Lejeune blieb stumm. Was Brook gesagt hatte, schien ihn zu beschäftigen.

»Kommen Sie, wir verschwinden hier.« Brook war kurz davor, Lejeune auf die Schulter zu klopfen, hielt aber inne und verkniff es sich. Das dann nun doch nicht, zumindest nicht so schnell. Sie erhoben sich und gingen in Richtung Hotel zurück. Dass diese Kerle wiederkamen, vielleicht sogar mit Verstärkung, konnten sie nicht riskieren. Die hatten vielleicht sogar *echte* Schusswaffen.

»Meinen Sie, das waren eben welche von der Organmafia, Brook?«

Brook, der immer noch das Taschentuch auf die brennende Wunde presste, machte einen Laut, der Unentschlossenheit ausdrücken sollte. Eine gute Frage. »Ich glaube nicht«, sagte er schließlich. »Warum hätten die uns dann angreifen sollen? Ich glaube, das waren einfach irgendwelche Vorstadtrüpel. Oder sie hatten was mit der Prostituierten zu tun, die gestern im Hotel war.«

»Mit der ... Prostituierten?«

»Ja, da war gestern eine im Foyer, da dachte ich erst, die hat was mit Radeberger zu tun. War aber nicht.«

»Und jetzt, rufen wir die Polizei? Hätte ich ja fast gemacht mit dem Handy, aber ich wusste die Nummer nicht.«

»Na, Gott sei Dank!«, entfuhr es Brook. »Noch mehr Ärger brauche ich hier nicht. Außerdem, wer weiß, ob uns der Fall nicht doch noch einmal hierherführt.«

Zurück im Hotel, beschloss Brook, so schnell wie möglich abzureisen. Er beauftragte Lejeune, ihre Tickets umzubuchen, falls am Abend noch ein Flug ging.

Dank seines Laptops wurde Lejeune schnell fündig: Am Nachmittag ging tatsächlich noch ein Flug, um zwanzig nach fünf, Zwischenstopp in Paris, Ankunft in Fuhlsbüttel um zweiundzwanzig Uhr. Um den zu kriegen, mussten sie aber spätestens in einer halben Stunde los. Und es war eine andere Fluglinie. Umbuchen ging also nicht, und es wurde teurer.

Aber das war Brook egal. Wenn er tätlich angegriffen wurde, verstand er keinen Spaß. Ihn ärgerte schon genug, dass er diese Leute nicht zur Rechenschaft ziehen konnte.

So oder so war Sofia für ihn zumindest fürs Erste gegessen. Atanas Sakaliew Dimitrow würden sie auf diese Weise nicht finden, und im Licht der neuen Erkenntnisse war zweifelhaft, ob sie das überhaupt mussten.

»Buchen Sie, Lejeune. Und dann sagen Sie an der Rezeption Bescheid, dass wir sofort ein Taxi brauchen. Und diesmal möglichst eins, das keine neunzig Euro kostet.«

29

Wer spät kommt, kann auch früh Feierabend machen. Vor allem, wenn der Chef nicht da ist. So hatte Hellkamp sich das zumindest vorgestellt, als er um halb fünf den Rechner herunterfuhr. Doch er hatte seine Rechnung ohne den Besucher gemacht, der in der Tür stand, als er gerade seine Jacke nehmen wollte.

Der Mann sagte, er wolle eigentlich zu Hauptkommissar Brook, und Hellkamp war erleichtert, dass er ihn einfach würde wegschicken können. Als er sich aber als Hans-Peter Matthiesen von der Morgenpost vorstellte und sagte, er habe Informationen im Fall Radeberger, rückte der Feierabend erst einmal wieder in die Ferne.

Matthiesen war zunächst skeptisch und bestand darauf, mit Brook persönlich zu sprechen, da er sich für irgendetwas entschuldigen wollte. Aber er ließ sich dann doch schnell davon überzeugen, dass Brook erst am Freitag wiederkäme, und wenn er wichtige Angaben zu machen hätte, wäre er bei Hellkamp an der richtigen Adresse.

Zu Hellkamps Erstaunen holte Matthiesen eine Mappe aus seiner Aktentasche, die die Farbkopie eines Morgenpost-Artikels enthielt.

»Wir haben einen Kollegen«, erklärte der Journalist, »Frank Dreimelder heißt der, der hat ein phänomenales Gedächtnis. Wirklich unglaublich. Der erinnert sich an Sachen ... Wenn das mal bei uns in der Zeitung stand, dann weiß er es. Leider ist er nicht so gut, was Zahlen angeht beziehungsweise Daten. Aber wir haben uns über diese Radeberger-Geschichte unterhalten, und da ist ihm eingefallen, dass da schon mal was bei uns in der Zeitung stand. Und das hab ich dann gesucht und tatsächlich auch gefunden. Hab ich Ihnen mitgebracht. Sie haben den Täter doch wahrscheinlich noch nicht, oder?«

Hellkamp antwortete nicht gleich, und Matthiesen hob abwehrend die Hände: »Nein, nein, Entschuldigung, ich weiß, Journalistenneugier, aber Sie sollen natürlich keine Geheimnisse ausplaudern. Los, hier ist der Artikel, vielleicht nützt er Ihnen ja etwas, ich muss dringend zurück in die Redaktion.«

Als Matthiesen fort war, nahm sich Hellkamp den Zeitungsartikel vor. Die Meldung war vom März 2003 und nahm die halbe Zeitungsseite ein. Die Schlagzeile bestand aus großen roten Buchstaben: »Hamburger Oberarzt im Visier der Staatsanwaltschaft.« Darunter stand, ein wenig kleiner: »Hat Dr. Jürgen R. einem Koma-Patienten illegal Organe entnommen?«

Die Schlagzeile lief über die ganze Seite und auch über ein Foto, das eine mittelalte Frau mit brünetter Dauerwelle zeigte, mit schwarzem Balken über den Augen. Die Frau hielt ein gerahmtes Foto eines Mannes in die Kamera. Auf ihrer dunklen Bluse war in weißen Buchstaben zu lesen, wen das Foto zeigte: »Jutta K. (43) klagt an: ›Dr. R. hat meinen Mann umgebracht!‹«

Hellkamp stutzte. Irgendetwas störte ihn an dem Foto. Er sah es sich noch einmal an, kam aber nicht darauf. Stattdessen las er sich den Artikel durch.

Jutta K. aus Tonndorf ist verzweifelt. Ihr Mann Gerhard, der Anfang Januar bei einem schweren Verkehrsunfall nahe Studio Hamburg verunglückt ist (wir berichteten), ist vergangene Woche im Krankenhaus Dulsberg seinen Verletzungen erlegen. Seit dem Unfall lag er im Koma. Jetzt erhebt seine Witwe schwere Vorwürfe gegen Oberarzt Dr. Jürgen R. – wegen Organdiebstahls: »Der Arzt hat ihn für hirntot erklärt, um ihm seine Organe zu stehlen. Dabei hatte mein Mann gar keinen Organspendeausweis.« Auf Anfrage der Morgenpost bestätigte das AK Dulsberg, dass K. eine Niere entnommen worden ist und einem anderen Patienten im UKE eingesetzt wurde. Die Klinikleitung weist alle Vorwürfe zurück. Nun wird sich wohl die Staatsanwaltschaft mit dem Fall beschäftigen müssen, denn Jutta K. will Klage einreichen. »Auf Totschlag oder sogar Mord«, sagt die resolute Mittvierzigerin. Dr. R. war leider zu keiner Stellungnahme bereit.

Leider entsprach die Meldung in mehrerer Hinsicht nicht dem, was sie suchten. Eine Frau, die ihren Mann verloren hatte, statt andersherum. Und um Bulgaren ging es offenbar auch nicht.

Hellkamp holte sich einen Kaffee. Auch in der Teeküche ging

ihm das, was er gerade gelesen hatte, nicht aus dem Kopf. Eine verstörende Geschichte. Aber die Meldung selbst war es nicht, die ihn beunruhigte. Es war das Foto.

Was störte ihn bloß an diesem Bild?

Er kehrte in sein Büro zurück und starrte das Foto an. Die Frau mit dem schwarzen Balken über den Augen.

Vielleicht war es weniger, dass ihn etwas störte, sondern dass er sich an etwas erinnert fühlte? Diese Dauerwelle … Fast anachronistisch wirkte das Bild, als sei es nicht zehn, sondern eher dreißig Jahre alt. Achtziger, so in der Art. Die Bluse, die die Frau trug, sah auch so aus, als stammte sie aus einer anderen Zeit. Altbacken. Das war das richtige Wort. Dank des Balkens war das Gesicht natürlich nur teilweise zu erkennen. Doch irgendetwas kam ihm bekannt vor.

Jutta K. War es doch der Name? Jutta. Hatte er einmal etwas mit einer Jutta gehabt? Bestimmt nicht mit einer, die fast zehn Jahre älter war als er und sich die Haare mit einer Dauerwelle verschandelte, die an Minipli grenzte.

Es musste doch irgendetwas mit dem Krankenhaus zu tun haben. Das war die einzig logische Erklärung. Aber er war vor Beginn der Ermittlungen noch nie dort gewesen.

Und da kam ihm der Gedanke, die Erkenntnis, und sie traf ihn wie ein Blitzschlag.

Er kannte die Frau auf dem Foto, sehr gut sogar. Sie hieß Jutta mit Vornamen, nur der Nachname begann nicht – beziehungsweise offenbar nicht mehr – mit K, sondern mit N.

Die Frau auf dem Foto war niemand anderes als Radebergers Sekretärin.

Frau Nikolai.

30

Als Brook und Lejeune mit Ihren Koffern an der Rezeption erschienen, stand dahinter nicht der junge Mann, den sie schon kannten, sondern ein älterer Herr mit vollem weißen Haar und dicker, schwarzrandiger Brille.

»Taxi kommt gleich, die Herren.«

»Danke sehr«, erwiderte Brook. Das war wohl der Chefportier, den sein junger Kollege erwähnt hatte. Der, der Deutsch sprach. Auch wenn sie gleich losmussten, er musste Radeberger kennen, und ein paar Fragen musste er ihm noch stellen. Wenigstens pro forma.

»Entschuldigen Sie«, begann Brook, »Professor Radeberger. Erinnern Sie sich an den?«

»Wie bitte?« Der alte Mann sah Brook zerstreut an.

»Herr Brook, das Taxi ist da«, redete Lejeune dazwischen.

Brook fuchtelte genervt in Richtung Lejeune. »Still jetzt, Menschenskinder noch mal!« Dann wandte er sich wieder an den Portier. »Professor Radeberger. Er war im April zu Besuch bei Ihnen und vergangenen November.«

Der Mann lächelte. »Ah, Professor Radeberger. Ja, ich weiß.«

»War er hier mit jemandem zusammen?«

»Sie meinen, mit seiner Frau?«

»Nein, ob er sich … Moment mal, eine Frau? Was denn für eine Frau?«

Lejeune trat nervös von einem Bein aufs andere. »Herr Hauptkommissar, ich will nicht drängeln, aber wir müssen unseren Flug erwischen.«

»Schon gut.« Von draußen hörte man das Taxi hupen.

Brook wandte sich noch einmal zum Portier. »Können Sie mir diese Frau Radeberger beschreiben?«

Der zuckte die Achseln. »Ich weiß nicht … habe sie nur ein paarmal im Vorbeigehen gesehen. Bei Schlüssel Abholen. Und bei Bezahlen.«

»Aber Sie können sich doch sicherlich daran erinnern, wie sie aussah.«

»Ja, ja. Mittelgroß, vielleicht fünfzig Jahre. Dunkle Haare.«

»Haben Sie sie denn immer mit Herrn Radeberger zusammen gesehen oder auch allein?«

»Nein, nein. Herrn Radeberger ich habe nicht gesehen. Nur Frau.«

Brook staunte. »Nur die Frau?«

»Ja.« Der Portier lächelte freundlich.

»Moment. Das war jetzt im April? Und wie war das im November, da war Radeberger doch auch hier?«

»Ja. Da war das Gleiche. Ich habe nur die Frau gesehen.«

Es hatte keinen Zweck, sie mussten los. Brook hatte auch Zweifel daran, dass die Tatsache, dass Radeberger in Begleitung gewesen war, sie hier weiterbrachte. Vielleicht hatte er sich hier auch irgendwo nur eine Prostituierte besorgt. Aber ließ man die das Zimmer bezahlen? Wie auch immer, darüber konnten sie später noch nachdenken.

Im Taxi hatte Lejeune eine Idee. »Wie wäre es denn, Herr Hauptkommissar, nur mal so ganz hypothetisch –«

»Sie schwafeln schon wieder, Lejeune. Raus mit der Sprache.«

»Ich dachte nur … Vielleicht hat sich Professor Radeberger als Frau verkleidet? Wenn er hier war, um nicht aufzufallen?«

»Meinen Sie das ernst?«

»Warum nicht?« Lejeune war sichtlich begeistert von seiner Idee. »Kann doch sein, dass das sein Fetisch war oder so was.«

Brook sah aus dem Fenster und nickte langsam. »Das würde immerhin die Aussage des Portiers erklären. Aber irgendwie –«

»Gerade weil es so abwegig klingt, könnte es doch stimmen.«

Brook winkte ab. »Trotzdem bringt uns das nichts.« Er schnaubte verächtlich. »Unser Ausflug nach Bulgarien hat letztlich nichts gebracht. Diesen Atanas haben wir nicht gefunden. Und auch sonst ist niemand auf uns zugekommen. Wahrscheinlich war das Ganze ohnehin eine Schnapsidee.«

»Aber aufregend war es trotzdem«, sagte Lejeune.

Brook lächelte.

31

Nachdem sich Hellkamp vom Schock seiner eigenen Erkenntnis erholt hatte, machte er sich eine Liste und versuchte, alle ihnen bekannten Fakten des Falls Radeberger noch einmal neu zu beleuchten.

Keine Organmafia. Keine Bulgaren. Alles falsche Spuren.

Nur eine tief verletzte Frau, die sich im Recht fühlte und als Opfer eines Verbrechens, während die Welt wegschaute.

Hellkamp musste an den Grundsatz von Sherlock Holmes denken: *Wenn man alles andere ausschließen kann, ist das, was übrig bleibt, die Lösung – auch wenn sie unmöglich erscheint.*

Das wichtigste Wort dabei war »scheint«. Seine Schlussfolgerung *schien* eben auch nur unmöglich. Unmöglich im Wortsinn war sie nicht. Auf jeden Fall aber war diese Schlussfolgerung etwas, an das sie bisher nicht gedacht hatten. Auf das sie auch nie von allein gekommen wären.

Frau Nikolai, die Sekretärin des Chefarztes, war die Täterin.

Jutta Nikolai hatte Professor Radeberger am Freitag nicht zu ihm nach Hause gefahren, sondern zu sich. Dort hatte sie ihn eingesperrt, ihm die Organe entnommen und ihn schließlich ermordet. Den Wagen hatte sie selbst zu ihm nach Hause gefahren, um eine falsche Fährte zu legen – so musste die Polizei immerhin annehmen, dass er nach Freitagabend, als sie ihn angeblich abgesetzt hatte, das Auto noch selbst vom Krankenhaus abgeholt hatte.

Dass Montagabend bei Radeberger Licht gebrannt hatte, war wohl einfach eine Lüge.

Zugang zu einem Rollstuhl wie dem, mit dem die Leiche zum Fundort transportiert worden war, hatte sie in der Klinik sicherlich auch, ebenso zu Betäubungsmitteln. Und dass Frau Nikolai die dritte Schachtel ausgerechnet dann gefunden hatte, als er, Brook und Lejeune im Haus waren, war natürlich auch kein Zufall gewesen.

Die beste und einfachste Erklärung aber gab es dafür, dass niemand den Überbringer der Pappschachteln mit Auge, Niere und Herz gesehen hatte und dass auch keine anderen Fingerabdrücke daran gewesen waren als ihre eigenen – Jutta Nikolai hatte die Schachteln selbst mitgebracht.

Trotzdem musste sich doch noch einiges nachprüfen lassen. Es war zwar zehn Jahre her, aber es musste doch noch Unterlagen geben darüber, was dem Artikel in der Morgenpost zugrunde lag. Nicht zuletzt eine Strafanzeige.

Hellkamp setzte sich sofort ans Telefon, um die entsprechenden Unterlagen im Archiv anzufordern. Er wartete auf das Rattern des Fax, aber lediglich das Telefon klingelte, und man teilte ihm mit, dass es keinen solchen Eintrag gebe.

Das ließ nur zwei Schlüsse zu: Entweder hatte Jutta Nikolai – damals Jutta Kramer – Radeberger doch nicht angezeigt, oder Radeberger war noch viel einflussreicher, als sie dachten, und er hatte, nachdem die Klage abgewiesen worden war, alle Spuren der Anzeige beseitigen lassen, selbst im Archiv der Polizei und der Staatsanwaltschaft. Es konnte natürlich auch sein, dass der Klinik-Konzern die Finger im Spiel hatte; immerhin war Radeberger damals noch gar nicht Chefarzt gewesen, sondern nur Oberarzt.

Was konnte er noch über Frau Nikolai herausfinden? Vielleicht wusste ja der Kollege von der Morgenpost noch das eine oder andere Detail. Wie hatte er noch geheißen? Frank Dreimelder.

Versuchen konnte er es ja.

Er nahm das Telefon, wählte die Nummer der Zeitung und ließ sich weiterverbinden. Es klappte, Dreimelder war am Platz.

»Sie sind der Mann mit dem guten Gedächtnis?«

»Wer will'n das wissen?«

»Sorry, Kriminalkommissar Hellkamp, PK 37.«

»Ah, der Kollege von KHK Brook, nehme ich an. Ja, das bin ich wohl. Wie kann ich Ihnen helfen?«

»Der Artikel, an den Sie sich erinnert haben –«

»Oh, hat er Ihnen geholfen?«

»Das kann man wohl sagen. Ich wollte nur mal nachfragen, erinnern Sie sich noch an irgerndwelche Details zu den Personen? Besonders zu dieser Frau –«

»Frau Kramer meinen Sie?«

»Ja, genau.«

»Na ja, nicht viel. Aber ich weiß zum Beispiel noch, was sie von Beruf war.«

»Verwaltungsangestellte, oder nicht?«

Dreimelder lachte. »Wie kommen Sie denn darauf? Nee, Mann, also da liegen Sie komplett falsch.«

32

Als Brook und Lejeune in der Schlange vorm Schalter der Air France standen, klingelte Lejeunes Handy. »Oh, Herr Kommissar.« Er nahm das Telefon vom Ohr und raunte Brook zu: »Es ist Kommissar Hellkamp.« Dann horchte er wieder ins Handy. »Ja ... ja, Moment.« Er sah Brook an: »Für Sie.«

Brook nahm ihm das Gerät ab und blaffte hinein: »Was ist denn, wir sind hier kurz vorm Einchecken. ... Nein, das ist an.« Er holte sein Handy aus der Innentasche seines Mantels, starrte darauf, schüttelte es und klappte es auf. »Okay, Sie haben recht, es ist aus. Der Akku wahrscheinlich, keine Ahnung. Also, erzählen Sie.« Nach einer halben Minute änderte sich sein Gesichtsausdruck. Seine Augen weiteten sich. »Unglaublich. ... Doch, das passt sogar perfekt. Sie war nämlich hier. ... Doch, ganz genau. Ich bin ziemlich sicher. ... Ja, statt ihm, ganz genau. ... Falsche Fährte, denke ich mal. Wissen Sie was? Das prüfen wir gleich nach!«

Lejeune staunte nicht schlecht, als Brook ihn am Ärmel zog, aus der Menschenschlange heraus. »Los, zurück zum Hotel!« Mit seinem rumpelnden Rollkoffer mit der kaputten Rolle ging er voran in Richtung Ausgang.

Lejeune eilte hinterher. »Aber ... Herr Hauptkommissar, was hat Kommissar Hellkamp denn gesagt?«

»Er schickt mir gleich ein Foto, das kann Ihr komisches Smartphone ja wohl anzeigen, oder?«

»Ja sicher, aber ich verstehe nicht –«

»Erzähle ich Ihnen gleich. Jetzt besorgen Sie uns erst einmal ein Taxi. Und möglichst eines der offiziellen und kein so teures.«

Im Taxi kam erst eine SMS mit einem Foto. Lejeune öffnete es. Dann rief Hellkamp wieder an, und Brook nahm dem Kriminalmeister das Telefon aus der Hand.

Hellkamp erzählte Brook von seiner Entdeckung bei der Morgenpost, vom Artikel über Professor Radeberger und vom Foto einer Frau mit Namen Jutta, die aussah wie Frau Nikolai. Während er ihm den Artikel vorlas, bekam Brook ein flaues Gefühl in der Magengegend. Er ahnte: Das konnte der Durchbruch sein.

Aber Hellkamp hatte inzwischen noch mehr herausgefunden: »Also, der volle Name der Frau war Jutta Kramer, geborene Nikolai. Offenbar hat sie nach dem Tod ihres Mannes ihren Mädchennamen wieder angenommen. Aber das ist noch nicht alles. Raten Sie mal, was sie gelernt hat? Ich meine, was für eine Ausbildung sie hat?«

Brook schwieg.

»Ja, ja. Ich weiß schon, Sie wollen nicht raten. Also, halten Sie sich fest: Sie ist gelernte OP-Schwester.«

»Erstaunlich«, gab Brook zu. »Das heißt also, sie weiß, wie man einem Menschen Organe entnimmt.«

»Und ihn dann zumindest so weit wieder zusammenflickt, dass er nicht gleich den Löffel abgibt«, ergänzte Hellkamp.

»Und woher wissen Sie das?«

»Von der Morgenpost. Der Kollege, der damals den Bericht geschrieben hat, der hat ein phänomenales Gedächtnis. Der konnte sich an Details erinnern – er meinte, sie hätte da ständig drauf herumgeritten, mit der OP-Schwester, weil sie ganz genau wisse, wie es im OP zugeht und solche Sachen. Komisch ist nur, dass in unserem Archiv gar nichts über den Fall und über Jutta Nikolai zu finden ist. Bei der Staatsanwaltschaft auch nicht.«

»Dann hat sie den Professor also gar nicht angezeigt?«

»Entweder das, oder es hat jemand dafür gesorgt, dass die Einträge verschwinden. Vor Gericht gekommen ist der Fall auf jeden Fall nicht. Und in der Zeitung stand darüber auch nichts weiter.«

»Tatsache?«

»Ja, der Journalist bei der Morgenpost wusste noch, dass es Order von der Chefredaktion gab, den Fall nicht weiterzuverfolgen.«

»Scheint so, als hätte Radeberger einflussreiche Freunde gehabt.«

»Kann gut sein. Jetzt allerdings nicht mehr, nach dem zu urteilen, was die Morgenpost über ihn geschrieben hat.«

»Jaja«, sagte Brook unwirsch. »Haben Sie schon versucht, mit ihr Kontakt aufzunehmen? Sie ist doch immer noch beurlaubt, oder?«

»Davon gehe ich mal aus. Ich wollte erst einmal mit Ihnen sprechen. Haben Sie denn das Foto von Frau Nikolai schon dem Portier gezeigt?«

»Noch nicht, aber gleich, ich glaube, wir sind gleich da. Ich melde mich sofort wieder.«

Brook gab Lejeune das Smartphone zurück. Tatsächlich waren sie bereits in die Straße eingebogen, in der sich ihr Hotel befand.

»Rufen Sie noch einmal das Foto auf, das Hellkamp geschickt hat. Das brauchen wir gleich.«

Der Portier, der Deutsch konnte, stand immer noch hinter der Rezeption und staunte nicht schlecht, als er die beiden Polizisten sah.

Brook nahm Lejeune das Smartphone aus der Hand, ging auf den Portier zu und hielt es ihm unter die Nase. »Haben Sie diese Frau schon einmal gesehen?«

Der Mann hob seine Brille und schielte unter ihr her auf das Telefon. »Nein, tut mir leid.«

»Wirklich nicht?«

»Nein, es tut mir leid.«

Brook sah auf das Display. Dort strahlte ihn eine Frau an, aber es war nicht die von Hellkamps Foto. Diese war viel jünger und ausgesprochen hübsch. »Lejeune, was ist das denn?«, fauchte er seinen Kollegen an. »Das ist doch gar nicht das Richtige.«

Lejeune nahm das Telefon und seufzte. »Kein Wunder, Brook, das ist ja auch das Hintergrundbild. Das schaltet sich nach einer halben Minute automatisch ein.« Er demonstrierte Brook, wie man den Bildschirm entsperrte. »Das ist meine Freundin«, fügte er erklärend hinzu.

Nun war wieder das Foto zu sehen, das Brook hatte sehen wollen. »Hier«, sagte er zum Portier. »Haben Sie die schon mal gesehen?«

Er betrachtete das Bild. »Ich glaube ... Es könnte Frau Radeberger sein. Ich bin nicht sicher, aber –«

»Lassen Sie sich Zeit«, sagte Brook ungeduldig und gab dem alten Mann das Smartphone.

Der betrachtete es noch eine Weile. Dann nickte er. »Ja, ich glaube, sie ist es. Ich bin sicher.«

»Wie sicher? Neunzig Prozent? Hundert?«

Der Portier wiegte seinen Kopf. »Neunzig. Nein, fünfundneunzig.«

»Das reicht mir.« Er wandte sich an Lejeune. »Wir fahren zurück zum Flughafen. Sie rufen unterwegs Hellkamp an, dass er einen Haftbefehl und einen Haussuchungsbeschluss besorgt. Er soll die Frau sofort festsetzen. Dann holen Sie uns unsere alten Flugtickets zurück. So sind wir wenigstens morgen Mittag zu Hause. Wenn es noch einen früheren Flug gibt, umso besser.«

»Aber, Brook, *wen* zum Teufel soll er denn festnehmen?«, schnauzte Lejeune ihn an. »Können Sie mir mal endlich sagen, was hier los ist?«

Erst jetzt wurde Brook klar, dass Lejeune seine Unterhaltung mit Hellkamp ja gar nicht mitgehört hatte. »Entschuldigen Sie, natürlich. Wir haben den Täter. Beziehungsweise die Täterin. Es ist Radebergers Sekretärin, Frau Nikolai.«

Lejeune starrte ihn mit offenem Mund an und sagte kein Wort.

Das Taxi hatte auf sie gewartet – zum Glück, denn ihr Gepäck war ja immer noch im Kofferraum. Als sie zurück in Richtung Innenstadt fuhren, fiel Brook ein, dass Lejeune ihn zum ersten Mal, solange er denken konnte, nicht mit *Herr Hauptkommissar* angesprochen hatte, sondern mit *Brook*.

Respekt, Lejeune, Respekt. Das war ein weiterer Schritt in die richtige Richtung.

33

Der Feierabend war erst einmal abgesagt. Den Durchsuchungsbeschluss für Jutta Nikolais Haus hatte Hellkamp innerhalb einer halben Stunde vom Staatsanwalt ausgestellt bekommen. Nur den Haftbefehl würde er heute nicht mehr bekommen.

War ja klar. Verdammte Bürokratie.

»Scheißdreck, nun fahr doch!«

Hellkamp drückte auf die Hupe seines Ford Granada. Er war schon über eine halbe Stunde unterwegs, da konnte er auf eine Mutti im Mini, die an der Ampel vor ihm ihre Karre absaufen ließ, gut verzichten. Ausscheren ging auch nicht, da von links ständig Autos kamen. Er musste an die Kollegen in Dubai denken. Ein Lamborghini würde ihm hier auch nicht weiterhelfen.

Es war sicherlich nicht Gefahr im Verzug, doch bei einem Fall wie diesem konnte man nie wissen. Wer sagte denn, dass Frau Nikolai nicht schon längst das Weite gesucht hatte, seit er mit ihr gesprochen hatte?

Hellkamp hatte immer wieder versucht, sich das Gespräch mit ihr in ihrem Haus durch den Kopf gehen zu lassen und das, was sie gesagt hatte, und ihr Verhalten im Licht seiner neuen Erkenntnisse zu sehen. Er war sich jetzt sicher, dass sein Eindruck ihn nicht getäuscht hatte, dass sie, bevor sie die Tür geöffnet und gesehen hatte, dass er davorstand, fast fröhlich geklungen hatte. Sie war ganz offenbar eine ziemlich gute Schauspielerin.

Aber das musste sie auch sein, wenn sie so viele Jahre lang geplant hatte, den Mann umzubringen, von dem sie überzeugt war, dass er ihren Mann getötet hatte. Und sie hatte das Ganze so generalstabsmäßig und so perfekt ausgeführt, dass sie es ertragen hatte, so lange Zeit direkt unter diesem Mann zu arbeiten. Einem Menschen, den sie abgrundtief gehasst hatte.

Was genau er tun wollte, wenn er in Duvenstedt eintraf, war Hellkamp noch nicht so genau klar. Er wollte wenigstens nachsehen, ob sie zu Hause war. Notfalls konnte er immer noch Verstärkung anfordern.

Andererseits hatte er einen Haussuchungsbeschluss in der Tasche. Wenn er wollte, konnte er. Es war nur reichlich riskant, so allein. Warum hatte er niemanden mitgenommen? Marquardt oder so? Wenigstens war er bewaffnet.

Es konnte ja immerhin sein, dass sie immer noch falschlagen. Bis auf den Fingerabdruck waren alles nur Indizien. Und selbst für den konnte es eine ganz andere Erklärung geben. Einerseits.

Andererseits musste er sich eingestehen, dass er eigentlich überhaupt nicht daran zweifelte, dass Jutta Nikolai die Täterin war.

Vor dem Haus blieb er ein paar Minuten im Auto sitzen, etwa dreißig Meter entfernt. Ein Fenster war erleuchtet. Auch wenn er schon einmal hier gewesen war, sah er das kleine Haus, in dem Jutta Nikolai wohnte, jetzt mit ganz anderen Augen. Irgendwo musste Radeberger vor seinem Tod gefangen gehalten und getötet worden sein, und Frau Nikolai wohnte hier dermaßen abgeschieden – warum hätte sie sich ein anderes Versteck suchen sollen? Sicherlich hatte das Haus auch einen Keller.

Wenn dies aber tatsächlich der Ort war, an dem Radeberger gestorben war, dann mussten sie hier Spuren finden. So gut konnte man kaum putzen, dass man alle DNA-Spuren beseitigte, die literweise Blut hinterließ. Wenn sie es überhaupt versucht hatte. Es war durchaus anzunehmen, dass sie sich sicher fühlte. Sie waren ja auch bereitwillig all den offen ausgelegten falschen Fährten gefolgt und ihr ein ums andere Mal in die Falle getappt.

Langsam ging die Sonne unter, in einer Stunde würde es dunkel werden. Sollte er so lange warten? Aber worauf überhaupt?

Er stieg aus und ging langsam in Richtung Auffahrt. Dort stand der schwarze Lupo, wie neulich.

Hellkamp hatte gerade die Pforte passiert, da fiel ein Lichtstrahl auf den Sandweg, und Frau Nikolai stand in der offenen Tür.

»Herr Kommissar, das ist ja eine Überraschung. Ich wollte gerade einen Spaziergang machen.«

»Oh. Ja, guten Abend.« Hellkamp war so überrumpelt wie ratlos. Was nun?

»Aber kommen Sie doch herein, zum Spazierengehen ist immer noch Zeit. Ich mache uns einen Tee.«

Zum Glück hatte sie nicht »Kaffee« gesagt. Hellkamp willigte ein und folgte ihr ins Haus.

Die Frau hatte keine Ahnung, warum er hier war. So viel war sicher.

»Setzen Sie sich doch.«

Er nahm, wie neulich, auf dem Sofa Platz.

Diesmal lagen auf dem Couchtisch keine Illustrierten, sondern Fotos. Fotoabzüge, zehn mal fünfzehn Zentimeter. Hellkamp beugte sich vor und registrierte erstaunt, dass sie Frau Nikolai mit einem Mann zeigten. Auf dem Jahrmarkt, im Urlaub, bei einem Familienfest.

Es war ihr verstorbener Ehemann, der aus der Morgenpost, und Frau Nikolai sah genauso aus wie auf dem Foto in der Zeitung.

Hellkamp lief es kalt den Rücken hinunter. Das hätte sie doch verstecken müssen, wenn die Polizei kam. Stattdessen ließ sie es offen herumliegen und bat ihn herein?

War es nicht auch reichlich unvorsichtig, Frau Nikolai den Rücken zuzudrehen?

In diesem Moment explodierte der Raum um ihn herum in tausend strahlende Scherben, und ihm wurde schwarz vor Augen.

Als Hellkamp zu sich kam, blickte er in eine nackte Glühbirne an einer weiß getünchten Decke. An seinem Hinterkopf pochte es schmerzhaft. Er versuchte, sich umzusehen, doch er konnte sich nicht aufrichten. Seine Hände und Füße waren gefesselt. Immerhin konnte er das Material der Fläche erfühlen, auf der er lag. Es fühlte sich an wie Holz. Er lag auf dem Rücken ausgestreckt auf einem Holztisch, die Arme angewinkelt, seine Hände an der Tischkante in Höhe seiner Ohren, und um seine Knöchel und Handgelenke waren breite Bänder geschlungen, die offenbar an den Tischbeinen festgezurrt waren. Seine Knie und Arme schmerzten; sicherlich hatte die Frau ihn unbarmherzig die Kellertreppe hinuntergeschleift. Nachdem sie ihm irgendetwas über den Schädel gezogen hatte.

Doch da war noch etwas anderes. Ein dunkles, klebriges Zeug, auf dem er lag. Dazu dieser leicht dumpfe, unangenehme Geruch.

Blut.

Alles war voll mit getrocknetem Blut.

Da ihm aber nur der Schädel brummte und er ansonsten keine Schmerzen hatte, war es wohl nicht sein Blut. Das war Radebergers Blut, klarer Fall. Der Kriminalist in ihm jubelte: Hier lag so viel DNA rum, Frau Nikolai war schon so gut wie hinter Schloss und Riegel.

Das einzige Problem war, dass das außer ihm keiner wusste. Und er war, wie es aussah, momentan handlungsunfähig.

Was sollte er tun? Was *konnte* er tun?

Nach ein paar Versuchen, die Fesseln zu lockern, gab er auf. So klappte es nicht. Die Bänder waren zu fest.

Jetzt hatte er nur noch die Hoffnung, dass der Tisch nicht allzu stabil war. Die Tischplatte bog sich unter ihm ein wenig, das war ein gutes Zeichen, und er konnte fühlen, dass sie nur etwas mehr als einen Zentimeter dick war. Zudem fühlte sich das Holz an, als sei es nicht behandelt. Einfach nur eine Holzplatte mit Beinen, wahrscheinlich angeschraubt.

Hellkamp versuchte hin und her zu kippeln. So gut er konnte, hob er seinen Rumpf an und schwang hin und her. Die Fesseln ließen ihm nicht allzu viel Spielraum, aber es klappte. Der Tisch bewegte sich. Rhythmisch schwang er hin und her. Da, es war nur eine Millisekunde, aber er war sicher, dass die Tischbeine auf einer Seite den Boden verlassen hatten.

Zwei, drei Mal musste er noch Schwung holen, dann fiel der Tisch krachend um und landete auf seinem Handgelenk. Er schrie auf vor Schmerz. Zwar hatte er noch versucht, die Hand wegzuziehen, aber er hatte sie nicht weit genug zu sich nach oben ziehen können.

Nun lag er auf der Seite. Seine Hoffnung, dass die Tischplatte entzweibrechen würde, hatte sich nicht erfüllt. Stattdessen lag er auf der Seite auf dem Boden, der vor geronnenem Blut nur so klebte. Aber ein paar Sekunden später wurde ihm klar, dass doch etwas passiert war: Eines der Tischbeine musste unter dem Fall weggeknickt sein, denn er konnte sein rechtes Bein etwas mehr bewegen als zuvor.

Hellkamp versuchte, den Spielraum auszunutzen, und trat in die Luft. Das Band schnitt schmerzhaft in seine Haut ein. Erst jetzt wurde ihm klar, dass Frau Nikolai ihm Schuhe und Strümpfe ausgezogen hatte, ebenso seine Jacke. Mehr aber glücklicherweise nicht. Sonst hätte er eventuell Angst haben müssen, dass es ihm wie Radeberger gehen würde. Sicherlich war diese Holzplatte ihr OP-Tisch gewesen.

Ein paar Tritte ins Leere, und das Tischbein, an dem das Band befestigt war, gab nach. Sein Fuß war frei.

Es dauerte noch eine ganze Weile, bis er es geschafft hatte, sich komplett freizutreten, sodass er aufstehen konnte. Dann lief er, die Tischplatte immer noch auf dem Rücken, so lange seitwärts gegen die Wand, bis er auch noch eine Hand frei hatte und die letzte Fessel lösen konnte.

Schließlich stand er keuchend am Ende der Treppe vor der verschlossenen Kellertür. Auch das noch. Auch wenn ihm alle Glieder schmerzten, nahm er, so gut er auf der Treppe konnte, Anlauf und warf sich gegen die Tür. Er musste die Bewegung mehrmals wiederholen, und als er schon dachte, er müsste vor Erschöpfung aufgeben, gab die Tür nach, und er lag im dunklen Flur.

Er rappelte sich auf, sah sich um und lauschte.

Jutta Nikolai war fort, kein Zweifel.

Er machte Licht. Sofort fand er seine Jacke, die sauber über die Lehne des Sofas gelegt war, auf dem er am Dienstag gesessen hatte und Frau Nikolais abscheulichen Kaffee getrunken hatte. Auf der Sitzfläche lag eine Bratpfanne – offenbar das Instrument, mit dem Frau Nikolai ihn außer Gefecht gesetzt hatte. Seine Schuhe und Strümpfe standen hinter dem Sofa, und auf einer Kommode im Flur fand er sogar seine Dienstpistole.

Er atmete auf. Frau Nikolai war also nicht bewaffnet auf der Flucht.

Dennoch, er musste so schnell wie möglich Hilfe holen und die Dienststelle informieren. Großfahndung, Flughafen, das ganze Pipapo. Natürlich war sein Handy fort, genau wie sein Portemonnaie und seine Dienstmarke. Aber ein Festnetztelefon würde Jutta Nikolai ja wohl haben.

Er fand das Telefon, aber sie war schlauer gewesen, als er gehofft hatte – das Kabel war aus dem Telefon gerissen, die einzelnen Drähte lagen blank, und das gleiche Bild bot sich an der

Telefondose. Er musste raus aus dem Haus. Auch die Haustür war abgeschlossen, also kletterte Hellkamp aus dem Küchenfenster.

Was er nicht gefunden hatte, waren seine Autoschlüssel. Er musste mehrere hundert Meter bis zum nächsten Haus laufen. Hellkamp klingelte. Ein älterer Herr öffnete die Tür. Glücklicherweise glaubte er dem erschöpften, ramponierten Mann, der ihm gegenüberstand, dass er von der Polizei war, auch ohne dass Hellkamp seinen Dienstausweis zeigen konnte.

Der Beamte sah die Frau vor sich freundlich an und nahm ihren Personalausweis entgegen. Sie lächelte zurück. Routinemäßig legte er den Ausweis mit der Vorderseite nach unten auf das Lesegerät.

Das tat er jeden Tag hundert Mal und öfter. Doch dass der Bildschirm vor ihm eine Warnmeldung zeigte, wie jetzt, kam nur einmal in zehntausend Fällen vor.

Dennoch war auch das Routine. Er handelte exakt, wie das Lehrbuch es verlangte. Drückte auf den Knopf für den leisen Alarm, sah der Frau vor ihm in die Augen, blickte wieder auf den Bildschirm. Dann wanderte sein Blick wieder zu der Frau. Sie sah ihn immer noch genauso freundlich und unschuldig an wie eben. Dabei musste sie mittlerweile ahnen, was los war.

Als die zwei Männer hinter sie traten und sie baten, mitzukommen, leistete sie keine Gegenwehr. Und sie lächelte immer noch.

34

Am Freitagnachmittag saßen Brook und Lejeune im Vernehmungszimmer Jutta Nikolai gegenüber. Morgens um halb acht war der Flug in Sofia gestartet; sie hatten in einem Hotel einer großen Kette in Flughafennähe übernachtet. Da waren sie möglichst weit weg von den Schlägern, das Essen war besser, und Brook hatte noch ein heißes Wannenbad nehmen können.

Jetzt allerdings, nach fast sechs Stunden Sitzen auf zwei Flughäfen und in zwei Flugzeugen, waren die Schmerzen wieder da, und sie waren so stark wie eh und je. Fassungslos hatte Brook vernommen, wie Frau Nikolai Hellkamp mitgespielt hatte. Der war bei der Vernehmung nicht anwesend; Pöhlmann hatte das angewiesen, und ausnahmsweise war Brook damit auch ganz einverstanden. Er hätte es ihm kaum verdenken können, wenn Hellkamp im Affekt über den Tisch gelangt hätte und … Aber die Misshandlung von Verdächtigen war natürlich aus gutem Grund tabu.

Lejeune war das erste Mal bei einer Vernehmung mit im Raum dabei. Er hatte schon öfter durch die Scheibe zugeschaut, aber heute durfte er gleichberechtigt mit Brook die Vernehmung leiten. Zumindest als Nummer zwei.

Brook war sich sicher, dass Lejeune vorhin noch einmal alle Punkte durchgegangen war, die das Lehrbuch für die Vorbereitung einer Vernehmung vorschrieb: Personen-, Rechts-, Orts- und Sachkenntnis, Technik, Planung, Ladung, Ort, Teilnehmer und Zeitpunkt. Damit man sich das Ganze auch merken konnte, wurden die Anfangsbuchstaben zu dem schönen Wort PROSTPLOTZ zusammengefasst.

Es war ein seltsames Gefühl für Brook, Frau Nikolai hier vor sich zu sehen und zu wissen, dass sie sich die ganze Zeit über verstellt hatte. Nicht nur während sie mit ihr zu tun hatten, auch in ihrem ganzen Berufsleben, über Jahre. Mit dem Mörder ihres Mannes als direktem Vorgesetzten im Zimmer neben sich. Sie war auf jeden Fall eine begabte Schauspielerin. Die Frage war nur: Führte sie ihre Scharade hier weiter, oder kooperierte sie?

Die Frau ihm gegenüber lächelte ihn freundlich an. Sie sah

eigentlich aus wie immer. Selten war es Brook so schwergefallen, Verbrechen und Täter in seinem Kopf miteinander in Verbindung zu bringen.

»Frau Nikolai –«, begann Brook, doch sofort fiel die Angesprochene ihm ins Wort.

»Ich weiß, was Sie sagen wollen, und ich weiß, was Sie mir zur Last legen. Es stimmt alles, ich gebe alles zu.«

Erstaunt sah Brook sie an. Er hatte damit gerechnet, dass es nicht allzu lange dauern würde, bis sie ein Geständnis hatten, aber dass es so schnell ging, hatte er bei einem derartigen Verbrechen noch nie erlebt.

Brook bemerkte, wie Lejeune Frau Nikolai anstarrte, nicht minder erstaunt. Sicherlich hatte er sich schon darauf gefreut, live mitzuerleben – was ihm bisher verwehrt geblieben war –, wie ein Verdächtiger im Verhör in die Enge getrieben wurde, bis er endlich auspackte. Was manchmal tatsächlich vorkam, auch wenn es beileibe nicht die Regel war.

»Wir müssen trotzdem die Formalien einhalten, Frau Nikolai«, sagte Brook ruhig. »Ich weise Sie hiermit darauf hin, dass die Vernehmung mitgeschnitten wird. Vernehmung der Verdächtigen Jutta Nikolai, geboren 18.12.1960 in Braunschweig, wohnhaft in Hamburg. Anwesend sind Kriminalhauptkommissar Gunwald Brook und Kriminalmeister Patrick Lejeune, beide PK 37, Hamburg. Ort der Vernehmung PK 37, Hamburg, Datum 17.5.2013, Zeit«, er sah auf seine Armbanduhr, »vierzehn Uhr zwölf. Frau Nikolai, wollen Sie vielleicht selbst erzählen?«

Und das wollte sie tatsächlich.

Sie berichtete ausführlich und in klaren, einfachen Sätzen, wie sie Professor Radeberger am vergangenen Freitag eine geringe Dosis K.-o.-Tropfen in den Kaffee gegeben hatte, den Kollegen klargemacht hatte, dass es ihm schlecht ging, was ja auch offenbar der Fall war, und ihn dann in ihr Auto verfrachtet und zu sich nach Hause gefahren hatte. Der benommene Professor ließ sich in den Keller führen, wo sie ihn endgültig betäubte und ihm ein paar Tage später erst das Auge, am nächsten Tag die Niere entnahm. Er lebte immer noch, und ihr Plan ging sogar so weit auf, dass er im Versuch, zu fliehen, die Kellertreppe wieder emporstieg – denn in all ihrer Planung hatte sie eines nicht bedacht: Wie sie den schweren Professor am Ende wieder die Treppe hochbekommen sollte ohne fremde Hilfe. Deshalb musste sie ihn wohl oder übel oben im Wohnzimmer töten. Selbstverständlich kam ihr bei alledem ihre Erfahrung als OP-Schwester zugute. Dann hatte sie einen Rollstuhl aus dem Krankenhaus geborgt und die Leiche in den Hammer Park gefahren und dort abgeladen.

»Aber wieso gerade dahin?«, hakte Brook nach.

»Aus zwei Gründen. Erstens sollte das möglichst spektakulär sein, damit gleich die Presse darauf aufmerksam wird. Und zweitens, weil doch der bulgarische Oberarzt dort um die Ecke wohnt.«

»Dr. Voinow Mladenow.«

»Genau der. Ich hatte doch extra eingefädelt, dass Sie ihn kennenlernen, gleich am ersten Tag. Deshalb hatte ich das alles so gelegt, weil er an dem Tag und um die Zeit Dienst hatte. Da war immerhin die Chance, dass er Ihnen gleich über den Weg läuft.«

»Gut, aber wozu?«

»Damit Sie noch eine falsche Fährte haben.«

»Sind Sie deshalb auf Bulgarien gekommen?«

Jutta Nikolai zuckte die Achseln. »Das lag doch nahe.«

»Aber eigentlich ging es Ihnen um die Presse, nicht wahr?«

Sie nickte. »Das war das A und O. Dass der Professor sterben musste, war das eine. Dass die Welt erfährt, dass er mit den Organhändlern unter einer Decke steckt, das andere.«

Brook betrachtete Jutta Nikolai. Eine seltsame Frau. Dass sie hier so ruhig und gefasst über alles sprechen konnte, war schon erstaunlich, das erlebte man wirklich selten.

»Darf ich auch etwas fragen, Herr Hauptkommissar?«

»Bitte.«

»Mein größter Fehler war, mit dem Flugzeug außer Landes zu wollen, oder?«

»Ach, das würde ich gar nicht sagen. Die Fahndung war ja schon angelaufen, da hätten Sie an jeder Grenze erwischt werden können.«

»Sehen Sie, das dachte ich mir auch. Und der Flughafen ist ja auch die nächstgelegene ›Grenze‹ in Hamburg, wenn man so will. Ich dachte mir: Wenn Herr Hellkamp ein paar Stunden braucht, um befreit zu werden, dann habe ich genug Vorsprung. Wenn ich erst nach Dänemark hochfahre, stehe ich vielleicht noch ewig vor der Rader Hochbrücke im Stau.«

»Tatsächlich war es eine Sache von Minuten. Wenn Hellkamp zehn Minuten später zu sich gekommen wäre –«

»Es tut mir so leid, bitte richten Sie das Herrn Hellkamp aus, ja? Ich wollte das doch nicht, nur – in dem Moment, als er ankam, allein, und dann sich erst so komisch anschlich, da ahnte ich … nein, ich *wusste*, da stimmt was nicht, und ich muss weg.«

»Sagen Sie, den Professor haben Sie doch betäubt. Womit eigentlich?«

»Ich hatte eine ganze Reihe Präparate aus der Klinik mitgenommen. Ein bisschen kenne ich mich da ja aus.«

»Aber warum haben Sie dann Hellkamp nicht auch damit betäubt?«

»Ich hatte den ganzen Kram doch weggeworfen. Brauchte ich ja nicht mehr. Ich war nur noch nicht dazu gekommen, den Keller sauber zu machen.«

»Das hätte Ihnen auch nicht viel genützt«, wandte Brook ein. »DNA-Spuren bleiben so oder so.«

»Nein, das meine ich doch gar nicht. Ich meine, ich wollte sauber machen. Aber irgendwie habe ich nicht mehr da hinuntergehen wollen.«

Brook nickte.

»Spaß hat mir das keinen gemacht, das müssen Sie mir glauben.«

Das glaubte Brook ihr sogar. Aber das hatte weder damit zu tun, wie abscheulich das, was sie getan hatte, im Grunde genommen war, noch damit, welche Konsequenzen sie erwartete.

»Wie sind Sie mir denn nun eigentlich auf die Spur gekommen, wenn ich fragen darf, Herr Hauptkommissar?«

Brook hatte vor sich eine Mappe liegen mit dem Zeitungsartikel darin. Er nahm ihn heraus und hielt ihn in Frau Nikolais Richtung.

»Das alte Ding? Das kann ja wohl nicht wahr sein.«

»Haben Sie damals schon geplant, Radeberger umzubringen?«
Sie schüttelte den Kopf. »Noch nicht sofort. Erst wollte ich ja Anzeige erstatten. Aber das habe ich gelassen, nachdem alle um mich herum mir klarmachten, dass das keinen Zweck hätte. Viele Freundschaften sind damals kaputtgegangen. Und als mein Anwalt mir sagte, ich könne ihn nur wegen Verletzung des Persönlichkeitsrechts des Verstorbenen anzeigen, da war das für mich abgehakt. Zumal es ja auf einmal doch einen Organspendeausweis gab.«

»Ach was?« Brook sah Frau Nikolai erstaunt an.

»Ja, und darauf war die Unterschrift meines Mannes perfekt nachgeahmt.«

»Aber Sie sind sicher, dass er nicht echt war?«

Frau Nikolais Augen blitzten. Es war das erste Mal während der Vernehmung, dass sie nicht freundlich aussah. In ihrem Blick war etwas Getriebenes. »Natürlich bin ich sicher«, fauchte sie.

Brook lehnte sich unwillkürlich zurück. Da war es. Irgendwie hatte er darauf gewartet. Niemand, der solche Taten beging, war klar bei Verstand. Es brauchte nur einen bestimmten Hebel, den man umlegte. Und bei Frau Nikolai hatte er ihn vielleicht gerade gefunden.

»So oder so«, fuhr sie fort, indem sie das freundliche Gesicht wieder aufsetzte, »hätte er nicht ohne meine Einwilligung handeln dürfen. Als Ehefrau.«

»Da haben Sie sicher recht. Aber was ist, wenn durch die Niere Ihres Mannes einem anderen das Leben gerettet wurde?«

»Aber er war doch gar nicht tot! Radeberger hat ihn umgebracht!«

Brook beschloss, darauf nicht weiter einzugehen. Es hatte sicherlich wenig Zweck. Er musste einen Moment lang an die Diskussionen denken, die nach jedem Organspende-Skandal wieder aufkamen und die zeigten, dass viele Menschen diese Angst hatten. Ausgeweidet zu werden, ohne dass sie es wollten und ohne dass sie wirklich tot waren. Nach Bekanntwerden dubioser Machenschaften an diversen Kliniken sah es momentan sogar so aus, als sinke die Quote der Organspender, anstatt endlich zu steigen.

»Als klar war, dass ich ihn nicht anzeigen konnte, bekam ich Depressionen«, sagte Frau Nikolai. »Ich war sogar in Behandlung. Mehrere Jahre lang. Meinen Beruf musste ich aufgeben. Stehen Sie mal mit zitternden Händen am OP-Tisch. Selbst wenn Sie nur die Tupfer anreichen. Die Depressionen wurden erst besser, als ich einen Entschluss fasste.«

»Radeberger zu töten.«

»Radeberger das anzutun, was er meinem Mann angetan hatte. Er musste bezahlen, und als ich meinen Plan fertig ausgearbeitet hatte, da hörten die Depressionen auf. Komplett.« Sie lächelte, aber es war kein fröhliches Lächeln, ein verbitterter Zug lag um ihren Mund. »Als ich nach ein paar Jahren in der Krankenhausverwaltung seine Sekretärin wurde, da hat er mich überhaupt nicht wiedererkannt! Ich hatte ja meinen Namen geändert und meine Haarfarbe und alles, aber ich hatte trotzdem die Befürchtung, er würde mich sofort wiedererkennen. Was meinen Sie, wie mir da zumute war? Nach allem, was er mir angetan hatte. Kein Blick, keine Geste, kein Wort, das verraten hätte, dass er gewusst hätte, wer ich war. Als hätte er alles längst vergessen. Und das hatte er mit Sicherheit auch.«

»Wie haben Sie denn den Job als seine Sekretärin überhaupt bekommen?«

»Ich habe mich beworben, ganz einfach.«

Das reichte Brook nicht. Solche großen Zufälle gab es im wirklichen Leben nicht. »Kommen Sie, Sie mussten doch auf irgendeine Weise sicherstellen, dass Sie auch genommen werden.«

Jutta Nikolai sah Brook scharf an. »Sie wissen es doch ohnehin schon, oder?«

»Was weiß ich?« Brook war in der Tat völlig ahnungslos, war aber nicht weniger gespannt, was jetzt kommen würde.

»Na, mit Frau Harkort.«

Den Namen hörte Brook zum ersten Mal. »Das war die Mitbewerberin?«, riet er.

Frau Nikolai nickte. »Aber es ist ja nichts weiter passiert. Ich habe doch sofort die Feuerwehr gerufen, wegen eines Krankenwagens.«

»Aber es hätte etwas passieren können?«

»Ich habe schon aufgepasst, wo ich sie in den Bauch steche, dass ich nicht die Leber treffe. Sie sollte ja nur einen Schreck bekommen und am nächsten Tag das Vorstellungsgespräch versäumen.«

»Und die anderen Bewerberinnen?«

»Es war ja nur noch eine, bei der war das viel einfacher. Da habe ich angerufen, dass sie ihren Sohn aus der Kita holen soll, weil er krank ist. Direkt vorm Termin. Da ist die natürlich gleich hin und hat ihr Gespräch einfach sausen lassen.«

»Aber wie sind Sie denn an die Namen herangekommen?«

»Ich war doch schon seit drei Jahren hier. Ich meine da, in der Klinik. In der Verwaltung war ich angestellt.«

Brook ärgerte sich. Sie hätten einiges einfacher haben können, wenn sie sich ein wenig mehr für das Leben und Vorleben von Frau Nikolai interessiert hätten. Er seufzte, was Frau Nikolai offenbar auf sich bezog.

»Und was jetzt?«, fragte sie schnippisch.

»Tja, was jetzt?« Brook kratzte sich am Kopf und sah zu Lejeune. »Haben Sie noch etwas beizusteuern?«

»Ja, das habe ich.« Lejeune strahlte. »Frau Nikolai, Sie sagten vorhin, dass die Welt erfahren sollte, dass Professor Radeberger mit den Organhändlern unter einer Decke steckt.«

Sie nickte energisch. »Jawohl.«

»Wie haben Sie denn das gemeint? Das war doch alles von Ihnen eingefädelt, oder etwa nicht?«

Jutta Nikolai sah Lejeune verständnislos an. »Ich bin mir jetzt nicht ganz sicher, was Sie meinen.«

»Na, Sie haben doch die Flüge nach Sofia gebucht. Sie sind doch selbst hingeflogen, um die falsche Fährte zu legen. Und Sie haben die bulgarische E-Mail auf Radebergers Laptop gespielt.«

Die Frau auf der anderen Seite des großen Tischs schüttelte langsam den Kopf. »Moment mal. Ja, das mit Sofia habe ich gemacht, aber doch nur, weil der Professor da eh Kontakte hatte. Und von einer E-Mail weiß ich nichts.«

»Wollen Sie damit sagen«, schaltete Brook sich ein, »dass das gar nicht Ihrer Phantasie entspringt mit dem Organhandel? Dass Radeberger tatsächlich —«

»Ich sage jetzt überhaupt nichts mehr«, gab Frau Nikolai trotzig zurück und verschränkte die Arme. »Ich habe ja wohl auch schon genug erzählt. Sind wir jetzt fertig?«

Sie bekamen wirklich nichts mehr aus ihr heraus. Nachdem man Jutta Nikolai abgeführt hatte, unterhielten sich Brook und Lejeune auf dem Flur noch kurz mit Hellkamp, der im Nebenraum alles mit angesehen hatte.

»Meinen Sie, da ist was dran?«, fragte Brook seine zwei Kollegen. »Dass Radeberger tatsächlich mit den Organhändlern ...«

»Glaub ich nicht«, sagte Hellkamp knapp.

»Ich weiß nicht.« Lejeune machte ein nachdenkliches Gesicht. »Vielleicht ja doch? Vielleicht hat sie irgendwann etwas mitbekommen – Anrufe, Mails?«

»Andererseits, warum sollte sie denn überhaupt sich die ganze Mühe machen, erst seine Sekretärin zu werden, wenn es ihr nur darum ging, ihn zu betäuben und abzutransportieren.«

»Vielleicht wegen der Fallhöhe«, gab Lejeune zu Bedenken. »Ich meine, so kostet man die Rache doch erst richtig aus, oder? Das habe ich mal irgendwo gelesen. Täterpsychologie. Wenn man jemanden einfach hinterrücks erschießt, dann stillt das tiefer gehende Rachegelüste kaum. Aber wenn man jemanden lange quält, schon eher. Möglichst so, dass das Opfer weiß, mit wem er es zu tun hat. Oder sie. Also, ganz allgemein, jetzt.«

»Sie meinen, Vorfreude ist die schönste Freude, so in der Art?«

»Wir können ja auf jeden Fall dem LKA 'nen Tipp geben, was Radeberger betrifft«, warf Hellkamp ein. »Bestraft ist er ja schon, aber vielleicht decken die ja trotzdem noch was auf. Illegaler Organhandel ist ja nun mal 'ne Realität. Aber für uns ist das eh 'ne Nummer zu groß. Was mich betrifft«, er streckte die Arme aus, »ich finde, wir haben uns jetzt erst mal ein richtiges Wochenende verdient.«

Brook nickte.

Sie gingen in Richtung ihrer Büros zurück. Schon auf dem Flur hörte Brook sein Telefon klingeln.

Was war denn jetzt noch?

Er riss den Hörer hoch und bellte »Ja?« in den Apparat.

Am anderen Ende der Leitung war der Erkennungsdienst.
»Herr Brook? Wir haben eine interessante Entdeckung gemacht.«
»Ach was?«
»Ja, wir haben jetzt endlich das Auto untersuchen können.«
»Welches Auto?«
»Na, den Mercedes.«
»Mercedes?«
»Ja, von dem Professor da in Bramfeld.«
»Ach so.« Endlich fiel der Groschen. »Professor Radeberger. Und?«
»Am Fahrersitz ist alles fein säuberlich mit einem feuchten Tuch abgewischt worden. Lenkrad, Schaltung. Aber wir haben dennoch einen Fingerabdruck gefunden, und zwar am Türgriff innen. Und wir haben auch schon ermittelt, wem er gehört.«
»Jutta Nikolai. Korrekt?«
Einen Moment war es still in der Leitung. »Woher ... Hat man Ihnen schon Bescheid gesagt?«
»Nein, aber wir machen auch unsere Arbeit. Der Fall ist inzwischen aufgeklärt. Schönen Abend noch.«
Brook legte auf und nahm seine Aktentasche. Ab nach Hause, Wochenende. In die Badewanne. Diese verdammten Schmerzen im Steißbein. Zudem hatte er das Gefühl, dass irgendetwas in dem Bereich anschwoll.
Gleich Montagmorgen würde er zum Arzt gehen. Endlich. Er musste sich nur noch einen Orthopäden suchen, aber bei ihm in Rahlstedt gab es bestimmt irgendwo einen.
Wieder musste er sich zwischen Treppe und Fahrstuhl entscheiden. Nach zwanzig Sekunden Warten verlor er die Geduld. Nahm er eben die Treppe, daran sterben würde er schon nicht.
In Gedanken versunken ging Brook ins Erdgeschoss hinab. Als er fast ganz unten war, passierte es. Er verfehlte die letzte Stufe; er hatte das Gefühl gehabt, schon ganz unten angekommen zu sein, und trat einfach daneben, verlor das Gleichgewicht und landete mit dem Hintern auf der vorletzten Treppenstufe. Ein Schmerzensschrei entfuhr ihm, und dann verlor er das Bewusstsein.

35

Es war der Alptraum eines jeden Privatversicherten: Brook musste sich sein Krankenzimmer im Klinikum Dulsberg mit einem anderen Patienten teilen. Es war kein Einzelzimmer frei.

Insgeheim hatte er den Verdacht, dass die Schreckschraube vom Panacea-Konzern ihre Finger im Spiel hatte. Aber immerhin hatte eine Schwester ihm versichert, er könne spätestens am nächsten Vormittag umziehen.

Er hatte genügend Schmerzmittel bekommen, dass sein Steißbein nur dumpf pochte. Ein klein wenig benebelte es ihn auch, sodass er sich sehr zusammenreißen musste, um dem unangenehm nach Rauch riechenden Dr. Voinow Mladenow, der ihm die Diagnose verkündete, zuzuhören.

Brook hatte sich tatsächlich bei seinem Sturz im Badezimmer das Os coccygis geprellt, und offenbar hatte er dabei ganze Arbeit geleistet. Nun aber war es, durch den neuerlichen Sturz, sogar angebrochen. Was das Ganze jedoch noch schmerzhafter gemacht hatte, war ein Abszess, der sich überm Steißbein gebildet hatte und den man inzwischen aufgeschnitten hatte.

»Da hilft nur Ruhe«, hatte Dr. Voinow Mladenow gesagt. »Nicht rumlaufen. Sie bleiben aber sowieso zwei bis drei Wochen hier.«

Was der Arzt sonst weiter zu sagen hatte, verschlechterte Brooks Laune noch mehr. Wie es aussah, litt er an zu hohem Blutdruck, den bislang niemand diagnostiziert hatte. Er würde, wenn er wieder aus der Klinik heraus wäre, einiges an seinem Lebensstil ändern müssen, prophezeite Dr. Voinow Mladenow ihm.

Jetzt war er fort, und Brook wartete darauf, dass Hellkamp ihm ein paar Sachen aus seiner Wohnung brachte. Er hatte ihn vorhin mit seinem Schlüssel losgeschickt. Brook hatte nicht einmal etwas zu lesen, und das Fernsehprogramm bestimmte der Mann im anderen Krankenbett, der nicht sehr gesprächig war. Das wiederum war Brook ganz recht. Nichts war schlimmer, als sich ewig irgendwelche Krankengeschichten anhören zu müssen. Zumal im Krankenhaus.

Doch als es an der Tür klopfte, stand nicht etwa Hellkamp im Raum, sondern Thea Matthiesen.

»Was machst du denn hier?«, fragte er verblüfft.

»Das wollte ich dich gerade fragen, Brook.« Sie grinste und schwenkte eine Plastiktüte. »Hier sind deine Sachen.«

Er machte wohl ein so dummes Gesicht, dass Thea fortfuhr zu erklären: »Ich war bei dir zu Hause, nur so auf blauen Dunst hin, und wer macht auf? Hellkamp. Er sagt, du bist in der Dienststelle die Treppe runtergefallen?«

»Na ja, nicht ganz ... eher bin ich auf den Hintern gefallen. Offenbar ist das Steißbein angebrochen.« Das mit dem Abszess musste ja niemand wissen. Genauso wenig, wie er ihr auf die Nase binden musste, dass er sich das Steißbein schon Mittwoch vor acht Tagen geprellt hatte.

Thea beugte sich über Brook, gab ihm einen Kuss und zog sich einen Stuhl heran. Sie setzte sich neben das Bett und nahm seine mit Mullbinde umwickelte Hand, in deren Vene eine Braunüle gelegt war.

»Wieso bist du eigentlich schon wieder da?«

»Ach, heute wäre eh nichts mehr passiert, da bin ich schon heute Morgen gefahren. Ich wäre auch schon längst da gewesen, wenn ich nicht auf der A 7 in so 'nen Scheißstau gekommen wäre.«

Und dann musste er erzählen, was passiert war. Er gab sich Mühe, nichts auszulassen, und als er erzählte, wie er in Sofia überfallen worden war und wie Frau Nikolai Hellkamp überwältigt hatte, kam sie aus dem Kopfschütteln nicht mehr heraus.

»Erstaunlich«, sagte sie. »Da soll noch einer sagen, wir säßen die ganze Zeit am Schreibtisch.«

»War trotzdem eine Scheißidee von Pöhlmann, uns nach Sofia zu schicken.«

»Ich dachte, das ist auf Hellkamps Mist gewachsen?«

»Wie auch immer. Wenigstens ist alles gut ausgegangen.«

»Apropos: Wieso hast du eigentlich die ganze Zeit dein Handy aus? Ich hab mir schon Sorgen gemacht.«

»Ach ja«, Brook seufzte, »der Akku ist alle gegangen.«

»Und Monsieur hatte natürlich kein Ladekabel mit.«

»Natürlich nicht.«

»Übrigens, rate mal, wer sich bei mir gemeldet hat?«

Brook zuckte die Achseln. »Keine Ahnung.«

»Hans-Peter! Wir gehen morgen zusammen essen. Hätte ich auch nicht gedacht, dass ich von dem noch mal was höre.«

»Du gehst mit dem essen?« Brook mochte seinen Ohren kaum trauen.

»Ja, wieso? Du kannst doch eh nicht, oder?« Sie lächelte ihn unschuldig an.

Brook starrte sie entgeistert an und antwortete nicht. Ihr Exmann, der Schleimscheißer, nein: der gut aussehende Schleimscheißer, führte sie zum Essen aus, während er, der alte kranke Sack, in der Klinik lag. Mit einem Abszess am Hintern. Das konnte doch wohl alles gar nicht wahr sein.

Thea schenkte seinem Gesichtsausdruck keine Beachtung. »Und rate mal, wohin er mit mir geht – ins *Brook*! Das soll ein ganz tolles Restaurant sein, unten in der Neustadt. Witzig, oder?«

»Ja, sehr witzig!«, brüllte Brook. »Hoffentlich erstickt er an dem Fraß, der Fatzke!«

»Ups«, sagte Thea. »Ich geh dann wohl besser mal.« Sie stand auf.

»Ja, das glaube ich auch«, murmelte Brook. Dann wurde er wieder laut: »Und richte Eytsch-Pi, dem Arschloch, schöne Grüße aus. Von dem Mann, der ihm das nächste Mal, wenn er ihn sieht, eine reinhaut.«

Doch Thea war schon fort und hatte die Tür hinter sich geschlossen.

Na, das war ja alles andere als gut gelaufen. Brook hatte einen Kloß im Hals. Aber hatte er nicht recht?

Da klopfte es wieder.

»Herein«, schnauzte Brook die Tür an.

Thea steckte den Kopf hinein. Sie grinste, dann trat sie wieder ein und kam zu ihm ans Bett. »Sorry, Brook. Das war 'n Witz. Hans-Peter hat mich *nicht* angerufen, und ich geh morgen mit Sonja ins Kino. Aber ich fand's ganz schön, dass du so eifersüchtig werden kannst. Das wollte ich ein bisschen auskosten.« Sie gab ihm einen Kuss und verschwand wieder.

Was war das denn? Waren sie zwölf Jahre alt? Was sollte das dämliche Spielchen?

Brook seufzte.

Versteh einer die Frauen.

Mitten in der Nacht wachte er noch einmal auf, trotz des Schlafmittels, das er bekommen hatte. Ihm war, als ob jemand im Zimmer war. Und hatte da nicht eben eine Taschenlampe geleuchtet?

»Hallo?« Seine Stimme klang brüchig und fremd.

War da nicht jemand an seinem Schrank zugange?

Brook hatte Schwierigkeiten, die Augen aufzuhalten.

Stand da nicht jemand regungslos in der Dunkelheit? Mit einem Rucksack auf dem Rücken? Einer Mütze auf dem Kopf?

Nein, das bildete er sich sicherlich nur ein.

Cornelius Hartz
BROOK UND DER SKORPION
Broschur, 256 Seiten
ISBN 978-3-95451-077-1

»Cornelius Hartz' Kriminalroman ›Brook und der Skorpion‹ ist im Stil skandinavischer Krimis geschrieben: düster, packend, intelligent und bis zum Schluss richtig spannend.« Hafencity Zeitung

»Die Jagd nach dem Täter verläuft mindestens so spannend und unterhaltend, wie wir das sonst von den Fällen aus Henning Mankells Feder gewohnt sind. Ein absolut gelungenes Krimidebüt.«
Der Hamburger

www.emons-verlag.de